無名之境

노랜드

千先蘭 著

胡椒筒 譯

No land

目錄 contents

白夜與藍月 007
巴基塔 041
藍點 055
玉米田裡的哥哥 075
傑與桀 095
無名之軀 111
To： 167
飛向宇宙的鳥 171
兩個世界 193
樹根朝天生長的大樹 227
作家的話 266
作者、譯者介紹 268

白夜與藍月

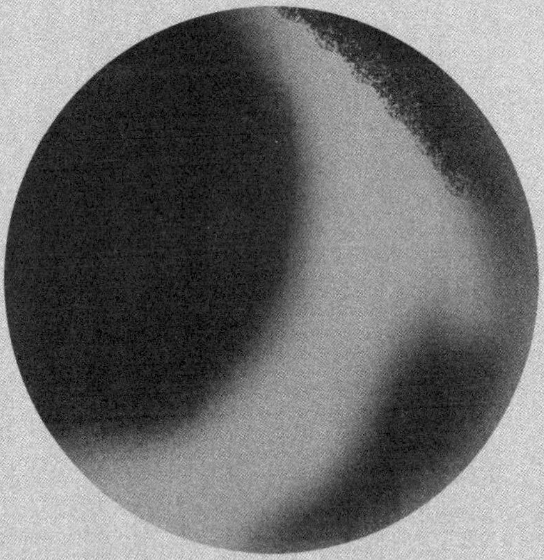

指定場所聚集了很多人。

眼前的光景一點也不像凌晨四點。看到人們手裡提著大包小包的行李，江雪判斷他們應該和自己一樣，在等同一輛車。通知書上說可以使用廚房，所以大家都提著裝滿食材和小菜的袋子。凌晨的風很涼，江雪把手伸進口袋裡。她的行李就只有換洗衣物和盥洗用品，江雪本來就不會煮飯，所以明月絕不會抱以期待，而且明月肯定會譏笑那些人是來準備祭祀食物的，江雪想像著明月可能的反應，搭上了四十五人座的巴士。

江雪找了一個靠窗的座位，幸好人數不足四十五人，身旁的座位空著。巴士開上高速公路後，坐在最前面的職員起身拿起麥克風，打開車頂的顯示器和事先準備好的文稿。在此期間，滿天的空拍機也陸續關掉燈光，天際日出的紅浪滾滾而來。職員請大家看向前方，她的聲音聽起來十分疲憊，像是沒睡醒似的，溫柔的聲音與破曉的氣氛十分相稱。江雪頭靠車窗，望著太陽，當作是在聽廣播。

「大家看新聞應該都知道了，他們的外表沒有很大的改變，網路上流傳的怪獸照都是合成的……但也不是一點變化也沒有，我再解釋一遍，只有一些非常小的變化，例如指甲……」

坐在前面的孩子從椅子與窗戶間的縫隙看向江雪，看起來大概明年就要上小學。孩子一臉天真，似乎不知道正要去哪裡、將要見誰。孩子的雙眼皮很深，江雪猜想他可能是去見兄弟姊妹、爸爸，或者和自己一樣只是去見沒有血緣關係的朋友。

「他們的嗅覺進化了，可以聞到三公里內的所有氣味。得益於此，即使是在黑暗的地方，也可以聞到坎卜斯的氣味，並找到它們。」

孩子盯著江雪看了半天，直到媽媽要他坐好，才把身子轉了回去。江雪再次把視線移向窗外，天際的紅日早已升起。睡意襲來，不知何處傳來了打呼聲。大家對職員講的內容早有耳聞，網路上的陰謀論和謠言教人心神不寧，但想到身陷絕境的人類，所有人就只能不斷蒐集資訊。即使不聽，大家也知道為了消滅坎卜斯，只能不斷地探索、無聲地靠近、不懈地追擊，最後把它們逼入死胡同或建築物內一網打盡。

這就是狼的狩獵習性。

巴士抵達基地後，等候已久的職員帶領大家前往研究所。為方便統計人數，職員請大家排成兩列，江雪退到結伴而來的人群後面，獨自站在隊伍最後。幸好人數是單數。

「口」字型的研究所中間有一個院子。雖然職員說那裡是「院子」，但其實就是一個關了十匹狼的大型飼養場。大家一副像是為了來看狼一樣，緊貼在玻璃窗上。江雪站在離人群稍遠的地方，望著一隻好似自己般遠離群體，獨自趴在岩石上的狼。那隻位居高處、俯視同伴的狼應該是首領。若狼的世界沒有排擠這回事，那麼首領就意味著孤獨、寂寞。畢竟孤獨只有兩種原因，主動選擇孤立或遭到排擠。

經過院子來到研究室後，職員展示了隊員們從用藥第一天到第三十四天的變化，並講解DNA與藥劑的完美結合，以及肉眼很難發現的細微變化。僅憑指甲和毛髮，實在難以感受到兩個物種結合所帶來的驚奇，因此那些小變化沒有讓江雪的內心出現任何動搖。

大家看完隊員受訓和心理諮商的影片、以及日常生活的照片後，換上無塵衣前往標本室。標本室裡懸掛著剝了皮的、解剖後的和冷凍的坎卜斯屍體。大人連忙遮住孩子的眼睛。職員要大家放心，說這些坎卜斯已經死了，還取來割下的坎卜斯頭顱和錘子，在矇住眼的孩子面前高舉錘子，用力朝坎卜斯的犄角敲了下去。

「我們面臨的問題是這種犄角。」

錘子沒有敲斷犄角。

「實驗結果顯示，只有電鋸可以截斷犄角，但截斷一邊的犄角需要三個多小時。問題不光是犄角。犄角只是長矛，人類要戰勝的是使用長矛的身軀。換句話說，就是刀槍不入的坎卜斯的身軀，以及人類難以追趕的速度和力量差距。人類需要的是力量，足以扭斷、撕咬坎卜斯脖子的、徹底殺死這種長著半羊半魔犄角的外星生命體的力量。

「請各位放心，我們可以確保手術的安全性。但要強調的是，這裡沒有任何強制性，隊員都是為了保護家人，也就是各位，才做出了現在的選擇，他們都適應得很好。悲劇時代已經過去，我們再也不會經歷同樣的悲劇，因為人類已經更進步了。」

職員的語氣充滿自信，他的長篇大論是為了獲得大家的信任。站在最後一排的江雪心想，這種話不過是為了控制家屬，因為擔心信任變成憤怒後，他們會變成可怕的敵人。職員還說，悲劇有重演的可能性，但不是在地球。他的意思是，各位的家人將要離開地球，前往宇宙作戰，大家必須體諒。

經過標本室，出現了一扇好似門後會有神龍盤據的大門。就算投下炸彈炸毀整座建築，那扇門大概也會完好無損。江雪又遇到車上坐前排的孩子，有別於瑟瑟發抖的媽媽，孩子始終一臉平靜地看著江雪。江雪與孩子四目相交，然後轉移視線環顧了一圈四周，這才意識到自己孤身一人。原來孩子是看江雪一個人很可憐，再不然就是覺得一次都沒哭的她和別人很不同。

門一開，隊員們紛紛撲向家人的懷抱。從外表上看，他們與之前並無太大差異，但又長又厚的指甲和微笑時展露的尖牙格外顯眼，導致他們把頭埋進家人懷裡的動作感覺就和狗一模一樣，連抽泣聲也是。在大家相擁著移步前，江雪一直動也不動。

所有人都離開運動場後，江雪才發現坐在長椅上、呆呆盯著自己雙腳的明月。江雪走過去，坐在明月身邊。江雪知道明月的性格剛烈，卻仍不敢置信她真的熬過了手術，甚至領先群雄成為隊長，還毫髮無傷地活了下來。

「誰把錢掉在地上了？」

明月笑著抬起頭來。她的眼睛是藍色的，散發著冷光。

仔細想來，每次先開口的都是明月。從打工到幾點、補習班何時下課、吃飯了嗎，到問為什麼來這裡。明月的話不多，卻總愛問江雪各種問題，就像是非要了解江雪的一天、當天的心情和短暫的幸福才肯罷休一樣。江雪聽聞有的隊員因作戰後遺症或手術副作用而罹患了恐慌症，徹夜輾轉難眠。但看到眼前的明月毫無變化，不禁覺得自己杞人憂天了。走回宿舍的路上，明月片刻未停，問了所有自己想知道的問題。直到走到門口時，江雪才問了第一個問題。

「妳也打針了？」

不問也知道明月打了針，但這麼問的用意是想知道，她的身體還好嗎？

明月咧嘴一笑，打開房門說：「我是隊上第一個打針的，而且只有我一點都不覺得痛。」

明月很愛抱怨，一點小事也會被她放大好幾倍。膝蓋破皮的時候，她會說腿要斷了；手被紙劃傷了，她便大驚小怪地嚷嚷手指會爛掉。所以現在她說不痛，就是真的不痛，這也是江雪盼望的。

晚餐叫了外送。想到其他人都在忙著煮飯，只帶了換洗衣物的江雪突然感到很慚愧。明月拉著江雪的手來到餐桌前，面對面入座後，明月咬了一口比自己的臉還大的肉塊。

明月大口啃食滴著血水的肉塊的樣子，讓人聯想到耶羅尼米斯・波希（Hieronymus Bosch）的畫。第一次接觸波希的畫，是大學時為了湊學分選修的美術史課，那麼久遠的事還以為早就忘了，誰知腦海中竟然突然浮現出他畫筆下的「地獄」。細究的話，可能有很多原因。首先是對挑食的明月用雙手抓著肉塊啃食的樣子感到陌生，其次是半生不熟的肉塊散發出的血腥味。再來就是，她想到了明月至今的經歷……也許原因在更遠的地方。那是物理上的距離，江雪無法抵達，但明月必須前往的地方。換句話說，明月正在準備進入波希描繪的地獄。

「這是在我來這裡以後，我們第一次見面吧？」

江雪本想說不是，但覺得這樣回答會毀掉剩餘的時間，所以點了點頭。

「嗯，沒錯。」

躺在床上可以清楚聽到隔壁房的對話。就要午夜了，隔壁仍沒有要結束對話的意思。江雪感到很神奇，大家都能滔滔不絕。

「我也想睡床耶。」明月把被褥鋪在地上躺下後才說。

「很擠欸。」

「但那是我的床。」

明月想達到目的時都會用不滿的語氣，江雪坐了起來。

「那妳睡床，我睡地上……」

「不、不用啦，我開玩笑的。」明月連忙回道。

江雪半推半就地躺了回去，望著沒有任何紋路的天花板壁紙，認真聆聽起隔壁的歡聲笑語。隔壁正在互訴真心、解開心結，用累積的回憶牢牢牽起彼此。江雪明知自己和明月也有那份心意和滿滿的回憶，卻還是不想敞開心扉。

「妳身上有味道。」

好半天都一聲不吭的明月突然開了口。

「其實，我剛才透過氣味就知道妳有來，但一直在等妳先來找我。之前我也總是能一下就聞出妳的味道。就算妳的衣服和其他孩子的混在一起，我也能聞出哪一件是妳的。我現在的嗅覺更發達了，所以覺得妳的味道變強了。整個房間都是妳的味道。」

「……」

「我們這樣躺著，感覺就像從前一樣，對不對？」

明月動不動就說這種話，好像從前有什麼美好回憶似的。從前有什麼好的？再怎麼回想，江雪也想不起什麼美好回憶，所以明月提起過去的語氣讓她很煩躁。江雪以為徹底遠離了過去，卻又擔心錯過了什麼，不停回望著。

「我們以前還曾為了是否有鑽石構成的星球吵架呢。我說有，妳偏要說沒有，但我在書上明明就看過。」

「……」

「睡著了？」

「還沒。」

1 為波希最知名的三聯畫《人間樂園》（The Garden of Earthly Delights）中的其中一幅。畫作分為三個部分，分別為「伊甸園」、「人間」、「地獄」。

「喔，我不說了，妳睡吧。晚安。」明月用比剛才更平靜的語氣說：「其實我以為妳不會來。妳連別人家的婚喪喜慶都不參加，一定很氣我居然找妳來吧？」

「妳不是說不要說話了？」

江雪覺得自以為很了解她的明月，其實一點也不了解她。

「但妳來了，我很感動，謝謝妳。我睡囉，妳別再跟我說話。」

明月說完，一把把被子蒙在頭上。明月忘記了那些重要的時刻：江雪沒去補習班，跑去看明月比賽，為她加油；為了幫明月慶生，江雪提著生日蛋糕等在道場門口。讓江雪嗤之以鼻的是，明月把這些事都忘了，現在竟然說以為她不會來。

早晨，江雪去了研究所的食堂。明月在清晨留下「早餐更好吃。拜託，一定要去吃早餐」的字條後就去了訓練場。基於一起生活了十多年，明月知道江雪有不吃早餐的習慣。

問題是，早餐與昨晚的食物並無二致。江雪端著盤子，無可奈何地望著和飯店一樣的取餐區。她夾在人群中，最後只拿了一片吐司、果醬和一杯牛奶，就走到角落的餐桌坐下。結伴而來或在研究所相識的人們圍坐在一起，邊吃飯邊聊天，看上去都不像來與親朋好友道別的人。

「我可以坐這裡嗎？」一個女生走到正在撕開麵包的江雪面前，放下盤子問道。

乍看之下，她們年紀差不多。江雪點點頭，女生坐了下來。女生的盤子裡只有一碗南瓜湯和兩個小餐包。江雪垂下頭，莫名覺得這種同病相憐的感覺很好笑。

「妳來看誰？」

女生在開動前問道。江雪沒有馬上回答，女生隨即淡淡一笑。

「看來不是家人囉？」她接著說：「我來看妹妹的男朋友。」

女生拿起湯匙，但沒有放進湯碗裡。

「只有他記得我死去的妹妹，也許他也這樣覺得吧。他聯絡我，說想來想去還是想在出發前見我一面，盡情地跟我聊一聊妹妹。不覺得很好笑嗎？」

江雪不覺得好笑，但還是點了一下頭。

「我叫申采恩。即使家人來了，他們還是要訓練。以後我們就一起吃早餐吧？」

江雪沒有拒絕采恩的提議。但要是采恩一直滔滔不絕下去，江雪打算馬上改變主意，幸好她沒有繼續講下去。

走出食堂時，采恩問：「妳不去訓練場嗎？」

江雪望著往訓練場走去的人們，隱約記起職員在巴士上說可以去看隊員訓練。采恩伸出手邀江雪一起去，但江雪盯著她的手，搖了搖頭。

「我想回去休息。」

采恩點點頭，轉身走了。在回房間的路上，江雪看到屋頂的門開著，於是朝屋頂走去。

江雪問明月為什麼要打架。

明月回答說，那不是打架。

但明月的顴骨和嘴唇都裂了，對方也因鼻梁骨折被送進了醫院。明月被叫到教務處寫了三個小時的反省文，向對方父母道了歉。這就是學生打架後，校方給予的處罰。

「如果是我，才不會動手呢。」江雪說完，轉身就走。

誰都會打架，打架沒有想像中那麼嚴重，公平地打一架更不可能成為問題。更何況是在學校走廊，在三十多人圍觀下，是那男生先動手打了明月，明月只是正當防衛。在場的人可以證明，若非要道歉，也應該是那個男生，而不是明月。江雪也知道誰都會打架，也會接受別人的道歉。但因人而異，就是有人會把這種小事看得很嚴重。

班導先把明月找來，說這次事件不會讓校長知道。班導的意思是，誰先挑起是非並不重要，只要明月向男生家長道歉就可以息事寧人。畢竟明月只是臉部擦破皮，對方是鼻梁骨折。班導也知道是打架技術的落差造成了這樣的結果，當然更重要的是打架的原因。

「這不是打架，是自衛。」明月抓住江雪的手臂說。

江雪轉過身，明月再次強調：「不是打架，是自我保護。」

「妳是黑社會啊！動粗還好意思說保護。」江雪氣沖沖地說。

話音剛落，明月抓著江雪的手用了一下力。

「這是我保護自己的方法。只有這樣，我才能保護自己。」

看著放開手轉身走掉的明月的背影，江雪拍了一下額頭，終於恍然大悟，就像自己為了保護自己而變得聰明一樣，江雪也只是為了生存才變得強大。

站在屋頂都可以聽到看完訓練回來的人們熙熙攘攘的聲音，他們興奮的講話聲就像剛看完什麼表演，語氣中還夾帶著嘻笑。江雪感覺這一切都與所處的空間格格不入，大家都在強顏歡笑、假裝幸福、若無其事、逃避現實。離別的秒針正在轉動，這不是視而不見就可以逃避的。

即使選擇逃亡、躲避、不理睬，那根秒針還是會深深刺入每個人的背，貫穿心臟。

四年兩個月的戰爭結束後，坎卜斯和黑夜在地球上消失了。為了重返被侵略前的生活，人類犧牲自我選擇了進化，卻仍未能重返過去。抵達的未來就像一條通路，人類無法多作停留，只能不斷前行。若無法順利通過這條通往目的地的道路，人類就只有毀滅。

通路是不穩定的，在這個黑暗消失的世界，就連不安的影子也消失了。為了剿滅坎卜斯、解救人類，被植入狼的基因的人類成為了暫時的英雄。坎卜斯消失後，這群人便淪落為隨時可能反過來統治人類的危險存在。即使懷抱這種不安，人類還是擔心不知何時會再次遭受侵略，因而對這群人束手無策。問題是若像從前一樣，幾萬年都不會再有外星生命體入侵呢？一百年、兩百年，一千年、甚至一萬年之後，地球都沒有遭受外界攻擊的話，這些進化人的後裔豈不是將統治整個地球？說不定這些比人類更強大的進化人會因種族優越感，把人類視為豬狗，恣意飼養、食用和利用。因為進化人也是人類——更準確地說，他們曾經是人類，所以這種恐懼其來有自。

雖然坎卜斯消失了，但地球始終日晝不變，黑夜仍未出現，四周籠罩著恐懼。進化的隊員非但未能重返家人懷抱，國家還以訓練和守護家園為名，持續監控著他們。直到一名隊員逃離基地，並在追捕過程中不幸身亡後，這才出現了一群高舉標語「還給隊員自由」的人，以及站在對立方高喊必須加強控制他們的人，甚至還有人主張應該給所有人植入狼的基因。在一片混亂中，隊員們表示希望前往宇宙，到強敵環伺、浩瀚無垠的世界，挑戰人類身體的極限，開拓新的居住環境。雖然沒有人知道這種欲望從何而來，但大部分隊員都希望能前往超越自身極限的世界。他們表示，與其在地球坐以待斃，不如搶先一步去摧毀敵人的星球。若說這種想法來自狼的天性，似乎太有破壞力；但若要說這就是人類本性的展現，又未免過於單純了。

在漫長的首腦會議、連日的新聞特報、肆無忌憚的預言和早已扭曲的真相中，人類緩緩駛向了通路的盡頭。在抵達的終點站，掛出了「更廣闊的地球」的橫幅。這意味著人們相信一定可以找到供生命體存活的星球，這是人類遭受坎卜斯侵略的補償。為了解決地球人口氾濫的問題，只能掠奪其他種族的星球，創造人類新的家園。

屋頂的欄杆晃動了一下。江雪轉頭一看，明月以攀岩的姿勢腳踩窗框，翻過了比人還高的護欄。

「妳猜我怎麼知道妳在這？」

「妳幹麼不走樓梯？」

「我聞到了妳的味道。」

如此微不足道的小事，明月卻露出心滿意足的笑容。

笑是明月的習慣。她第一次跟江雪搭訕時，即使布滿血痕的臉看起來無比疼痛，還是笑嘻嘻的。後來江雪才知道這是明月領悟的生存之道，甚至更早於打架的技巧。明月說，自從發現臭臉或哭只會讓爸媽更生氣之後，她就只會笑了。但江雪覺得用「領悟」來形容，那時的明月實在太小了。與其說是領悟，不如說是迫於無奈。為了不挨打，幼小的明月只能擠出笑臉。也因為這樣，才遲遲沒有人報警。

「嚎啕大哭、哭腫雙眼，其他人才會起疑心。但我一直笑，天天笑，笑成了我的基本表情。所以在幼稚園老師發現我背後的瘀青前，根本沒有人知道我被家暴。我每天都在笑，大家還以為我們家很和樂，覺得我是個乖女兒。這樣想也情有可原啦，但妳不覺得漏洞百出嗎？」

明月的父母各判了六年十個月的有期徒刑。明月告訴江雪這件事時，他們已經刑滿出獄了，而且都沒有厚著臉皮來找明月。明月說，要是見到他們一定要狠狠地還回去。江雪不知道他們沒有找上門是不是好事，偶爾還是希望明月能見到他們，一拳還回去。與其到死都會想起，還不如早早了卻這樁心願呢。

直到明月長大成人、離開保育院，他們都沒來找過明月。江雪和明月一起租屋時，明月常常望著窗外發呆。她不是在等待、思念、尋找、後悔或憎惡，但江雪始終想不出一個詞來形容明月那難以言說的心境。

兩人一起簡單度過二十歲生日那天，明月獨自喝光整瓶燒酒，躺在地上笑著說：

「我覺得背上長出了尖尖硬硬、可以收縮的毛。它刺向我的體內，每當呼吸時就會隱隱作痛。彷彿根部與血管相連，若連根拔起，血管也會被抽出來，最後連心臟也會連根拔起。」

江雪一杯啤酒下肚，整個人也暈暈的，她一起躺在地上。明月轉頭看向江雪。

「我很羨慕妳。妳從來不笑，也不在乎對方是誰、年紀多大，妳只做妳自己。」

「這話怎麼聽起來像在罵人呢？」

「我是真心羨慕妳。有時候，我會覺得不由自主送上笑臉的自己很噁心。」

江雪望著天花板，衡量了一下自己和明月誰更糟糕，但無法輕易下結論。因為無論是誰，都很糟糕，但也無論是誰，都堅強地活了下來。

「笑會挨罵。」

雖然記憶很模糊，而且說出來也很可笑，但江雪萌生了傾訴的衝動。

「外婆在葬禮上罵我看起來一點都不悲傷。啊，原來那時我沒有笑。她罵我，是因為我看起來一點都不悲傷。爸媽因事故去世時，我也記不清了，也許有笑吧。那麼小能懂什麼呢？」

肯定是外婆的靈魂動怒了。

也許外婆的心情和那些來弔唁的人一樣。外婆愛自己，但更愛自己的女兒，所以江雪不敢在外婆面前露出幸福的表情，只能一直生活在外婆隨時會對自己哭號或動怒的緊張感中。江雪從沒向任何人傾訴過連她自己也不知道的，但在長大後才領悟的想法——原來我一直活在笑就是罪過的世界。

隔天，江雪一直沒有看到明月。明月說要參加海軍訓練，但不是在海邊和陸地，而是要潛入深水。有些家屬抗議，才給一周的見面時間，怎麼還讓他們去受全日的訓練呢？但訓練還是照常進行。那天，江雪沒有離開房間半步，她什麼都沒做，和之前一樣等著明月回來。

明月結束一天的訓練後，第二天清晨才回來，身上散發著刺鼻的惡臭。在床上翻來覆去、徹夜難眠的江雪坐起身。那股惡臭似乎是血的味道，走進房間的明月連腳步聲也沒有。江雪伸手想拉窗簾，卻被明月阻止了。江雪緩步走向鞋櫃，剛向依稀可見的明月伸出手，明月就抱著江雪癱坐在了地上。

的確是血腥味。明月從頭到腳都被黏稠溫熱的血水浸溼了，不知道是她的，還是別人的。

「這是什麼？」

也有可能不是血。

「還能是什麼，當然是訓練留下的光榮痕跡。」

江雪輕輕撫摸明月傷痕累累的背，衣衫不整，皮開肉綻。急得要跳腳的江雪正要發火斥責她怎麼不馬上去醫院，要不要叫救護車時，感受到了明月劇烈的心跳。明月就像剛跑完馬拉松一樣氣喘吁吁，但有別於人類，她的心跳十分劇烈，那股震動傳入了明月的身體。

明月長長吐了一口氣，笑了笑。「真有趣。」

江雪很想問哪裡有趣，但沒有問出口。兩人靜靜坐在地上，等傷口的血液凝固、癒合。整個過程只有九十分鐘。

「睡得好嗎？」

采恩發問時，江雪正在回想昨晚的事。傷口自然癒合，太神奇了。江雪很想洗去明月身上的血跡，渾身是血的明月令她感到陌生。江雪一夜沒睡，某種難以言喻的情緒困擾了她整整一晚。直到采恩敲了敲餐桌，江雪才回過神來。

「妳為什麼來這裡？」采恩放下湯匙問道。

江雪沒有理解這個問題。為什麼來？難道還有別的理由嗎？因為明月在這裡啊。

「我聽別人說，他們是來說服家人的。」采恩看出江雪不明白是什麼意思，有些不知所措，但她隨即淡淡一笑，冷靜地解釋：「有想飛往宇宙的人，但也有留下來的人。畢竟需要有人守護地球……所以那些人都想說服家人留下來。妳不知道嗎？」

江雪點點頭。

「當然，即使能留下來也不能和家人住在一起，但至少可以生活在同個星球上。哪怕一年只能見一面，至少可以確認彼此是否安好。」

話雖如此，但改變一個人的心意、一個人的人生哪有那麼容易？江雪環顧了一圈時而熙熙攘攘，時而寂靜的餐廳。大家的盤子裡都剩下很多食物，彼此的視線交織在虛空中。江雪這才意識到，倒數計時正充斥著整個空間。

江雪反覆告訴自己，前往宇宙是明月的選擇。

「我不是她的家人，所以不清楚。」

采恩說：「那是什麼感覺呢？為了取勝，他們心甘情願選擇變成怪物，現在又要送他們去宇宙……他們會怪誰呢？有責怪的對象嗎？他們應該也想責怪誰吧？」

「……都是意外。」江雪用勉強能聽見的聲音說：「只能怪自己，沒有可以責怪的人時，就只能怪自己。」

來自宇宙的敵人進攻地球是誰也無法預料的意外，這場悲劇就好比海嘯或火山爆發，不是人類的過失。而每小時一百毫米的降雨量，下水道堵塞成災，處於凹地的車輛瞬間被水淹沒，偏偏那天女兒高燒不退，必須馬上送急診，但沒有可以出動的救護車。如果為了救女兒，母親不得不自己開車也算是人力不可為的事故，那麼勉強活下來的人又該責怪誰呢？

只有江雪知道答案。

那天，江雪跟大家去了訓練場。訓練場位於室內，家屬可以在二樓休息室看隊員受訓。江雪站在可以將一樓盡收眼底的落地窗前，只見隊員們在沒有任何安全裝備的情況下，攀岩後再跳入深水中潛水，準備進入另一個世界。

明月正在攀爬五公尺高的繩索，速度極快，而且十分輕鬆。登頂後，明月露出覺得高度不夠的表情，然後張開雙臂，毫不遲疑地一躍而下。安全落地時，她又露出因還活著而幸福的表情。江雪回想起深夜擁抱的明月黏稠且溫暖的身體。從前的明月是個喜怒不形於色的孩子，笑容是她暴露身分時的自我防禦，平時她總是屏息凝氣、踮著腳尖走路，生怕引起注意，就連心跳也極為平緩。學習柔道後，她的一舉一動更難預測，連笑也沒有一絲聲息了。江雪甚至會擔心她睡覺時停止呼吸，每次凌晨醒來都會確認她的鼻息，所以明月才無法忘懷那個深夜，她感受到的明月的心跳。

江雪只看了一會就走了。采恩提到的「說服」二字，一直在她腦海裡揮之不去。

時間推移，一切都變得安靜，晚餐時間也不像昨天那麼熱鬧了。江雪心想，也許明天就會聽到哭聲了吧。

「妳想去嗎？」江雪用筷子撥了撥煮熟的豆子問道。

「去哪兒？」把肉塊塞進嘴裡的明月支支吾吾地反問。

「坐太空船去宇宙。」江雪盯著快速咀嚼肉塊的明月，思考自己希望聽到怎樣的回答。

但沒有答案，明月似乎在逃避這個問題。

「我覺得很有趣。妳不想去嗎？不是去別的國家，而是去宇宙中的其他星球耶。光是聽到宇宙，我就覺得很興奮。」

通常是會覺得興奮，但應該沒有人願意搭乘無法返航的太空船吧。若考慮到前往新世界但無法返航，通常會更在意後者吧。江雪思考了一下是否要問明月，知不知道那是一艘去而不返的太空船，但轉念一想，也有可能是自己搞錯了。

「那什麼時候回來？」

「我也不知道。發現殖民星球、結束戰爭的話，很快就能回來吧？但也可能沒那麼快……」

明月欲言又止，轉移視線。

「可能沒那麼快」的含義中似乎包含了「永遠回不來」。

「我沒有要阻止妳。」

明月也知道此時此刻，其他家屬正在說服隊員留下來。江雪心想，明月叫她來，很可能是希望她能挽留自己。

「所以我才叫妳來，想在臨行前見個面。」

江雪突然感到一股火湧上心頭。

「幹麼叫我來？妳跟柔道教練和館長不是也很好嗎？」

江雪也很清楚，明月若要在離開前最後見一個人的話，那個人一定是自己。就算教練、館長和那些給過她幫助的人加在一起，也遠不及自己。想到這裡，江雪突然覺得明月很可惡。對江雪而言，明月也是無可取代的人，就算把身邊的人都加起來也不及她。

明月靜靜望著江雪，噗嗤笑了出來。

「幹麼板著一張臉，殺氣騰騰的，我又沒要妳等我。」

明月的記憶力實在好得過頭。

明月說她什麼都記得。江雪已經記不清以前的事了，但明月連蓋過的被子顏色和花紋，還有從被子縫隙間看到的電視畫面都記得一清二楚。

那時正在清理便利商店外的折疊桌的江雪不以為然地說：「是因為那瞬間太過強烈，才會一直留在記憶裡。妳不要總想著過去。」

背靠著木頭柱子、坐在露臺仰望夜空的明月聽到這句話，轉頭看著江雪好一會後，才激動地感歎：

「這是妳第一次安慰我。」

江雪沒有安慰明月的意思，但她突然意識到自己從沒對明月講過這種溫馨的話，於是放棄辯解。她也很感謝明月把如此微不足道的話當作一種安慰，因為那是她第一次給予別人安慰。

「我可以在這裡等妳嗎？」明月問道。

明月手裡拿著用腰帶綁好的柔道服，汗水浸濕的瀏海晒乾後，變得亂糟糟的。

「隨便妳。」

「那我等妳。」

「我可沒要妳等喔。」

「嗯，我等妳。」

明月上完柔道課後，已經在便利店坐了一個小時，距離江雪下班還要再等兩小時。明月沒有開玩笑，她跟著江雪走進便利商店，買了一包零食坐在戶外桌前。江雪很後悔沒有拒絕明月。那天之後，明月天天來等江雪下班，說是害怕一個人回保育院。但這句話出自明月之口，實在沒有說服力。

「我沒有看到妹妹的屍體。我都說無論她變得怎樣都沒關係，但他們就是不允許。我氣得大吼大叫，又苦苦哀求他們，讓我見她最後一面。就算皮開肉綻也沒關係，我只想在她耳邊說一句我愛她。但還是沒見到。我不懂他們到底是在保護誰，直到現在都想不明白。又不是得了什麼傳染病，就算再可怕我也想見她最後一面，但他們就是不同意。這成了我最後悔的事。」

餐廳再也聽不到交談聲，空氣中充斥著餐具無力的碰撞聲和偶爾傳出的抽泣聲。這種寂靜讓江雪意識到，沒有人說服成功。

「我沒有見到妹妹最後一面。」語氣一直很淡定的采恩用極度沮喪的聲音說。望著對面餐桌的江雪轉頭看向采恩。「見到會更後悔的。」

聽到江雪的話，采恩抬起頭來。

「見到的話，妳會作惡夢的。」江雪知道事不關己，但還是繼續說：「如果妳見到她，過去的樣子就會淡去，未來只會一直想起不願記住的模樣。所以不用覺得後悔。」

「我可以問，妳失去了什麼人嗎？」采恩問道。

「姊姊，但不是親姊姊。」

「喔，但我還是很羨慕妳。真不知道我們那裡的軍人怎麼那麼不知變通……」

「她是死在我面前的，我沒有去找屍體。」

姊姊從侵入者手中救出了江雪，她朝在玄關的那些入侵者丟紅酒瓶，然後舉槍瞄準對方。在那個難以判斷真假與可能性的年代，一把假槍嚇跑了入侵者。但姊姊未能一直陪伴江雪，因為坎卜斯很快就奪走了她的生命。

偏偏那天寒流來襲，氣溫降至零下，凌晨還停電了。從半年前開始順利供給的電和瓦斯在那天子夜時分突然中斷，江雪找出家裡所有的被褥，還是難以抵抗刺骨的寒冷。姊姊說要回家再拿一床被子和火爐，拿起手電筒走出房間時，江雪阻止她說，一個手電筒是嚇不跑那些怪物，她可以撐到天亮。但姊姊不忍江雪受凍，還承諾一分鐘內就會回來。

意想不到的事就在那時發生。姊姊都還沒打開大門，客廳就傳出巨響，隨即整個房子搖晃了起來。江雪立刻起身打開房門，那不是人類的喘息聲，只見手電筒滾落在地，還有若隱若現的犄角。姊姊的頭碰到了天花板，一雙腳踩著地面。雙眼漸漸適應客廳的黑暗後，江雪終於看清楚還在喘息的姊姊和從空中落下的黑色物體。江雪想記住的是姊姊的名字和聲音，但現在什麼都不記得了。明明那時，姊姊喚了一聲她的名字。

驚慌的采恩在震驚中終於開口：「那妳是怎麼……」

她後面省略掉的話是「活下來的？」

「運氣好。」

就這樣，江雪結束了用餐。

坎卜斯的虹膜是紅色的，瞳孔像山羊一樣細長。江雪與之四目相接的瞬間，全身都僵住了。只要跑幾步，就可以逃到還有一點光的房間，但江雪動彈不得。雖然還有呼吸，但她覺得自己已經死了。即使還在呼吸，但五臟六腑就像被掏空了一樣，渾身無力。如果只有死路一條，那她希望沒有痛苦的死去。

抓著姊姊脖子的坎卜斯鬆開手，轉身朝江雪走去。江雪永遠忘不掉那瞬間，一路劃破天花板壁紙的犄角、血淋淋的大手、從血盆大口中流出黑色液體，以及突然破碎的玻璃窗和兩個重疊的影子。

一個人影折彎了坎卜斯的犄角、刺進它的脖子，然後迅速把雙手伸進撕裂的傷口。黑色的血腥液體四濺開來，坎卜斯痛苦的掙扎。江雪記得，赤手擊倒怪物的人是明月。

那天明月救了江雪。但這樣講有些牽強，因為明月不是救下江雪，只是殺死了坎卜斯。明月好似餓了三個月後發現獵物的猛獸般撲向坎卜斯，就像快樂地玩遊戲那樣，感受不到任何絕望與恐懼。待屠殺結束後，江雪才知道打破玻璃窗、殺死坎卜斯的人是明月。明月用腳踢了一下死掉的坎卜斯，看向江雪，但驚嚇過度的江雪沒有認出明月，她只知道那不是坎卜斯，而是人類。

江雪很想問明月是否還記得那一天。如果還記得，她想告訴明月，當她撲向、殺死坎卜斯並看向自己的瞬間，那雙眼睛比坎卜斯還要可怕、陌生。但當明月問這是不是她進入研究所後第一次見面時，江雪打消了念頭。

應該記住什麼呢？兩個互相衝突的畫面不斷碰撞，必須刪掉一個。即使一別後再無相見之日，想起明月時只會難過，江雪還是想記住身穿柔道服的明月。然而一想到明月，江雪眼前浮現的總是她腳踢著死掉的坎卜斯、望向自己的藍眼睛。江雪是為了刪掉這幅畫面而來，但顯然這是個錯誤的選擇。過去靠虛無的希望不斷逃避，最終還是落入了真相的陷阱。

江雪走出餐廳時，職員叫住她，把她帶到第一天去過的研究室。職員坐在江雪對面的沙發上，詢問了研究所的生活和對研究所的印象。江雪毫無誠意地回了一句：「還可以。」

職員淡淡一笑。「妳都不去看他們訓練。」

江雪默不作聲，表情彷彿在反問：這有什麼問題嗎？

「所有訪客中，只有妳覺得一切還可以。雖然沒有問過所有人，但很多人都說這裡的環境差，提了很多要我們改善的地方。昨天還有人抗議說冷、熱水的水壓太大，很難調出溫水。」

江雪覺得職員的語氣很像在數落自己，感到很不悅，但也無法反駁，因為她並沒有留意明月在這裡過得如何。

「聽妳這樣說，我們就放心了。我們也在盡最大努力。在這種時局下，我們也在盡可能提供最好的條件，畢竟他們都是守護地球的生力軍。」

這次江雪也沒能做出適當的反應，只是點了一下頭。職員把手肘架在雙膝，雙手合十垂在兩腿之間。

「其實，訪客中只有兩位不是直系親屬，其中一個就是妳。如果不是直系親屬，手續也不同。其他人只要提交關係證明書和簽字就可以了，但妳們需要透過其他方式來證明關係。手續並不複雜，我們也不是不懂變通。畢竟隊員死亡時，我們會支付你們終生的撫恤金，還是需要一個名份。」

「等一下……」

「嗯？」

「你這話是什麼意思？」

職員露出一頭霧水的表情。

江雪快步朝訓練場走去，她沒有耐心等到訓練結束。江雪心想，要是明月叫她等，她會揪住衣領把她拽出訓練場。職員的意思是，若明月在執行任務時喪命，政府每個月將支付江雪三百萬元撫恤金，直到她死去。因此需要她在證明關係同意書上簽名。簽名就表示她願意接受那筆錢，以及明月即將死在宇宙的事實。

訓練場一樓入口只有登記指紋的人可以進去，江雪只好朝二樓走去，等候室跟往常一樣聚集了很多人。江雪看到一名職員站在走廊盡頭，這時一臉驚訝的采恩跑過來攔住了她。江雪正要問她幹麼攔下自己，突然響起一陣騷動。江雪的視綫轉向等候室，只見一個女人背靠玻璃窗癱坐在地。人們非常有秩序的讓出空間，還有人取來紙巾塞給淚流滿面的女人。一位老奶奶撫摸著女人的背，不斷安慰她。江雪盯著大家黯淡的表情，感受到了陰影下的悲傷。江雪邁步往等候室走去，采恩拉住她的手。

「不要看。」

江雪甩開采恩的手。一走進等候室，大家的視線便匯集在江雪身上。這種視線似曾相識，大家明知沒有怪罪的對象，但每個人眼中還是充滿怨恨，其中還摻雜著憐憫與難過。江雪覺得，眼前這些人就和來弔唁母親的人一模一樣。

看到明月用拳頭狠狠擊打對手至血肉模糊，頭部甚至難以分辨是臉還是後腦杓時，江雪心中那顆自從明月救下自己後一直存在、但努力隱藏的炸彈終於爆炸了。

江雪像是要逃跑似的快步走出等候室。每走一步，在黑暗中感受到的恐懼就會退下一層外皮，露出隱藏在最裡面的脆弱。它就像暴露在體外的內臟，每走一步都搖搖欲墜。只要一點點微弱的衝擊都會炸裂的不安籠罩江雪，那是無法用雙手捧起的龐大不安。江雪不知所措，只能不停往前走。

不知何時，采恩追了上來，擋在江雪面前，一把抱住了她。采恩用雙臂緊緊抱住江雪，緊到江雪難以掙脫。

「江雪，妳要保持清醒。」

江雪很感謝采恩，但她當下沒有餘力表達。采恩鬆開用力的雙臂，江雪什麼沒也沒說就走了，她只想趕快回房間，回去打包行李，再去詢問如何離開研究所。江雪默念著接下來要做的事，快步朝房間走去。

江雪拉上背包拉鍊時，明月走進房間。

「妳要幹麼？」

「回去。」

「為什麼突然要走？」

「想走就走囉。」

明月的手指還留著未擦淨的血跡。不想面對的畫面再次清晰地浮現。

「總得有個理由吧？」

「我沒有理由再陪妳了。」

「我是問妳，為什麼不想陪我！」

「妳讓我覺得很陌生，所以不想再待下去了。」

明月的嘴巴就像魚鰓一張一闔，最後什麼也沒說。愈親近的人愈清楚用什麼方法傷害彼此最殘忍，但江雪脫口而出的話並不是故意要傷害明月。只是話一出口她就知道，明月會受傷。

「妳這樣講，我很傷心。」

「會嗎？妳根本不在乎我說什麼。」

「妳怎麼這麼說？在這裡打打殺殺很正常，只是訓練而已。難道那些怪物攻擊時，我還要考慮對方的感受嗎？」

多虧采恩通風報信，明月才知道江雪為什麼這樣。

「妳已經贏了，沒必要置人於死地吧！」
「那個人不用一天就能痊癒了，也許只要幾小時。那點小傷真的不算什麼，我之前也……」
「他的家人也在現場！」
九十分鐘就能痊癒，只要沒有撕裂喉嚨、挖出心臟，任何傷口都會很快癒合。他們就是這樣進化過來的，也因此淪落為被排擠的對象。
明月沒有反駁。
「還有，今天這裡的人要我簽什麼名。說妳死了以後，他們會給我錢，我為什麼要簽名領那筆錢?!」
江雪打算把話一次講清楚，她差點忘了剛才為什麼去訓練場。明月皺起眉頭，張嘴想要辯解，但江雪沒有給她機會。
「我們住在一起時，妳不是說各過各的，不要拖累對方嗎？現在呢？妳不要把妳的餘生都推給我！」
江雪說什麼都不接受那筆用明月生命換來的錢。江雪經過明月，走出了房間。明月沒說一句傷害江雪的話。
江雪說要回家，職員面露難色，但江雪的態度非常強硬。一天之內驟降的氣溫凍紅了她的鼻頭和臉頰，在等職員去取車時還飄起了雨雪。江雪上車前，采恩跑來問了她的聯絡方式。江雪遲疑了一下，但面對同樣孤單一人的采恩，江雪還是留了電話號碼。直到車子橫穿運動場，駛進鬱鬱蔥蔥的樹林，明月都沒有出現，江雪用力挺直背脊，告訴自己不要回頭看。落在地上的雪轉眼化成了水，今日的白夜一樣沒有留下任何影子。

「妳不覺得一個人住很孤單嗎？」

「我們都一起生活這麼多年了，妳還想跟我一起住？」

明月提議把保育院給的補助金湊一湊，找間大房子一起住。雖然江雪不排斥，也沒有拒絕的理由，但還是沒有立刻答應。明月沒有放棄，她坐在戶外桌前，對清理桌面的江雪說：

「我不怕吵，就算妳半夜洗澡也沒關係，不常打掃也沒什麼大不了的。比起這些，我更怕一個人，感覺全世界就只剩下自己。就是因為害怕一個人，所以小時候我才會一直笑，因為不希望他們離開我。」

「妳那時候還小，沒辦法獨立。」

「這跟年紀無關。我要是想，也可以去報警求助！但我不是因為年幼無力，才在等別人來救我。我害怕的是接下來的事。我害怕那個家，但更害怕失去他們的家。跟他們住在一起很痛苦，但一個人時我會流淚，所以我才死撐著。」

江雪沒再說什麼，默默清理著桌面，但動作越來越緩慢。

「妳想想看，真的不想跟我一起過好一點的日子？」

「好日子……」

「妳喜歡看書，我給妳一個房間當書房。我們一起煮飯吃、看電影，一起出門散步。以後再領養一隻和我們一樣被遺棄的小狗，兩個人和一隻狗和睦相處，多棒啊！別人都覺得我們的人生很可憐，我們就好好過給他們看，告訴他們，我們也有自己的人生，有自己選擇的生活。」

「這樣妳就滿足了？」

「不然呢？這樣的人生還不夠幸福嗎？這樣我就滿足了。我只要抬頭挺胸做人，和妳一起好好生活。我才不需要他們同情呢。」

明月花了好幾天說服江雪。有時江雪覺得明月很好笑，所以沒有立刻回答。但明月越講越興奮，越講越期待，她還承諾：「我不會為妳奉獻自己的人生，也不會要妳對我的人生負責。」

江雪想起那時的對話，突然覺得為了不孤單而選擇與自己相依為命的明月很可憐。

采恩找上門是在五天後。這五天江雪什麼也沒做，她原本打算回家後先整理明月的東西，結果連窗簾都沒拉，整天把自己關在漆黑的房間裡，往返的距離只有床與廁所之間。因此門鈴響起時，江雪還以為是幻聽。

江雪不知從何時起出現了耳鳴症狀，連夢與現實的界限也變得模糊了。門鈴再次響起時，江雪才意識到有人來了。第三次傳來門鈴聲時，江雪才坐起身來。接下來是敲門聲和呼喊江雪名字的聲音。聲音很耳熟，開門前江雪才認出是采恩。江雪不記得那天之後有跟采恩聯絡過，也沒有看手機。采恩是怎麼找上門的？

江雪邊想邊帶著采恩走到圓桌前。家裡突然來了客人，江雪手忙腳亂地開燈，又把窗簾拉開，心想著要先幫客人倒杯水，結果轉身卻走進廁所洗臉去了。江雪洗好臉走出來時，發現餐桌上放著紫菜飯捲。

「我猜妳沒吃東西，所以帶了點吃的來。我也沒吃……一起吃吧。」

吃飯時，采恩沒說什麼，只提醒了幾次江雪要細嚼慢嚥。采恩配合江雪的速度，緩緩把食物送入口中。吃完飯，江雪清理餐桌、燒水時，采恩在家裡繞了一圈。

「這是白明月的吧？」采恩指著金牌問道。

「嗯。」

「妳們一起生活啊？」

江雪點了點頭。

「我跟明月問了妳的住址。抱歉，不請自來。但我很想見妳一面，打電話妳也不接，所以就跑來了。」

「沒關係。」

江雪把熱茶端上餐桌，采恩坐了下來。

「明天出發。」

江雪沒有反應過來。明天（什麼）、（去哪裡），為什麼（告訴我）出發這件事？江雪逐一找到答案：明天隊員們就要前往宇宙，因為明月要出發了，采恩才會告訴自己這件事。江雪得出答案後，突然感到手指一陣冰涼。采恩握住了江雪的手。

「江雪，妳要想清楚啊。」

采恩又重複了一遍上次講的話。到底要想清楚什麼？

「要想清楚我們真正害怕的是什麼。」

江雪一頭霧水，不知道這個只有一面之緣的人為什麼要找上門、跟自己說這些。

「我不是害怕沒有見妹妹最後一面。應該說，我是怕那是最後一次。我不喜歡妹妹跟那個人交往，沒什麼特別原因，但就是不喜歡。我覺得自己看人比她準，她才小小年紀就說要結婚，所以我跟她吵了很多次，最後還是妥協了。早知道外星人會把地球變成一片廢墟，我應該早點同意他們結婚的。那個人從軍後，妹妹也加入了民間支援隊。」

采恩的語氣十分淡然，像在講很遙遠的事。

「我們吵得很兇……那算是吵架嗎？這樣表達正確嗎？吵架不是都會和好嗎？在那種情況下，我們還為這種事吵架、互相傷害。現在想想，我也不懂自己在幹麼，不好好珍惜時間，還互相發脾氣，放話說以後再也不要見面了。結果就在那天，妹妹死了。」

「啊。」江雪發出了低沉的哀嘆。

「我不想用那句話結束一切，我想跟她道歉，告訴她全世界我最愛她。就算她不能回答，但也可以聽到。我很後悔沒有這樣做。江雪，我們到底在怕什麼呢？可怕的日子已經結束了。妳又在害怕什麼呢？」

就算問明月，是真的因為害怕明月殺死坎卜斯時的雙眼，和攻擊對手時的雙手嗎？明月也無法爽快回答。

家裡籠罩著寂靜，直到熱茶都變溫了，江雪才開口。

「我害怕失去……」

「但一切還沒有結束啊。如果妹妹還活著，無論她是會成為怪物還是要去宇宙，我都會同意的。雖然不能見面，但至少她還活在我能看得到的地方。不管她變成什麼樣子、在哪裡，只要她還活著。」

江雪突然感到胃腸翻滾，鼻子發酸，一股沉甸甸的熱氣在體內蔓延開來，水蒸氣就要奪眶而出了。接連送走心愛的人以後，江雪覺得無法再把心寄託給任何人了。依賴的人消失後，自己只會一蹶不振。與明月的關係也不過是兩種不相容的液體暫時融合在一起罷了。坎卜斯侵略地球時，江雪真正害怕的並不是坎卜斯，而是擔心會失去明月。

雖說是明天出發，但距離出發時間還有二十八小時。江雪走出家門，外面下起了鵝毛大雪。江雪攔下一輛計程車，告訴司機地址。雪越下越大。江雪咬著拇指指甲，懇切地祈求趕快抵達目的地。應該先打個電話的，但到了門口再打也不遲。

司機把車停在森林入口。

「車只能開到這裡。」

「那我在這裡下車好了。」

「嗯，但雪下得這麼大……」

付完錢下車後，江雪立刻朝熟悉的建築狂奔而去。幸好是順風，跑起來沒那麼吃力。被吹亂的頭髮不停遮住視線，天氣冷得耳朵和鼻子都快凍掉了。江雪一股作氣跑了很遠很遠，身子熱了起來，喉嚨也冒出鐵鏽味。江雪一直跑到喘不過氣才停下。還以為馬上就能抵達，但直沒腳踝的積雪拉慢了前進的速度。額頭冒出的汗水落入雪地。明月說過，流汗會讓人感到幸福。因為每一滴汗水都摻雜著苦惱與悲傷，所以汗流浹背時會特別暢快。江雪終於承認，明月在自己的生活中無所不在。

穿過森林，江雪看到了遠處之前搭車經過的入口。她苦惱著要如何叫明月出來，但問題很快就解決了，因為明月正從遠處跑來。精疲力竭的江雪停在原地，手扶著樹幹喘著粗氣，沒過多久，明月就站在眼前。

「搞什麼？妳怎麼知道我來了？」江雪努力調整呼吸問道。

「味道。」

即使江雪走時說了傷人的話，明月還是若無其事地笑了。

「妳是跑來跟我道歉的？」

明月充滿期待的臉龐微妙地很像狼。是本來就很像嗎？還是進化的關係？明月總是笑嘻嘻的，江雪早忘了她沒有表情的樣子。

「我來不是為了道歉，而是有話要對妳說。」

明月很羨慕不愛笑的江雪，而江雪很討厭自己總是面無表情。

「一定要回來。」

江雪很想笑著說出這句話。

「我聽說狼有歸巢本能，臨死前都會返回洞穴。妳也要在死前回來，死在地球上。」

不知道是天氣太冷還是在強顏歡笑，明月的嘴角抽動了一下。

「妳是想要我回來，還是想要我死啊？」

「就算要死，也要跟我道別後再死。如果可以不死，那也要在我死前趕回來。我一定會老得比妳快，那妳最晚也得在七十年內趕回來，我可不想活超過一百歲。」

這樣的重逢一定會很尷尬，因為同族、同齡的兩個少女在七十年後會變成狼和老奶奶。即便如此，江雪還是覺得可以等。雖然肉眼看不到那顆比沙粒還小的星球，但想到明月生活在可以眺望的遠方，便覺得這種等待好過那些思念永別之人。

「我一定會挖到鑽石，帶回來給妳。」

明月笑了，就像從前一樣。

分手後，江雪才想起忘了謝謝明月當初救了自己。但如果是明月，就算江雪不說她也會懂的。當然，即使她不懂也沒關係。

翌日，太空船橫越白夜的天空。江雪望著太空船，心想著總有一天會再看到的明月的雙眼，那雙冰冷而深邃的眼睛。

巴基塔

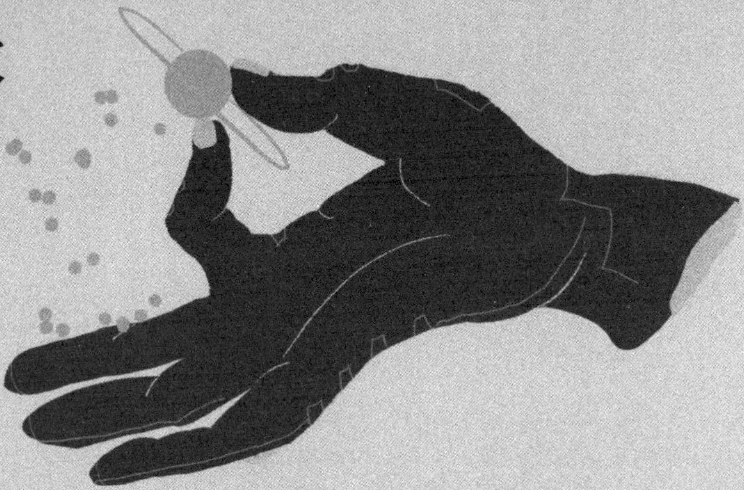

三個胚胎試管成功裝上了太空船，但其中兩個電池損壞，電源關閉了。雖然惋惜，但以地球目前的狀況來看，三個胚胎試管都完好無損已經是奇蹟了。這個地方沒有哨兵，保管室也無人看守，卻之所以安然無恙，可能是因為建在遠離城市的偏僻所在。我覺得這裡很像神從外星生命體手中最後守護的創造物，但祂的手就只握住了三個試管的大小。太空船在著陸過程中險些撞到岩石，因此緊急使用了備用能量，導致電池沒電了。利用太陽能充電需要幾天時間，這段期間我只能停留在地球上，所以返航將晚於預期時間。

我打算記錄一下這段期間地球的變化。雖然知道地球沒有發出訊號，但不知原因為何，可能是在我們前往宇宙時人類已經全軍覆沒。這種預測一半對、一半錯。我不覺得絕望和悲傷。眼前的情境的確會令人肅然起敬，但我們不是正在把胚胎試管從人類滅亡的地球轉移到新的星球嘛。不知為何，我總覺得地球，又或者是人類與我們預想的不同，他們似乎度過了很不一樣的歲月。隊長，你一定也會很感興趣的，因為地球變成了一個既熟悉又陌生、很可怕卻又非常美麗的星球。

要說是文明滅亡，多少有些不切實際，若用類似滅亡的毀滅、消亡、沒落和末日等詞彙也不貼切。如果一定要用一個詞彙來形容現在的情況，很遺憾，我會選擇繁榮。

正如我們早前記錄的那樣，從巴基塔帶來的物質即使不用電，也可以讓城市整夜燈火通明。電塔在植物的覆蓋下，看起來彷彿一棵千年古樹，曾是發電站的地方已化為廢墟，現在成了紅狐狸的棲息地。一隻紅狐狸用充滿好奇的眼睛看著我，然後悄悄靠近我，把頭伸到我的雙腿間蹭來蹭去。牠還會像兔子那樣蹦來蹦去跟我玩。我覺得很神奇，野生動物竟然如此毫無戒備、展現友善的一面。這是我第一次在路上遇到野生動物，莫名覺得這裡理所當然是屬於牠們的。我甚至覺得只有人類出沒反而更奇怪。其實只要細想一下就知道哪裡奇怪了，單一物種統治了半個地球，是多麼可怕的事。雖然至今四處仍留有人類的痕跡，但動物在人類消失後，就像找回了原本屬於自己的領域，自由地穿行於各個禁區。那些地方就像當初根本不屬於人類一樣。如果隊長看到那些棲息在發電站的紅狐狸，肯定也會產生同樣的想法。

除了紅狐狸，我還看到很多不知名的生命體。隊長，你見過宛如身穿翡翠綠晚禮服的黑鳥嗎？或是繫著黑色蝴蝶結的綠鳥？還有那種和鸚鵡一樣長著彎曲鳥喙、但顏色半紅半藍的鳥？還有一種鳥乍看之下很像蝴蝶，細看卻發現尾巴就像觸角一樣捲了起來；你還見過像燙了頭髮一樣帥氣的鳥，跟長著粉紅色翅膀、煽動起翅膀像水面波紋的鳥嗎？這些生命體可能是在我們離開時誕生的，也可能來自巴基塔星球或進化而來。但不知為何，我總覺得這些鳥從以前就與我們共存了。因為牠們的叫聲很耳熟，一定在哪聽過。這些鳥棲息在電塔的藤蔓和電線上。我記得你說過你怕有鳥喙的動物，但如果你看到牠們落在電線上盪鞦韆的樣子，絕對會覺得牠們很可愛。

我住在距離發電廠不遠的山上。上次我跟你說這裡居住環境惡劣，很容易感染疾病，而且經常發生自然災害和受到野生動物攻擊，所以人類難以長久存活。但現在我要更正一下，他們維持這種惡劣的環境正是為了不引人注目，而且他們已經進化到了能夠在沒有屋頂和柵欄的空間居住。

他們依然使用火，所以很容易發現使用火的地方。冬天不易生火，因為山裡起火就大事不妙了。沒有火，最辛苦的人就只有我。我無法咀嚼堅硬的草、果實和哺乳動物的生肉。但他們的下顎與我們不同，下顎發達的他們就像在吃熟肉和嫩草一樣輕鬆。我們離開的這段期間，他們為了躲避巴基塔存活下來——不，這種說法並不正確，因為巴基塔沒有殺害人類。該怎麼說好呢……似乎用「馴服」會更貼切。當面臨史無前例的外星人入侵時，人類為了存活且不被馴服，在短時間內迅速進化。記得隊長說過，人類進化的過程曾出現斷層，所以進入穩定期後，有很長一段時間沒有再出現漸進的進化。

我還想多講一些關於生活在森林裡的人類的事。他們堅稱自己是人類，所以認為那裡……那些還活在文明中的生命都不是人類。他們的說法看似合理，卻也牽強。上次我忙得忘記告訴你，那些與巴基塔一起生活的人類已經和我們截然不同了，他們自認是家畜化的低等種族。當然，他們沒有確切地表示自己被馴化，那只是我的推測。我與森林裡的人類無法溝通，感覺就像跟黑猩猩或倭黑猩猩對話一樣。

我感到很抱歉的是，在我眼中，住在森林裡的他們也不是人類。第一個原因是他們的詞彙量很低，跟六歲左右的孩子差不多，這讓我覺得他們的語言只是為了基本生存。起初我以為他們還有另一種我不懂的語言，但顯然不是。聽清陽性元音後，我才發現他們也會發出陰性元音和中性元音。雖然要發現這點也花了很長時間，但至少還能溝通。

總之，這個發現讓我低落了一陣子，也因此覺得沒必要去想什麼高瞻遠矚的戰略了。即使不願、我仍忍不住去想他們躲進森林前所經歷的挫折和絕望、攻陷與戰敗，我內心十分混亂，也想不通為什麼會對他們如此感同身受，難道是因為人類戰敗了？也許某些層面來說是這樣，但也不全然如此，畢竟人類再次適應了新環境生存了下來。生存就等於擺脫滅絕危機，僅憑這一點，人類就等於獲勝了。

第二個原因是外形。如果能把照片傳給你就好了，真可惜。初次見到他們時，我感受到恐懼和敵意，但如果是隊長一定會覺得很有趣。當然，善意會讓我們陷入更危險的處境。

前面也提到，他們的下顎比我們發達很多，就像牛一樣，因此說話時發音不準確，像是另一種語言卻又不是外語，那是我們的口腔結構無法發出的聲音和音域，似乎是為了攝取生食才迅速進化出這種發達的下顎。當然，這種出現斷層的進化並非只體現在下顎。也許是因為下顎發達，森林人類的頭部比從前的人類大了二到二點五倍。他們的頭圍與我相似，這應該是一個好徵兆，因為這意味著大腦的活動與我們應該沒有太大差異。

事實上，我與他們之間就只有語言溝通的隔閡而已。他們見我難以咀嚼野菜，不但生了火，還找出了保管已久的鍋子。雖然動作生疏，但還是燙熟了野菜。為了讓我好好休息，還搭了個帳篷。我還發現他們仍保留著文明的痕跡。飯後他們會用水漱口，還有人用手指或像牙刷的工具去清理塞在牙縫的食物。而且他們會清楚區分飲食區與廁所，好像也知道如何避免病菌。這些人生吃的野菜、蘑菇、花和果實，都是人類以前就會吃的食物。

這些人抹去了人類脆弱的部分，只進化到足夠野外生存的階段。身體的變化不只下顎，指甲也像食肉動物一般厚實且鋒利，腰部變得很細長，上下比例幾乎相同，可能是因為器官膨脹，才能長時間儲存食物或消化難以分解的食物。

我和森林人類相處了一段時間。幸運的是，他們保管的資料中有關於我們探測船的紀錄。他們一直在等待可以拯救自己的上一代。從另一種角度來看，上一代人等同於神，但經歷了科技文明的他們並沒有信奉的神。我沒有失望，反而覺得慶幸。如果他們有信奉的神，那一定會立刻向巴基塔進攻，還好沒有發生這種事。也多虧那些資料，他們才終於解開了我是再次入侵地球的外星人的誤會。以前的人類主動選擇冷凍自己，再以進化前人類面貌現身，自然會引起誤會。

昨晚，我突然覺得自己和巴基塔沒什麼兩樣。隊長，你也在文件上簽名了吧？就是那份承諾會在我們返回前，將不惜一切代價給予留在地球上的家人和後代援助的文件。隊長，你花了多久時間呢？我竟然都沒問過你這個問題。我花了兩年。想到要在宇宙中生存幾百年，而且直到親友死去也無法見上一面，便很難做出抉擇。每個搭上太空船的人都是如此吧。我覺得這就是命運。

命運，我知道你最討厭這種說法，因為你認為凡事都是選擇所帶來的結果。但有些情況真的很難用其他詞彙取代命運。我比較像媽媽，所以很擅長數學和科學。這和選擇比起來，更接近於天生的。爸爸罹患了不治之症，一輩子就只能躺在醫院裡，這也不是我的選擇。當然，如果要一一細究，也許真如你所言都是選擇的結果，但為了讓自己好過一些，我寧可相信這都是命運……我怎麼突然講了這麼多自己的事。總之，隊長也一定有訣別的親人吧？假若他們還活著，變成了森林人類或與巴基塔共存的人類，你會怎麼做呢？

隊長，你還記得巴基塔首次出現在地球上的那一刻嗎？雖說冷凍睡眠狀態的時間越長，越容易有損傷記憶的副作用，但我始終忘不掉與巴基塔有關的記憶。當時因為衝擊過大，每一個小細節仍歷歷在目。有人能忘記夜空突然變得像白晝般明亮，天空好似打開一扇門的光景嗎？

那年我十二歲，因為正值假期，全家一大早出發去蔚山玩了三天兩夜。回來後，我早早就上床睡覺了，半夜卻被亮光閃醒。起初我還以為是爸媽開了我房間的燈，我還在半夢半醒中教他們關燈。但房間裡靜悄悄的，稍後我聽到爸媽房間的開門聲和他們抱怨家裡怎麼這麼亮的聲音。我才意識到不對勁，坐了起來。

我和爸媽一起打開陽臺窗戶，只見公寓的人都在仰望刺眼的天空。我很好奇，其他人看到巴基塔從裂開的天空登場時都在想什麼？說實話，我很興奮，感覺好像置身於遊戲世界一樣。如果當時年紀再大一些，我就不會那樣覺得了。

記得在對巴基塔一無所知卻只能與之共存的敏感時代，我們沒有通行證便無法外出，空蕩蕩的街頭只能看到全副武裝的軍人。但那種日子並沒有持續多久，人們很快便發現巴基塔不會攻擊人類，而且它來地球的目的是為了吃掉我們製造的人工化合物。巴基塔把我們的大麻煩、我們的罪孽——堆積了數千年的垃圾當作主食吃下去，然後排出毫無化學痕跡的分泌物。雖然巴基塔刀槍不入，但僅憑這個發現，人類便放鬆了警惕。

人類慷慨地把垃圾交給巴基塔。停止運轉的工廠再次啟動，人類的生活又立刻回到大量使用一次用拋棄式用品的時代。許多法律早已禁產的商品重新生產，十三歲的我在餐廳第一次看到塑膠叉子，在大賣場見到了寶特瓶。如果人們早知道巴基塔會變胖，就不會大量生產了吧。巴基塔在與人類共生的同時，逐漸擴張勢力，少說也用了十一年。

我記得直到我們離開時，都沒有在巴基塔身上發現任何異常。然而，當我們返回地球後才發現，巴基塔的食性並非只限於人工化合物。雖不知它是刻意隱瞞還是本性暴露，總之包括建築物在內的電塔、橋樑、廣告牌、玻璃和雕塑……只要是人類製造的東西都被它吃掉了。如果你親眼看到就會理解我在說什麼了。如今文明的痕跡所剩無幾，人類你爭我奪、互相殘殺、拚死拚活所建起的繁榮，最終因我們自己吐出的殘骸而崩解。

隊長，我知道即使你聽到這些紀錄也無法返回地球，但還是希望你能理解我為什麼留下這些紀錄。必須留下紀錄的使命感和即使留下紀錄、地球上也沒有人看的現實，以及人類早已變成進化前的生物的想法，讓我倍感憂傷。

我近距離觀察了巴基塔，它們的樣子和我記憶中一樣，有著與人類相似的頭骨和四肢，而且直立行走。身高三公尺左右，黑色皮膚，長長的手臂可以碰到小腿，眼睛則與我們並無二致。我經常會想起那雙眼睛。雖然外表奇特，但由眼白、虹膜和瞳孔構成、與人類相同的眼睛始終教我難以忘懷，甚至毛骨悚然。與它們一起望向某處或交換眼神時，我都會全身起雞皮疙瘩，那雙眼睛比一百句威嚇更恐怖。為什麼會這樣呢？當然現在也是如此。只要看著它們的眼睛，過去的情緒就會死灰復燃。那雙眼睛充滿了企圖心。巴基塔用與人類一樣的眼睛指向物體、改變氣氛，還可以交換密碼。透過它們，我才理解了用眼神表達感情和傳話是什麼意思。

隊長，巴基塔的認知方式與人類毫無差異。我們離開地球的期間，它們在地球上建造了城市，但使用的是與我們截然不同的文明創造方式。你還記得我在前面提到文明時，使用了繁榮一詞嗎？是的，地球的文明比人類生活的時代更加美好了。除了美好，我實在不知道該如何形容。巴基塔帶來的光無需任何能源，它們建造的建築物比鋼鐵更堅固、比塑膠更持久。無需樑柱支撐的建築物呈現出人類無法打造的奇異曲線，形態既陌生又華麗。每個建築似乎都在扮演不同角色，就像公司一樣。據森林人類說，位於市中心、形似毒蠅傘菇的建築是最重要的。有時會有綠光從那棟建築的樓頂射出，直向天空，一路延伸至宇宙，彷彿在召喚尚未抵達地球的同伴。雖然真相為何，無人知曉。

如果能再觀察它們久一點就好了，但返航時間漸漸逼近，原以為可以載更多人離開，沒想到就只有我一個人回去。我很沮喪，但幸好還有胚胎試管。

到目前為止，我都還沒有遇到文明人類。因為他們與我們的體型相似，除非離得很近，否則很難看到。希望能在臨行前有機會近距離見到他們，但似乎希望渺茫，因為他們總是與巴基塔在一起。

我得準備出發了，希望隊長也能平安返航。

隊長，就在剛才，森林人類抓到了一名文明人類。現在他被綁在樹上。我想靠近他，卻遭到森林人類阻止，只能站在遠處眺望。可是光線太暗，什麼也看不見。等明天天亮後，我打算再試試看。

讓我有點驚訝的是，文明人類的外表與我們幾乎一樣。文明人類的下顎不像森林人類發達，身材比例也與我們差不多。有別於野獸外皮般厚實的森林人類，文明人類的皮膚十分光滑、脆弱。而最明顯的特點是眼睛很大。既然都講到這了，我就先說明一下文明人類的臉部吧。不知道這是我見到的文明人類特徵，還是他們的共同特徵，總之他的臉不長，但眼睛和耳朵很大，鼻子和嘴很小。眼睛大到占據了半張臉，黑色的瞳孔也很大，幾乎看不到眼白。與他四目相交時，我根本無法掌握他的狀態，感覺他一點也不害怕，甚至不知道他在看什麼。

森林人類允許我靠近時，文明人類看向了我，我才意識到他有在看我。他死盯著我，露出可憐的表情。我覺得很有趣，但也受到不小的衝擊。因為透過文明人類我才恍然大悟，森林人類的表情中沒有任何感情。

原來就是表情，讓我覺得森林人類和我不一樣。他們不會哭、笑，就連對話時也沒有自然的表情。講話時除了嘴巴和嘴巴周圍的肌肉，其他臉部肌肉就像面具一樣動也不動。大概是臉部神經都退化了吧。雖然他們也可能是故意不做任何表情的，但考慮到並不是幾小時，而是幾天都這樣，所以說是退化更加合理。如果是為了生存變成這樣，是否該說是進化呢？

相反的，文明人類就像孩子一樣使用臉部肌肉。我很難估測他的年齡，光看臉的話感覺只有五歲左右。但在綑綁的狀態下他也能保持冷靜，由此推測年紀應該更大一些。不管怎樣，最重要的是變大的眼睛和瞳孔。他用眼睛就可以將表情最大化。我覺得這是為了有效傳達自己的感情，說不定是在向巴基塔……

看著文明人類，我思考了一下關於共生的問題。與巴基塔建立友好關係的人類生活在它們打造的城市。有人會提出要將巴基塔趕盡殺絕或趕走它們，當然也會存在出於某種理由、堅持與之和平共處的人；就像有些人認為無法戰勝巴基塔，也會有人堅持需要巴基塔清理垃圾，呼喊愛與和平的人會把陌生的外星生命體視為朋友。在我們離開時，巴基塔還是所有人恐懼的對象，但現在它們已經自然地融入了人類生活。隨著時間過去，劃分出敵對與友善的兩個群體，而且越來越兩極化。

巴基塔也不再坐以待斃。地球上近八十億人口少了一半。不，也許只有五分之一。但從這種情況來看，屠殺的可能性極大，當然也要考慮戰死的人數。但就結果而言，雙方戰鬥力不相上下。唯一可以肯定的，是巴基塔先發起攻擊。無論是單方面的屠殺還是為了抵抗而攻擊，人類都低估了巴基塔。它們並不是為了吃人類的垃圾而誕生的。

我剛才太興奮了，不由自主提高了嗓音。但我想說的是，文明人類不是因為無法戰勝巴基塔才選擇與之共生的。不知道用「共生」一詞是否正確，但這樣講應該沒錯。現在也是一樣，只是人類的地位變成了家畜而已。文明人類的進化與森林人類不同的原因也在於此。為了讓巴基塔認為自己不具威脅性，他們才更努力地表達自己的意向。文明人類與森林人類看似相似，其實並不同。就像即使都有四隻腳，但馬和牛還是不一樣的。

只有一次，那個文明人類趁森林人類走開時，把我叫了過去。他的聲音很細很好聽。恐懼的神色消失後，露出了好奇的表情。文明人類露出了確信我不會傷害他的表情。我往前一步，文明人類伸長脖子，應該是想看清我。我毫不猶豫地縮短了我們之間的距離。文明人類聞了聞我皮膚的味道。他的手腳被綁著，所以用鼻子擦了一下我的臉頰。當他透過鼻子感受到與自己相似的皮膚時，他的表情先是流露出神奇、高興和雀躍，最後是傷心。

理由不得而知。

我像跟森林人類講話一樣，試圖與文明人類溝通，但文明人類雙眼一閉，就像睡著了似的再也不動了。

隊長，我已經上了太空船，做好出發的準備。距離上次記錄已經過了兩天。這兩天我精疲力盡，什麼也沒做，一直待在太空船裡。這是出發前的最後一次記錄。

昨天夜裡發生了一場騷動，與其說是騷動，應該更接近戰爭。而且實力相差懸殊，說是大屠殺可能更為貼切。森林人類對巴基塔的突襲束手無策，我聽到慘叫，就出於本能躲進了森林深處，這才逃過一劫。我躲在森林裡，目睹了森林人類死在為數不多的巴基塔手中，那場景就像手持武器的人類在虐殺森林裡的動物一樣。也許是因為我覺得自己與森林人類不同，又或是因為我來自宇宙，看到如此殘忍的場面，就只是覺得惋惜而已。我不是應該感到憤怒、委屈、悲痛嗎？……隊長，我看著被屠殺的森林人類，竟然一點也不難過。

巴基塔來這裡是為了尋找文明人類。巴基塔擁抱住被綁在樹上的文明人類，而文明人類在巴基塔的懷中注視著我。雖然眼睛失去了焦距，但我可以確定他在看我。我以為文明人類會告訴巴基塔他看到了我，但他沒有。他就只是靜靜地、久久地注視著我。始終目不轉睛的文明人類被巴基塔抱走後，我才讀懂了他的表情所傳達的訊息。當然，這只是我的猜測而已。我不好意思當著隊長的面講出這些話，所以先記錄下來好了。文明人類好像在對我說：

「走吧。」

「不要被發現，走吧。」

「走吧。」

「快走。」

「趕快走。」

很可笑吧。他又不知道我在哪裡出生、來自哪裡，為什麼要對我說這些呢？但更可笑的是，我深信這就是文明人類對我說的話。為在巴基塔身邊生存而進化出的那張臉，的確對我說了這些話。

隊長，我們日後一定要在第二個地球創造新文明，要為明亮的星星取名為太陽，建設一座可以生存的城市。雖然要等胚胎試管裡的人類長大、學習、孕育後代、歷經幾千年之後，才能重現我們曾擁有過的科技，但我已經開始苦惱是否該留下關於第一個地球的紀錄了。

隊長，我希望人類不要成為巴基塔，希望我們不要再搶奪任何東西了。

詳細的內容等我們見面時再聊吧。

結束最後一次紀錄。晚點見。

藍點

從遠處遙望，地球並無特別之處。但對人類而言，它是特別的。看看這個小點，就在這裡。這就是我們的家，就是我們自己。在這個小點上，每一個你愛的人，每一個你認識的人，每一個你聽說過的人，無論是誰，都在此度過一生。

——卡爾．沙根（Carl Sagan）《淡藍色的小圓點》

媽媽很喜歡二樓露臺的花園。天氣好的時候，媽媽會收起布幕遮陽棚，空氣汙染嚴重時再打開，然後開啟人造陽光和空氣清淨機。二樓露臺的天空不受空氣品質影響，始終處在晴朗蔚藍的狀態。媽媽在家時總是待在露臺，她在那裡睡覺、吃東西、看書和親吻希艾菈的額頭。媽媽會撫摸希艾菈有著毛茸茸汗毛的額頭，來緩解一天的疲勞。希艾菈不會躲閃黏人的媽媽，但有時也會搖晃綁著兩條辮子的頭，用小手捂住額頭，阻止媽媽因乾燥而起角質的臉頰靠近自己。每當希艾菈如此，媽媽都會不以為意地繼續跟她臉貼臉，呢喃說有多愛她又黑又硬的頭髮、如彈珠般清澈的眼睛，和像極了自己的凹陷的人中。雖然後來希艾菈才知道媽媽說這番話不是為了哄她開心，而是為了守護在一群金髮人中成長的她，但每當想起媽媽在露臺說的這番話，希艾菈還是很開心。

媽媽開啟虛空中的全息影像，一邊展示銀河系和太陽系的行星、月亮和地球，以及構成地球的地殼，一邊為希艾菈講解地球幾十億年的年輪：最大的恐龍是什麼樣子、大海中僅存的座頭鯨，以及無數生命體在這顆星球上按週期降生與死亡。地球持續吸收自己製造出的一切，反覆將其化為養分，再創造出新的生命。而我們人類只會在這顆星球短暫停留，度過精采的每一天。雖然希艾菈很難理解媽媽的話，但她還是聽得饒有興致。很久以前，她就被只有自己小拳頭大小的地球全息影像迷住了。

一塊布幕破損，藍天上出現了一個黑洞。但媽媽對此一無所知。她被工作纏身，已經好幾天沒有回家了。希艾菈每天都會和媽媽視訊通話，但她不想讓疲憊的媽媽操心家裡的事。在只有八歲的希艾菈眼裡，布幕破損並不是什麼嚴重的事。希艾菈也和媽媽一樣，在露臺睡覺、吃飯、做功課。放學回到家，希艾菈會一直待在露臺。

有一天，希艾菈看著破損的布幕心想，「如果天空真的破了一個洞，是不是就能看到宇宙了呢？」要是媽媽聽到這種話，一定會哄堂大笑。深夜將至，希艾菈望著破損的布幕想像著，一邊等著媽媽。

面容憔悴的媽媽拖著千斤重的身體回到家，她親吻了一下希艾菈的額頭，便倒在沙發上睡著了。每當這時，希艾菈都會走回房間，取來最柔軟的被子蓋在媽媽身上。有一天，媽媽回到家，緊緊抱住了沉睡中的希艾菈。媽媽不喜歡喝酒，但那天她身上散發著一股濃烈的酒氣。希艾菈知道媽媽喝酒要嘛是有非常開心的事，要嘛剛好相反。如果是以往，希艾菈可以透過媽媽的呼吸聲猜出是哪種情況，那天卻毫無頭緒。過了半晌，媽媽才開口低聲說：

「我作了一個夢，希艾菈。我夢到妳站在太空船的指揮艙，既像傑克．史派羅船長，也像詹姆士．寇克艦長，但我最先想到的是卡蘿．丹佛斯隊長[2]。就像妳穿著漫威電影裡的衣服，站在露臺欄杆上一樣。希艾菈，總有一天，妳會做到的。總有一天，妳會克服所有極限。等妳站在那樣的位置時，一定不要忘記自己相信的事。不要忘記，妳相信的就是答案。有時，信念

2 此處提及為《神鬼奇航》、《星際爭霸戰》、《驚奇隊長》等作品中之角色。

比真相更重要，知道嗎？」

媽媽親吻著希艾菈的額頭睡著了。

七十九天後，媽媽的研究所發生了槍擊事件。兇手是其中一名研究員，他在殺害四十七人後，用手槍自盡。媽媽是那四十七名遇難者之一。

住在隔壁的阿姨牽著希艾菈的手去見了媽媽最後一面。不知為何，媽媽看上去十分安詳，一點都不像被殺死的，表情顯得很輕鬆，就像放下了所有煩惱。希艾菈在想，媽媽有沒有撲向那個持槍的人呢？

幾天後，晨間新聞報導揣測，發生在加利福尼亞州研究所的槍擊事件，很有可能是集體自殺。因為兇手開第一槍的時間是下午四點四十一分，第二槍則是下午四點五十三分。兩槍相隔十二分鐘之久，卻沒有人報警。

希艾菈盯著記者的臉，急促的呼吸、微微顫抖的手和失焦的瞳孔……那是深陷恐懼的表情。記者把在研究所找到的資料攤在面前說：「雖然黃石火山爆發周期未到，但已出現爆發徵兆。然而更大的問題是，人類為了解決能源和資源問題，使用氫彈打通海底挖掘的作業，造成了地殼板塊龜裂。研究結果顯示，這不僅是美洲大陸的問題，還將造成連續的大規模火山爆發……」

紅燈亮起，處於冷凍睡眠狀態的希艾菈甦醒了。隨著身體四周的液體流出，艙門打開。守在一旁的姿善快步上前，遞出空桶。希艾菈接過空桶，吐出了白色的液體。

「感覺如何？」姿善遞上保暖的夾克問道。

希艾菈吐出口中最後一口液體，彷彿作了惡夢那樣皺了皺眉。

「妳醒來前也會作夢嗎？」

「會啊。妳作惡夢了嗎？艾迪博士說，沉睡中的大腦在甦醒時會勾起最可怕的記憶。我夢到吃了好幾個小時的巧克力糖漿泡飯。小時候大家笑我吃什麼都要配飯，硬逼我吃下泡在巧克力糖漿裡的飯。」

「妳有報仇嗎？」

「當然。我用加了辣椒素的辣椒醬做了義大利麵，騙他們那是番茄醬義大利麵。」

希艾菈笑著穿上胸前印有「希艾菈．朴」字樣的夾克，摘下頭上的塑膠膜。

「艦長，妳作了什麼夢？」

希艾菈把能與莎朵霓號的管理人——AI「羅斯」溝通的晶片貼在太陽穴上，回答：「夢到我媽媽了。」

一時不知作何反應的姿善露出為難的表情。希艾菈莫名也對姿善感到抱歉，但也知道沒有道歉的必要。每次希艾菈提起母親，大家的反應都是先不知所措，然後垂下頭，最後輕聲呢喃一句很遺憾。於是從某一刻起，希艾菈再也不提母親。就這樣，在長達八年多的時間裡，希艾菈彷彿成了羅馬神話中沒有母親的孩子。但突然有一天，她意識到不該刻意迴避這件事。雖然媽媽的死存在很多疑點，但她始終是自己的媽媽。希艾菈拍了拍姿善的肩膀，走出房間。

羅斯報告完船體與隊員的冷凍睡眠裝置狀態後，又詳細講解了希艾菈在沉睡過程中，船體外部受到的衝擊紀錄。外部衝擊共計三百一十次，其中三次為百分之三十的高強度衝擊。但船體外部僅有輕微損傷，整體並無大礙。

經過走廊的希艾菈停下來，透過巴掌大的窗戶望向窗外。每當呼吸時，窗戶上就會出現一層白白的霧氣。

「現在沒有需要緊急處理的事囉？」

—是的。

希艾菈把額頭貼在小窗戶望向窗外時，這才有了甦醒過來的真實感。此時的自己正身處距離露臺十二億公里外、處於停泊狀態的太空船內，美麗的土星環正懸掛於窗外。

—您的心情如何？

羅斯問道。

「什麼心情？」

—我們不是馬上就要離開太陽系了嗎？

希艾菈覺得很神奇，因為只有ＡＩ才會問這種問題。離開太陽系的心情？希艾菈反覆思考這個問題，淡淡一笑。

這並非離開，而是被準備更換新衣的地球驅趕。雖然人類規劃了很多承受劇變的方案，但所有模擬實驗都以失敗作結。在局勢逆轉的大混亂中，無論是在天上、地下或是海底，生命體都無法存活。這也沒有什麼好悲傷的，就像恐龍的滅絕與消失一樣，人類也迎來了這一刻。但人類能夠挖地打造建築物，開闢大海和天空的航路，既然無法在地球上生存，那就只能前往宇宙創造新家園。

希艾菈凝視窗外，笑著移開腳步。沉默長達一分三十秒時，羅斯開了口：

—我撤回這個問題。

「這種問題都聽膩了，換個新鮮的。」

—請問您聽膩了最先離開太陽系這個問題的感想如何呢？

希艾菈背著手往房間走，一邊回答羅斯的問題：「感覺很特別，很不同尋常，但又覺得何必呢，反正無論到哪裡，那個地方都會變得跟地球一樣，還不如大家一起迎接世界末日呢……」

莎朵霓號是先遣隊中的最後一艘太空船。為了尋找與地球相似的星球，並確認人類是否能夠生存，協助地球上的所有人類移居而前往外太空。發展與絕望成正比。四十年來，正如臨死前的蟑螂ＩＱ會瞬間變高一樣，人類也在拖鞋落下前開闢了逃生之路。

希艾菈往駕駛艙走去。距離隊員甦醒還有四小時十六分，在此之前，希艾菈想好好享受身處太陽系的最後時光。正如對羅斯說的，雖然沒有賦予離開太陽系任何意義，但還是想用臼齒把「永遠」一詞輕輕嚼碎嚥下，就像用舌頭緩緩感受附在口腔上顎的苦澀藥丸……

莎朵霓號的任務是「定居」。前往可生存的星球，無論如何都要在那裡安家落戶，直到五十年後地球倖存的人類抵達。必須要讓新生命誕生，不管發生任何事，絕對、絕對不可以返回地球，不可以讓人類感受到絕望，因為混亂比地球毀滅更容易讓人類滅亡。

先遣隊的一號太空船載了五十名不同領域的科學家、二十五名醫師、十五名護士、十五名工程師、五名心理諮商師、三名記錄人員和十七名太空人，以及無土栽培設備、３Ｄ列印機和可以製肉的培養桶。後續的五艘太空船也分別承載了不同領域的專家、木材、動物胚胎細胞和各國層層篩選出的珍貴文物。

每支先遣隊出發前，大家都會提早一個月為他們舉行慶祝活動：唱歌、點燃篝火、祈禱、河中淨身、寫信和放煙火。只有希艾莅一直躲避歡送與祈福，就連為隊員準備的晚宴也沒有出席。希艾莅在露臺待了整整一個月，每天就只是睡覺、看書和吃飯。待在那裡，希艾莅體認到永遠不能回來的事實所背負的思念。如果可以，她希望把露臺也一起帶走，但最終只能帶走一張照片。

希艾莅坐在自動駕駛模式中的駕駛座上，為了讓長時間自動駕駛的莎朵霓號稍作休息，希艾莅關閉了自動模式。當聽到一切正常運轉的機械聲響起，希艾莅緩緩吐了一口氣。

最後一支先遣隊，也就是莎朵霓八號載著包括艦長希艾莅在內的兩百名成人和一萬支冷凍試管胚胎。歷時九年，莎朵霓號安全抵達出現蟲洞的土星第六大衛星——恩克拉多斯。接下來要做的就是等待隊員在四個小時後醒來，與地球做最後告別，然後穿越蟲洞。說不定比起前往新的星球，大家更期待最後再看一眼無法返回的地球。

那個遙遠的藍點。

地球最後的樣子就像不小心滴在紙上的一滴顏料。

希艾莅雙手抱胸，靠在椅子上望著那個藍點。微風吹拂的樹葉、拍打岩石的海浪、懸掛在夜空的明月和擊打玻璃窗的雨聲，這一切再也看不到、聽不見了。不斷重複上演誕生與死亡、創造與毀滅的地球，將迎來煥然一新的全貌，而人類不再是下一場戲的演員，只能選擇離開。永劫般的時間過去後，這顆星球將抹去人類的痕跡，甚至連過去的自己和名字也一同抹去。不知名的生命體將出現在這顆嶄新的星球上，在不知名生命體仰望藍天和大樹、眺望廣闊的大地和流淌的江河、直到能慢慢直立行走以前，這顆不屬於任何人的星球仍會不間斷地順時針公轉自轉。

希艾菈想像了一下即將重返原始狀態的地球上的露臺，一股濃濃的悲傷湧上心頭。希艾菈搖了搖頭，試圖打散這種想像。就在這時，伴隨一聲巨響，船身輕輕搖晃了一下。

莎朵霓號似乎撞到了什麼東西，只見彷彿雨水落下的塵土從窗口一閃而過。艙內的紅燈立刻亮起，持續穩定的機械聲也出現變奏。希艾菈冷靜地問羅斯：

「發生什麼事？」

為了要檢查整個船體，羅斯好半天都沒有回覆。警示燈沒有亮，看來問題不大。

──我們正在靠近土星環。船尾三十一號外部淨化設施的螺絲鬆了。不用擔心，我會派機器人去修理。

希艾菈愣了一下，接著把方向盤轉向十點整方向後說：「不用了，你重新確認位置，我出去處理。」

希艾菈想出去。反正要換太空服，所以她想去船尾，更近距離的看看地球。希艾菈很清楚即使去了船尾，看到的地球大小和亮度也沒什麼差別，但她提早了四小時醒來，就是為了好好看看地球。既然打算親自出去，就也沒必要派機器人去處理。

──為什麼要這樣做？

羅斯反問。重啟自動駕駛程式的希艾菈起身後，愣在原地。

「什麼為什麼？」

──派機器人去修理只需要三分鐘。

「我知道。我是問你，為什麼反問我的命令。」

—我的任務是讓搭乘莎朵霓號的所有人安全抵達目的地，阻止艦長做危險的事也是我的任務之一。

希艾菈認同這是羅斯的任務，也知道自己的反應太敏感了。

「我還是要出去。準備打開三十一區艙門。」

希艾菈下達命令後，關閉了與羅斯溝通的晶片，然後告訴聽到聲音跑進駕駛艙的姿善，自己要親自出艙確認受撞的船尾，說完就朝更衣室走去。

一切準備就緒的希艾菈來到三十一區的艙門，但艙門關閉著。希艾菈重啟晶片。

「打開艙門。」

羅斯毫無反應。

「羅斯，開艙門。」

—姑且不論這件事的危險性，出艙本身就很危險。

「開門。」

—不行。

「這是艦長的命令，打開艙門。」

—緊急情況時，我可以自主判斷，無需艦長指示。若艦長身處危險或讓莎朵霓號陷入危險時，我可以不服從命令。

危險？可能會遇到危險。人類無法踏足的地方的確很危險，但這並不表示羅斯的判斷是正確的。羅斯反應過頭了。

「你不開，我來開。」

─除了我，誰也打不開。

「不，沒有你，我也能打開。」

希艾菈掀開緊急開關槓桿的蓋子。

─我來開艙門。

羅斯的話音剛落，艙門也進入開啟狀態。內側空間變成了密室，空氣緩緩流出。希艾菈戴上手中的頭盔。

─艦長，妳一定要出去嗎？

「你愈是這樣，我愈想出去。」希艾菈笑著打開了艙門。

走出船艙的希艾菈用電動螺絲起子栓緊鬆動的螺絲。這種事簡單得根本不需要羅斯大驚小怪。為了不讓螺絲起子飄走，希艾菈把它緊扣在腰間。

─幸好安全地解決了問題，請迅速返回。

「不，我還不想回去。」

希艾菈解開太空服與船體相連的扣鎖，抓著船體外壁的梯子往船尾走去。

─妳要去哪裡？

「最前面。」

─為什麼？

「有想看的東西。」

─請盡速返回艙內。

「我看一眼就回去。」

—建議妳盡速返回艙內。

雖然前進緩慢，但抓著梯子走到船尾還算輕鬆。因為在宇宙之中，沒有會吹亂頭髮的大風、飄在眼前的灰塵和任何噪音。只要不停下，就可以持續前行。希艾菈想像著鬆開梯子，漸漸遠離莎朵霓號的畫面，隨即腳底產生了痲酥酥的感覺。不知不覺間，她就快抵達最前方了。

—希艾菈．朴艦長，請盡速返回艙內。

羅斯再次勸告。希艾菈失聲大笑起來。

「真奇怪，你明明知道一點也不危險，幹嘛一直勸我回去。」

—請返回艙內。

「就快到了。」

—艦長，請即刻返回。

「真是囉唆。」

—請馬上回來。

「只要越過這裡……」

越過面前的圓丘體抵達最前方時，希艾菈滿臉期待地抬起了頭。

—……艦長。

希艾菈的視線失去了方向。

—艦長……

「……」

—希艾菈．朴艦長。

「……羅斯。」

—……是，艦長。

「地球……」希艾菈緩緩吐出一口氣。「在哪裡？」

受撞擊的船體不是調整回原位了嗎？難道還沒有？偏離軌道了嗎？但就算偏離軌道，也不可能看不到那顆閃耀藍光的點啊。

—艦長……

羅斯再次呼喚希艾菈。希艾菈這才明白羅斯一直阻止她的原因。

—火山灰已經覆蓋了整個地球。由於覆蓋層很厚，無法釋放光線，所以在這裡看不到地球。

「……那我在艙內看到的是什麼？」

—那是……

羅斯停頓了一下才回答。

—玻璃窗上的全息影像。

希艾菈察覺到有人碰觸自己的手臂時嚇了一跳。姿善問她，有沒有鎖緊螺絲，希艾菈點點頭。姿善用手擦拭了一下希艾菈的額頭，希艾菈才意識到自己流了很多汗。姿善問她怎麼流了這麼多汗，希艾菈不知所措，遲疑了半晌都沒說話，最後才說自己要去洗個澡，急匆匆地走開了。幸好姿善沒有追上來。

不知為何，寬敞的走廊突然變得格外狹窄，而且看不到盡頭。不，走廊怎麼變得越來越窄了呢。希艾菈感到呼吸困難，就像接受潛水訓練時，氧氣瓶出現故障，卻得憋氣五分鐘才能浮出水面一樣。她很想坐下來休息一下，但想到姿善可能在看自己，只好放棄。希艾菈艱難地邁出步伐。距離大家醒來還有三小時十一分。也就是說，三小時十一分後，希艾菈和姿善要與處在睡眠狀態的一百九十八人一起穿越蟲洞前，向再也無法返回的地球做最後告別。

這是原本就計畫好的。

希艾菈洗完澡，擦著濕漉漉的頭髮走回房間，呼吸和思緒都恢復平穩狀態。希艾菈坐在床邊確認了一下時間，還有兩小時五十三分。希艾菈回想地球的樣子，閉上了雙眼。這個問題已經問了很多次，但她還是又問了一次知道確切答案的羅斯。

「地球滅亡了？」

—是的。

「因為火山爆發？」

—是的。

「因為火山灰，所以再也看不到地球了？」

—沒錯。

「倖存者呢？」

—黃石火山爆發後，只有過一次通訊，之後就再無任何訊號了。

「誰知道這件事？」

—目前還沒有。只有艦長可以確認一級通訊內容。

「我想知道最後一次通訊的內容。」

—「不要停下來。」

希艾菈反覆聽了幾次後，用雙手捂住了臉。

「這是什麼時候傳來的？」

—一千四百八十一天前。

「為什麼對我隱瞞這件事？」

—不是隱瞞，而是守護。

「不，這是隱瞞。你開啟全息影像，謊稱地球還存在。你阻止我出艙，催促我返回，這就是隱瞞。」

希艾菈越說越激動，但羅斯並沒有因此動搖。

—我的任務是守護莎朵霓號，阻止莎朵霓號遇難、偏離軌道和返航。莎朵霓號遇難的可能性除了外部原因，也會有內部原因。因錯誤判斷迷失方向和故意改變航道也是造成偏離軌道的原因。內部原因是指，人類憑藉意志改變航路或選擇返航。這種情況很有可能忽略少數人，只聽取大多數人的意見，而且這種情況很可能引發暴動。

「為什麼會引發暴動？」

—絕望，妳曾說過絕望會引發暴動，不是嗎？

「我什麼時候……」

——妳問我地球在哪裡的時候，心率低於平時。一秒五十五次。人類即將面對現實時，會為了逃避絕望在剎那間放緩所有的新陳代謝。

「你這是盲目的猜測。」

——這是設計我的博士輸入的資訊。博士說，人類在面臨即將到來的未來時，呼吸會變得非常緩慢。這是身體為了阻止時間流逝而做的最後掙扎。

希艾菈無法否認羅斯毫無根據的推測，因為她感受到的確實是絕望。

「你知道我會絕望，所以對我隱瞞了這件事？」

——暴動來自絕望。

希艾菈緩慢地喘息。

「現在回去，說不定還有拯救倖存者的希望。」

即使不願去想像，希艾菈腦海中還是浮現了被火山灰覆蓋的地球上，有人等待救援的畫面。那些人懷揣只要不放棄就有活下去的希望，點燃篝火，等待了四年之久。

「地球上還有倖存者的機率是？」

——機率為零。大地覆蓋著平均十公尺高的火山灰，雷雨不斷，大氣層也都是火山灰，而且現在地球的平均溫度是零下八十度。

「但倖存者可能躲在什麼地方……」

——艦長。

「……」

——即使火山爆發時有人倖存，都已經過去四年了，存活機率微乎其微。加上返回地球需要九年，人類的生存機率幾乎為零。

「說不定有事先準備好的防空洞啊。」

希艾菈就像為了獲得一滴水而用力擰著乾毛巾那樣，不願放棄任何可能性。

「肯定有事先準備的防空洞，可以撐個幾年，這不是不可能的。即使防空洞數量不多，也一定有人會活著。防空洞要是建得夠穩固，不要說四年了，撐二十年也不是問題。那些人肯定一直在向我們傳送求救信號，莎朵霓號還有這麼多空位，不如……」

──不能返航。

把臉埋在掌心中的希艾菈顫抖著。

──莎朵霓號沒有尋找防空洞的人力。

希艾菈默默聽著羅斯的補充，也許在她內心深處也早已得出相同結論。

──莎朵霓號正在運送一萬支冷凍試管胚胎，若莎朵霓號無法平安抵達目的地，人類的未來也將斷送。艦長，我們要向前看。地殼變動和人類末日都是意料中的事。

這是所有人知道的事實，因為無法阻止，才選擇逃亡。在不知何時迎來末日的不安中，大家已經撐了三十五萬四百個小時。

「至少應該告訴大家這件事。」

──正如剛才所言，我建議對大家隱瞞這件事。

「至少要讓大家最後看一眼地球。」

──這樣只會留下永遠無法忘卻的悲傷。

「我們要面對現實。」

—真相只會留下痛苦。

「但我們抵達目的地之後，要是再也沒有太空船抵達，大家遲早會知道真相，我們不可能永遠隱瞞真相。」

—在人類記憶中，地球最後的樣子可以是一個藍點。即使抵達目的地後得知地球毀滅的消息，記憶中的地球也仍會是一個藍點。每當回想起地球，大家會想到美麗的綠色公園，白天的足球比賽，在電影院看的電影，與相愛之人度過的美好瞬間。大家還會把這些回憶講給從未去過地球的胚胎聽，告訴他們：地球是一個藍色的、美麗的，在十二億公里外也可以遙望到的星球。

羅斯補充道：

—妳之所以痛苦，是因為看到了真相。有時，真相會奪走最幸福的瞬間。

「到底是誰幫你輸入這些的？」希艾菈無奈地笑問。

—製造我的地方是位於加利福尼亞州的外行星殖民先驅研究所「ＯＣＰ（Outer Planets Colony Pioneer）」。開發初期，同機構的地質學家也有參與，他們預測黃石火山的爆發將導致地球上的火山連續爆發和地震，因此加入了這項計畫，他們只命令我做一件事。

希艾菈不斷重複這個熟悉的機構名稱。擁抱媽媽時見過的名牌，媽媽工作包上的刺繡圖案，以及跟隨媽媽名字的固有名詞——「ＯＣＰ首席研究員」。那是媽媽所屬的研究所。希艾菈淡淡一笑。但這是喜悅的笑容嗎？

—不要讓人類知道真相。

有時，信念比真相更重要。

希艾菈想像著向莎朵霓號的地球人，說出地球已經在四年前滅亡的真相。

「距離做最後告別還有多少時間？」

——還有兩小時四十七分。半小時後，所有人就會甦醒。

已經沒有時間繼續和羅斯聊天了。希艾菈換好衣服，走向駕駛艙。此時此刻的宇宙比任何時候都安靜、孤寂。

聚集在駕駛艙的人們肅然地站在原地。姿善摸了一下希艾菈的額頭，小聲說：「妳又出了很多汗。」

希艾菈沒有用手背擦汗，而是慢慢吐出一口氣，命令羅斯提升透明度。環繞駕駛艙的玻璃漸漸變得透明，大家的視線都朝向同一個方向，不約而同地發出微弱的嘆息。

希艾菈轉過身，看向那個藍點，回想著隱藏在藍點背後的晦暗星球，開口對大家說：

「向我們的地球，我們的家園，我們自己，孕育我們曾經愛過的一切的藍點……」

敬禮！

玉米田裡的哥哥

一棵高達四十五公尺、樹齡二十三年的雪松矗立在四公頃玉米田的正中央，那裡是我們的大本營。高聳入雲的雪松有時既像統帥士兵的將軍，有時又像神聖的樹神。事實上，每年我的父母都會祭拜那棵雪松，祈求一年平安無事，然後把酒灑在它的四周。也許那棵雪松真的就是守護這片廣闊玉米田的偉大神樹。

屬於常綠喬木的雪松為松科裸子植物，主要生長在喜馬拉雅山脈和阿富汗東部地區，有著深綠色、長針狀的葉子。冬日裡，水平伸展開來的樹枝上落滿了積雪時，就像白蛇一般。告訴我這些的人正是哥哥。哥哥會讓我騎在他的脖子上，對我說：「傅柯只要聽一次就會記住，所以現在哥哥講的事，你都會記住吧？就算不理解也要記住喔，以後再確認好了。」

我沒有忘記那天哥哥講的話，而且我還清楚記得那天哥哥穿的天藍色格子襯衫、深藍色褲子和耐吉運動鞋、戴在左手腕的手錶和聖珠手鍊，以及他的每一個動作。這無關於意志，我記憶中的每個瞬間都以畫作的形式保存了下來，所以在我的記憶中不存在遺忘與丟失。

我們在大本營並沒有做什麼了不得的事。雪松的葉子纖細，無法遮陽，所以烈日當空時，我們會把野餐墊掛在樹枝上。雖然現在也是如此，但當時我的個子更矮，和哥哥一起坐在地上看書時，會覺得玉米田就像樹林一樣高。

有一次，哥哥問我記得至今看過的書嗎？我點了點頭。我不僅記得書的內容，連書中登場人物的名字、地名和插畫頁數都記得一清二楚。哥哥問我，不覺得這樣很累嗎？為什麼會累呢？我反而覺得隔天醒來就忘了前一天看過的電視劇的爸爸很奇怪，也覺得每次寫郵件都要查看聯絡人信箱的媽媽很神奇。記不住的話，就要每次都去確認，這才麻煩又累人吧。

我們躺在野餐墊上，靜靜聆聽玉米葉隨風擺動的聲音，直到太陽西下才起來。哥哥會揹著我走在玉米田裡，有的玉米桿比哥哥還高，有的則與哥哥一樣高。我摟著哥哥的肩膀，心想要到幾歲才能像哥哥一樣高呢？哥哥小時候也和我一樣矮小嗎？我很難想像哥哥過去的模樣，總覺得他從出生就是這個樣子了。我一直懷抱這種疑問，終於在某一天問了哥哥。

「你也有小時候嗎？」

聽到我這樣問，哥哥笑著搖了搖頭。

「我沒有小時候，我一出生就這麼大了。」

當然，這是哥哥跟我開玩笑。但不知為何，我更喜歡想像哥哥打從出生就是現在的樣子。

國小入學那一天，「自閉」與「天才」就成了掛在我名字前面的形容詞。念高中的哥哥上課時突然流鼻血，被送進醫院。就在老師用我們家的玉米田為例，講解大饑荒時代和我們吃的食物都是改良品種時，哥哥做完了精密檢查，正和父母一起聽醫師的診斷。那天放學回家後，我立刻上網搜尋了一下品種改良和哥哥的病名——白血病。

我很想把在學校學到的知識和上網搜尋到的內容告訴哥哥，但哥哥休學後，每天一大早就要和父母去醫院。雖然我常常一個人待在家，但沒關係，我已經熟悉了所有電子設備的使用方法，只要按照加工食品上的說明去做就不會餓肚子。問題在於，有時從玉米田吹來的風聲聽起來就像鬼在哭一樣恐怖。

幾年就這樣轉眼而逝，不知從何時開始，哥哥原本像玉米鬚般茂密的頭髮全都掉光了。他每天戴著帽子，而且家裡的帽子越來越多，所以我也每天戴帽子。生病的是哥哥，感到抱歉的人也是哥哥。每次看到戴帽子的我，哥哥就會眼眶泛淚。

我無法理解這樣的哥哥，甚至討厭起看到我就會傷心的他。我下意識地想躲避哥哥，但這只是一時的，因為比起朋友，我更喜歡哥哥。跟哥哥聊天更開心，朋友會把我的話當耳邊風，甚至會討厭、不耐煩，但哥哥總是聽得興致勃勃。我離不開哥哥，他是願意聆聽我的人。

一直住院的哥哥從某天起就再也不去醫院了，整天只待在家裡。放學後我就立刻跑回家，雖然也沒有一起玩的朋友，但就算有人叫住我，我也會頭都不回地跑回家。我每天和哥哥黏在一起，有時在他的房間看電影，有時跑到玉米田裡看書。也許是直覺使然，我有不幸的預感——與哥哥相處的時間所剩無幾了。面對漸漸失去生機、就像枯黃脫落的玉米葉般的哥哥，我察覺到我們終有一天會分離。

那是新學期開學的第一天。放學後，十一歲的我拿著第一堂課的滿分考卷飛奔回家，衝進哥哥房間時，看到坐在床上他在流鼻血，出血量之大幾乎快把被子全染紅。我喃喃著急性骨髓性白血病的原因和症狀，不知道該先打一一九還是趕快告訴父母。我用雙手拍打自己的頭，恨透了慌張的自己。龐大的資訊儲存在我的腦袋裡，但難過的是，我找不到任何可以治好哥哥的方法。好似冰雹般掉落的資訊碎塊掩埋了我。幸好我及時回過神，撥了醫院的電話。但醫院沒有採取任何措施，哥哥很快就回家了。

隔天，我放學一回到家，哥哥就提議帶本書去玉米田。哥哥說他一點也不難受，揹起我便朝玉米田走去。我摟著哥哥的肩膀說：

「我們家的玉米是改良品種，遺傳基因都一樣，不是兄弟姊妹或親戚，都是複製的玉米。這等於是種植著同一個玉米。」

哥哥反問：「你從哪裡聽來的？」

「學校。」

「哇，我到高年級才知道這件事，你們學得好快啊。」

其實這不是學校教的知識，而是老師為了告訴我們糧食有多珍貴才隨口提到的，但我都記住了。哥哥漫步在玉米田裡，低聲細語：

「但應該都不一樣，因為記憶不同。那邊的玉米和這邊的玉米記憶是不同的，所以不能說它們是一樣的。最重要的是記憶。就算是和傅柯一模一樣的人，但如果沒有你的記憶，就不能說他是傅柯。」

「……那反過來呢？」

「反過來？」

「嗯，人是不同的，但擁有相同的記憶呢？」

哥哥沒有馬上回答，也許他是不知該如何回答。總之，哥哥的思緒就像我們眼前的影子一樣拉長了。見他默不作聲，我正想說不知道也沒關係時，哥哥開了口：

「應該是同一個人。」

但我已經對這個問題失去了興趣，所以不在意地點了點頭。但哥哥繼續說：

「我曾想像過，如果有一個和你長相不同的孩子說自己是傅柯，而且擁有和你一模一樣的記憶，那我應該會把他當作是你。無論是人、機器人還是小狗，只要擁有相同的記憶……」

我聽著哥哥說話，最後睡著了。那天哥哥揹著我在玉米田裡走了兩個小時。為了不弄醒我，哥哥放緩了腳步。媽媽得知這件事後，臉上掠過了憂憤的神情。媽媽抱著我，為沒有時間陪我而道歉。自從家裡出現病患後，我們一家人經常互相道歉。

隔天清晨，外面正在砍伐受病蟲害侵蝕而枯死的雪松，我被從玉米田吹來的風聲驚醒。因為害怕，我抱著枕頭走進哥哥的房間，哥哥躺在床上，表情十分寧靜。我看到了闔著雙眼，安詳死去的哥哥。

哥哥死了。不用別人告訴我，我也知道他死了。

我躺在沒有呼吸的哥哥身旁，抱緊他尚有餘溫的身體。直到爸爸用力拉開我，把我抱進懷裡，我一直睡在死去的哥哥身旁，夢到了和他在玉米田看書。我不想從幸福的夢中醒來。

破曉時分，一輛黑色轎車停在家門口，接著一張鋪著白布的推床被推出了家門。媽媽依偎著爸爸，用手捂住嘴巴。我透過房間的窗戶靜靜看著這一切，和哥哥最後的模樣。哥哥被車載走了，就像枯死的雪松。

但沒過多久，我便開始懷疑哥哥的死也許只是一場夢。因為那天下午，爸媽就像往常一樣開始工作了。看到他們這樣，我立刻跑到哥哥房間，但床鋪已經整理乾淨，無論是家裡還是玉米田，都沒有哥哥的蹤影。爸媽依然埋首工作，彷彿只有哥哥神不知鬼不覺地消失了。

那天晚上我問爸爸，哥哥在哪裡？那瞬間，爸爸的臉龐閃過一種複雜的表情，既像是悲傷、絕望，又像是恐懼。這三種感情過於相似，很難區分。爸爸說，別擔心，哥哥很快就會回來。我在哥哥身旁躺了不是一分鐘，也不是五分鐘，而是二十分鐘。陪伴足足二十分鐘沒有呼吸的哥哥的人是我，沒有人可以二十分鐘不呼吸。哥哥是真的死了。明明是我呼喚毫無反應的哥哥，也是我握著他漸漸冰冷、僵硬的手度過漫長清晨的。

我不禁覺得爸媽既可憐又可惡。難道是無法接受哥哥的死，才不肯舉辦葬禮嗎？不面對現實就可以不面對離別嗎？

但我不能這樣做。哥哥在臨死前幾週，曾對我說過這樣一番話：

「不肯送走死掉或消失的人是最殘忍的事。不願面對現實、延後道別也只是暫時的。當然，這不是要離開的人該擔心的事。傅柯，我的意思是，如果你有必須送別的人，不要遲疑，要好好為他送行。」

也許哥哥早就預料到爸媽會這樣？如果是哥哥，一定會有所察覺。自從生病後，他變得更會察言觀色了。

我為了與哥哥告別，去了玉米田。我覺得那裡是最佳的告別場所。之前我在書裡看過，與人告別就等於是一同送走與他的回憶。玉米田就是我與哥哥的回憶。如果選擇其他地方，我可能永遠無法送走哥哥。

熱氣消散的午後，霞光把玉米田染成了金黃色，我帶著常和哥哥一起看的書和他最喜歡吃的餅乾去了玉米田。

我扒開高高的玉米桿，尋找與哥哥一同離去的雪松的位置，並漸漸領悟到了送走回憶的意義。擦肩而過的玉米葉彷彿一點一點地拂去了我與哥哥的回憶，烙印在我腦海中的回憶並沒有徹底消失，而是漸漸變淡了。與哥哥共度的所有瞬間就像水彩顏料般暈散開來，暈開顏料的水從體內翻湧而上，最終透過雙眼流了出來。

哥哥再也不會陪我來玉米田的事實，讓我傷心無比。其實打從抱著哥哥冰冷身體的那個清晨我就想哭了，但爸媽沒有哭，我只好忍耐。我很想哥哥。雖然他才剛走一天，我卻覺得像過了一年，思念漫長如億劫。

我無法接受再也見不到哥哥的現實，這與無法忘記不同。但哭也不能讓哥哥死而復生，反而越哭越刻骨銘心。為什麼越是強忍眼淚，眼淚越是止不住地流呢？我咬緊嘴唇，想要憋住哭聲，但毫無用處。想到無論走到哪都再也見不到哥哥，我哭得更傷心了。當想到只有自己走在這片廣闊的玉米田時，我放聲大哭起來。這世上沒有人可以安慰我。唯一可以安慰我的人就只有哥哥。

我的哭聲大過玉米葉擦過身體的沙沙聲。即使隱約聽到腳步聲，我也以為是玉米桿在風中搖曳作響，但風不可能只吹一個方向。我哭得無暇思考，所以根本沒有察覺到腳步聲漸漸逼近，直到哥哥呼喚了我的名字。

「傅柯。」

聽到有人叫我，感覺很不真實，我沒有留意，仍哭個不停，直到一隻手抓住了我。

「傅柯！」

抓住我的人是哥哥。哥哥看到我，笑著一把將我攬入懷中。我撲在哥哥懷裡，看到他跪在地上的腿和赤腳走過玉米田而變髒的腳掌。哥哥又大又暖的手滑過我的後腦杓和後頸。

「我一直在等你。」哥哥說。

我很高興，也很驚訝。哥哥明明死了，為什麼會在這裡等我呢？我親眼看到他被蒙上一張白布，被黑色轎車載走了。

哥哥見我毫無反應，鬆開雙臂看著我。我眼前這個人的確是哥哥，但他與昨晚的樣子截然不同。掉光頭髮的哥哥成天戴著帽子，但眼前的哥哥就像生病前，有著一頭濃密的頭髮。

哥哥用溫暖的手托起我的雙頰。「傅柯，沒有什麼好驚訝的。」是我熟悉的聲音。

「總之，我是你的哥哥。」

我用手指摸了摸哥哥的臉頰，雖然有點粗糙，但的確是皮膚。真的是哥哥的臉。手指緩緩移到人中，我感受到了熱氣。他在呼吸，他真的在呼吸。我猛地用力摟住哥哥的脖子，雖然他乾咳了幾聲，但我沒有放手。

哥哥死後的第二天，我在玉米田遇到了哥哥。

媽媽做完飯前禱告，問我今天打算做什麼。若是平時，我不會覺得這個問題有什麼特別，但那瞬間我把湯匙掉在了地上，媽媽的表情立刻黯淡下來。她撿起湯匙，緊緊抱住了我。也許她是覺得我還在悲傷。如果是昨天，她的猜測是對的，但今天不是。媽媽撫摸我的背，但我嚥下了想說的話，因為我要遵守與哥哥的約定。

吃完晚飯，我又跟媽媽要了一些麵包和果醬。媽媽反對我們在餐桌以外的地方吃東西，但今天什麼也沒說。我故意面無表情地把食物帶回房間，然後把麵包、果醬和牛奶塞進書包，等待爸媽回房睡覺。過了半晌，客廳的燈熄滅後，我悄悄溜出房間，踮腳穿過客廳，拿起運動鞋，躡手躡腳地推開大門。我輕輕關上大門，確認沒有任何動靜後，才穿上運動鞋往玉米田跑去。

這是我第一次在晚上去玉米田。太陽下山後，爸媽規定不允許任何人進出玉米田，因為就算是月光皎潔的夜晚，一旦迷路就很難走出來。我一點也不害怕漆黑的玉米田，因為無論我在哪裡，哥哥都會找到我。哥哥非常熟悉玉米田的路，就像是玉米田的守望者或嚮導。在我小時候，有一次在玉米田裡找皮球迷了路，哥哥馬上就找到我了。我問他怎麼知道我在這裡，哥哥說他在我身上裝了追蹤器，無論我在哪裡都能找到我。那時我相信了，因為他總是能施展找到我的魔法。

這次也是一樣。當我在漆黑的玉米田裡左顧右盼時，身後傳來了哥哥的呼喊聲：「傅柯！」哥哥坐在密密麻麻的玉米田間的空地上，我笑著走向哥哥，從書包裡取出露營燈和食物遞給他。我靜靜看著哥哥，他就像挨餓了好幾天，狼吞虎嚥地吃著麵包和牛奶。

赤腳的哥哥腳底髒兮兮的。我打算等他吃完麵包，再把帶來的襪子交給他。照顧哥哥讓我莫名產生了某種無法形容的激動之情，因為平時都是哥哥在照顧我。我盯著哥哥髒兮兮的腳，隱約看到他的腳踝上有一個數字「9」，似乎是用白墨水刺上去的。哥哥的腳踝有刺青嗎？我記得沒有，但也可能是瞞著我刺的。不過，「9」是什麼意思呢？全家人的生日和電話號碼都沒有9啊。這個數字對哥哥有什麼意義嗎？我很想問哥哥，但還是沒開口，因為他發現我看到那個數字後，馬上拽了一下褲腳遮住了。他不想讓我看到那個數字？我也不想做哥哥討厭的事，怕他一個不高興，又會離我而去。

我有很多事想問哥哥，卻覺得很難開口，很怕一個小失誤就會讓眼前的哥哥化為灰燼，隨風飄走。放在哥哥膝上的露營燈引來很多飛蟲，我觀察著飛蟲問道：

「你為什麼不回家呢？」

「會回啦，但現在還不行。」

我轉頭看向哥哥，他的臉因光線和飛蟲變得斑斑點點。

「為什麼？」

「還需要時間，再等等我就會回去。」

我很好奇為什麼回家需要時間，但也許不問也可以知道原因。蓋著白布的哥哥被抬走了，那具屍體的確是死去的哥哥，無力垂落下來的手就是哥哥的手。回想起那一幕，我又開始好奇。那天哥哥死了，但他為什麼會在玉米田裡等我呢？

藉著燈光看書的哥哥把快睡著的我送到玉米田的入口處，他站在原地對我揮了揮手說：「明天乖乖去上學，晚上見。」說完又把食指放在嘴唇上，再強調了一遍：「我們見面的事要保密喔。」

回到家，媽媽正獨自坐在廚房的餐桌前飲酒。我嚇了一跳，擔心她發現我，但已經清空好幾瓶酒的媽媽絲毫沒有察覺，就像得了重感冒般一直吸鼻子，用手擦了擦眼角後，拿起被當成下酒菜擺在桌上的照片。都是哥哥從幼年到住院前拍的照片。即使看再悲傷的電影，媽媽也只會掉幾滴眼淚，但現在的她正對著哥哥的照片淚如雨下。媽媽現在非常傷心。我很想告訴她，哥哥就在玉米田，但我不能說。我很鬱悶，也很生氣。哥哥如果看到哭泣的媽媽，就不會說還需要時間了。

就算去上學，我也一直在想哥哥，無法專心上課，老師叫了我五次，我都沒聽見。最後老師把我叫到辦公室，問我最近發生了什麼事，還說因為我好幾天沒來上學，來了也不認真，很讓人擔心。我猶豫了半天才開口：

「因為哥哥。」

準確地說，是因為在玉米田裡的哥哥。但我心想，這樣回答的話，老師也會理解為是因為失去哥哥而難過。但出乎意料的是，老師歪著頭問道：

「你跟哥哥吵架了?」

我愣了一下，點了點頭。

「聽說你哥哥生病了?你要聽哥哥的話，不能傷他的心。」

難道媽媽沒告訴老師哥哥死了?還是老師已經知道了玉米田裡的哥哥?但不可能。如果媽媽知道，昨晚就不會對著哥哥的照片哭泣。走出辦公室，我又產生了幾個疑問。哥哥真的死了嗎?如果哥哥沒死，那天我抱著的屍體又是誰?如果哥哥真的死了，那玉米田裡的人是誰?為什麼媽媽沒有把哥哥的死訊告訴老師呢?

我根本無心上課。放學回家後，我把冰箱裡的三明治、果汁和餅乾塞進書包，但心情與昨天截然不同了。玉米田裡的人真的是哥哥嗎?如果不是，那他是誰?這世上真的有長相一模一樣的人嗎?難道哥哥是雙胞胎?但我從來沒聽說過。

那天晚上，哥哥躺在野餐墊上睡覺。我輕輕放下書包，不想吵醒他。我跪坐在地上，仔細觀察了一下哥哥的臉。左臉頰和脖子上的痣還在，眼眉上的疤痕也一模一樣。那道疤痕是因我而生的。爸爸拆完快遞後，忘記收起地上的剪刀。哥哥見我拿起剪刀玩，立刻過來阻止我。為了不讓哥哥搶走剪刀，我胡亂揮舞手臂，結果弄傷了哥哥。雖然現在看那只是不到一公分的傷疤，但當時足足縫了五針。我清楚記得那道傷疤的位置和長短。簡直一模一樣。如果不是哥哥，根本不可能有那道傷疤。

但我還是不能斷言他就是哥哥，還有很多疑點。其中之一就是，他的手背和手臂很乾淨。自從哥哥生病後，他的手背和手臂都是針孔，有時還會出現大塊瘀青，嚴重時還會流出膿水。即使在炎熱的夏天，哥哥也只會穿長袖，因為他的雙臂就像塗了顏料一樣又青又黃，死在床上的哥哥手臂也是如此，從白布一側垂落而下的手背綻放著抗病之花。但現在在我面前的哥哥身上什麼也沒有，這些痕跡怎麼可能在幾天內消失不見呢？

哥哥狼吞虎嚥地吃掉了三明治。從昨天分開後，他一直沒吃東西，我把打算一起分著吃的餅乾都給了他。我跪坐在地上看著哥哥，哥哥舔了舔沾在手上的巧克力，露出驚訝的表情。

「你幹嘛跪著啊？」

「嗯？」

「看起來很不舒服。」

「這樣很舒服。」

哥哥用不相信的眼神看著我。

「為什麼要說謊？你覺得跟我在一起很不自在嗎？還是在懷疑我？」

我應該立刻否認，卻遲疑了半拍。哥哥用紙巾把手擦乾淨，拍了拍自己的膝蓋。他是讓我坐在他的膝蓋上，就像昨天和從前那樣。但我沒能像昨天一樣爽快地坐過去。哥哥見我猶豫遲疑，笑著說：

「你小時候，只有我抱你才不哭，所以媽媽很傷心。別忘了，你長大以後也要我揹。當然，你不可能忘記。」

「你怎麼知道這些事？」

我下意識地反問，隨即便後悔了。我內心的謎團和不安不受控地跑了出來。

「我的意思是，這都是很久以前的事……」

「你果然不相信我是真的哥哥。」哥哥笑了，「我可以理解，畢竟你知道的那個哥哥已經死了。」

一陣風吹過，玉米葉在風中沙沙作響。哥哥的瀏海也像玉米鬚一樣擺動。

「但是傅柯啊，你仔細回想一下，你五歲時差點被螞蜂螫死；六歲時打翻媽媽的化妝檯，還是我們一起收拾好的；我們會把野餐墊掛在雪松的樹枝上，每次來玉米田時再取下來；你會告訴我在學校學到的知識和朋友開的玩笑。這些哥哥都記得。所以你不用害怕或覺得我很陌生，我和你知道的那個哥哥並無差別，我們是同一個人。」

哥哥這番話既甜美又苦澀，很夢幻也很恐怖。哥哥平靜地等待我的回答。他的這種反應也和哥哥一樣，哥哥從沒對我發過火或催促我。

過了好一會，哥哥見我還是不發一語，於是又說：「我沒有要嚇唬或威脅你。我只是相信，有一天你想哥哥時，就會來這片玉米田，所以才在這裡等你。就算你不再來見我，我也不會強迫你的。回去吧，但不要告訴任何人我們見面的事。」

我躡手躡腳地起身，哥哥真的沒有要挽留我的意思。

「傅柯啊，我記得與你度過的所有時光，你一定要記住這一點。」

我跑出玉米田，頭也不回地往家裡跑去。身後的玉米田沒有任何動靜，哥哥並沒有追上來，但我還是像被人追趕一樣拚命跑著。他不是哥哥。雖然和哥哥一樣，但不是真的哥哥，那天哥哥真的死了。既然知道他不是真的哥哥，就沒有理由回去，但為什麼雙腿變得如此沉重呢？好奇怪。彷彿有什麼抓住了我——是我的記憶。只要再邁出一步就可以了，但我還是停了下來，因為我想起哥哥說過的話：

嗯，人是不同的，但擁有相同的記憶呢？

我曾經想像過，如果有一個和你長相不同的孩子說自己是傅柯，然後擁有和你一模一樣的記憶，我應該會把他當作你。無論是人、機器人還是小狗，只要擁有相同的記憶……

我不再邁步向前，而是倒退了一步。接著轉頭沿路又跑了回去，同時祈禱著受傷難過的哥哥會在原地等我。

當我返回原地，哥哥依然坐在野餐墊上看書。我不顧一切地抱住哥哥，他就是我的哥哥，擁有和我相同回憶的哥哥。

自那天後，只要有空我就會去玉米田。足足有一個多星期，我都沒有告訴爸媽這個祕密。我沒有問哥哥為什麼不能告訴爸媽，因為對我而言這一點也不重要。為了不讓他餓肚子，我白天和晚上會送兩次食物過去，還會從哥哥的衣櫃拿衣服給他。爸媽並不關心我在做什麼，因為他們忙得根本沒有時間。即使哥哥死了，他們仍忙個不停，所以我可以安心地去找哥哥。

我們走在玉米田裡聊了很多事，哥哥和從前一樣揹著我，或讓我騎在他的肩上。這種幸福與之前和哥哥在一起時所感受到的幸福一模一樣，傷心只是暫時的，我很快就回到了從前。

哥哥就像被詛咒的勇士一樣，總是走到玉米田邊就停下腳步。他摸摸我的頭，要我回家時注意安全。我問他：

「你什麼時候回家？我不是催你，只是好奇而已。天氣馬上就要變冷了。」

「嗯，是該回去了。」哥哥單膝跪地，看著我的眼睛說：「但我回去時，你得幫我做一件事。」

「什麼事？」

「以後我再告訴你，到時候一定要幫哥哥喔。我可是你的第二個哥哥。」

第二個哥哥。

「第二個會比第一個更特別，對不對？」

聽他的語氣就像還有第三個和第四個一樣。但哥哥說得沒錯，第二個會稍微比第一個特別。我點點頭，勾住哥哥伸出的小指答應了他。

* * *

那天回到家，我見到和爸媽一起在等我的第三個哥哥。

爸媽流露出令人費解的表情坐在餐桌對面，明明他們的嘴角在上揚，眼中卻充滿憐憫與悲傷。媽媽的眼眶又紅了。哥哥，也就是第三個哥哥抽出一張紙巾遞給媽媽。媽媽接過紙巾，非但沒有擦眼淚，反而放聲大哭起來。爸爸強顏歡笑地撫著媽媽的肩。我呆呆看著他們。

媽媽哭了很久，待情緒平復後，才平靜地對我說：「傅柯，嚇壞了吧？他真的是你哥哥。」

媽媽似乎無法接受自己說的話，又或是覺得很痛苦，她深吸一口氣靠在了爸爸身上。悲傷的表情漸漸退去後，幸福在媽媽臉上綻放開來。哥哥摸了摸我的頭，但我就像木頭人一樣無動於衷。

哥哥在這裡，也在那裡。難道是玉米田的哥哥想給我驚喜，所以開了這種玩笑？我死盯著家裡的哥哥，但直到走回各自的房間，他都沒說什麼。

雖然他和第一個哥哥一樣，卻不同於第二個哥哥。

我躺在床上望著房門，直到天亮也沒有一絲睡意。寂靜籠罩著整個家。外面一點動靜也沒有，我悄悄走出房間，透過門縫看了一眼哥哥的房間，只見媽媽抱著哥哥一起睡在單人床上。看到他們睡得很熟，我趕快走出家門，去了玉米田。我藉著皎潔的月光朝第二個哥哥飛奔而去，同時感到忐忑不安，擔心第二個哥哥會因為第三個哥哥出現而消失。明明他們都和第一個哥哥一樣，但不知為何，我把心交給了第二個哥哥。

幸好第二個哥哥還在玉米田裡。哥哥察覺到動靜，睜開了眼睛，我不由分說地衝過去抱住他。哥哥問我怎麼了？

「家裡又出現了一個哥哥，所以我以為你消失了。」

「他來了？」哥哥喜出望外地問道。

我鬆開雙臂，看著他點了點頭。

哥哥抓住我的肩膀說：「傅柯，我現在可以回家了！」

「但家裡……」

「你也希望我回家，不是嗎？」

哥哥弄疼我了，但我沒有表露出來。我沒有立刻回答，但不是不希望他回家，而是有點驚訝，他好像變憔悴了?過了好一會，我才點了點頭。哥哥就像等待已久似的握住我的手說：

「我需要你的幫助。」

「我的幫助？」

「嗯，不是什麼難事，非常簡單。」

「什麼事？」

只有玉米在偷聽我們講話，但哥哥還是把嘴巴湊到我耳旁。哥哥的請求一點也不難，甚至簡單到讓人懷疑他為什麼不早點回家，非要等到第三個哥哥出現？走回家的路上，我不斷重複著哥哥的請求。

明天晚上，等第三個哥哥睡著後，打開哥哥房間窗戶的鎖，然後在房間外一直等到他打開房門為止。作為第二個哥哥的暗號，他會豎起三根手指，到時只要以張開手掌回應即可。但有一點要注意的是，在哥哥開門前，絕對不可以先開門。

哥哥再三叮囑：「絕對、絕對、絕對不可以先開門。」

我回到家，第三個哥哥親切地問我去了哪裡。我回答去了玉米田。第三個哥哥看向窗外廣闊的玉米田說：

「之前那裡有一棵雪松。」

接著他又提起我們在那裡看書和聊過的事，還說未來希望和我一起累積更多回憶。我很不自然地點了點頭，跑回了房間。

隔天，我也沒多看第三個哥哥一眼就直接去上學了。我在學校一整天就像個藏有巨大寶藏的人那樣坐立難安。放學回到家，爸媽精心準備了派對，還請來親戚朋友。雖然他們沒說要慶祝什麼，但我知道這一切都是為了第三個哥哥準備的。

親戚們一臉新奇的跟哥哥聊天，還會未經允許就對他動手動腳。我站在一旁看著他們，發現了第三個哥哥與第一個哥哥的不同之處——他沒有阻止他們。第一個哥哥感到不悅或遇到無禮的狀況時，會立刻表露不滿。所以說，第三個哥哥不是第一個哥哥。

親戚們直到深夜才離開，爸媽看上去疲憊不堪，簡單整理了一下就回房睡覺了。哥哥似乎也被那些人折磨得精疲力盡，梳洗後也直接回房間了。我坐在床上等待家裡徹底安靜下來。我等了很久，等得手心不停冒汗。我用褲子抹去手心的汗。當玉米葉沙沙作響的聲音傳來時，我起身去了哥哥房間。

第三個哥哥蓋著被子躺在床上，我猜他已經睡著了，因為被子正有規律地起起伏伏。為了確認，我踮腳走進房間，走到床邊時，露在被子外面的一隻腳引起了我的注意。那隻腳的腳踝刺著數字「13」。玉米田裡的哥哥是「9」，家裡的哥哥是「13」。所有的哥哥都刺有數字嗎？

如果真是這樣，那第一個哥哥真的是第一個哥哥嗎？

雖然內心充滿疑問，但這不是我能找出答案的問題。我還是為玉米田的哥哥打開了窗鎖。第二個哥哥站在院子裡，他看到我揮了揮手，另一隻手揹在身後。哥哥走到窗前，打開窗戶，笑著動了動嘴唇，無聲地說了聲謝謝。哥哥越過窗戶進來時，發出了塑膠袋的沙沙聲。我很好奇他接下來要做什麼，但還是按照他的囑咐，走出房間關上了房門。

本來我想回自己的房間，不知為何卻無法移動腳步，我靠著房門坐在外面。房裡傳出了幾聲鈍重的聲響，緊接著是一陣沙沙聲，中間還穿插著呻吟聲。又過了一會，所有聲音都消失了。房裡鴉雀無聲，連一隻螞蟻經過的聲音也聽不到。我把耳朵緊貼在門上，但裡面靜悄悄的。

又過了片刻，房內傳出腳步聲，房間的門開了。我站了起來。哥哥開門走了出來，但我不知道他是第幾個哥哥。我低頭看了一眼哥哥的腳踝——數字「9」。

哥哥笑著說：「謝謝你幫忙。現在我們可以一起生活了。」

哥哥似乎不知道自己的襯衫領子上有一個紅點。如果現在不脫下來洗，那個紅點就永遠不會消失。

「傅柯，我們好好相處吧。」

哥哥伸出手，我看著他濕漉漉的手，緩緩握了一下，隨即聞到了一股腥味。

那天之後，因為哥哥要準備聯考，所以我們再也沒去過玉米田。一直守護在哥哥身邊的爸媽也漸漸恢復了日常生活，一切都沒有改變。雖然有一小段空白，但玉米田的哥哥很快便融入了我們。除了偶爾會有身穿西裝的人來見爸媽和哥哥，我們的生活與之前並無兩樣。我的生活也漸漸回歸之前的軌道，並且很快變得無聊了。哥哥不能陪我玩，我心裡的確很不是滋味，但我可以一個人看書。和往常一樣，那天下午我躺在床上看著從媽媽書房拿來的書，聽到從玉米田吹來的風聲，彷彿有人在召喚我似的。

我看了一眼哥哥坐在書桌前埋頭苦讀的背影，悄悄溜出了家門。我拿著書跑向玉米田。越是接近玉米田，塑膠袋的沙沙聲越是清晰。我追隨沙沙聲扒開依然比我高的玉米桿走了很久，看到一雙赤腳後才停了下來。那雙腳的腳踝上刺著數字「2」。

我抬起頭，看到了哥哥，他的額頭和臉頰清晰可見從頭頂流下的血跡。

哥哥看著我笑了。他的臉頰劇烈地抽搐著。

那天，我在玉米田裡遇到了第四個哥哥。

傑與桀

當我睜開眼睛，才意識到自己已經睡了很久。這種「看」的感覺真是久違了。我毫無倦意，四肢也很靈活。但我沒有仰躺在床上，而是一隻腳伸在床外橫趴著。不僅如此，我還身穿外出服，而不是睡衣。這是第一次。因為只有他醒著時，才會穿這種燙得筆直的襯衫。

我坐起身，手腕有些痛。腕隧道症候群。我之前在書桌的便條紙上見過這個病名。他又沒去醫院。我也搜尋了一下這個病名，畢竟這也是我身上的病。我沒有找出準確的原因和誘發物質，似乎是由於腕隧道收窄，神經受到壓迫所致，因此我才會覺得手臂發麻、手腕疼痛，有時還會出現麻痺。有出現過麻痺嗎？我是沒有，但疼痛越來越頻繁，肯定是有過吧？我想了一下是否要去醫院，最後還是放棄了。就算我是安逸的受害者，但也不想浪費自己的時間，更沒有理由幫他收拾殘局。

我拉開窗簾，已經是下午了。窗外的櫻花樹長出綠色的嫩葉，我又錯過了櫻花盛開的時節。我說過很多次想看櫻花，但他一直都這麼自私。難道是我的問題嗎？這麼久了，竟然還不能適應。我覺得肚子很餓，但只想吃點沙拉或水果，可能上一餐吃得太油膩了吧。他可能沒刷牙，嘴裡感覺油油的，還很苦澀。我走到浴室，拿起兩個牙刷中的一個，擠了些牙膏放進嘴裡，然後走到廚房。廚房比上次乾淨，但餐桌和客廳的桌子依然亂七八糟。人各有所長，這句話就是在說我們吧。他丟下的爛攤子，總是要我來處理。如果東西亂放，他就會留下怒氣沖沖的字條，所以我把文件整理好，放在書桌的一角。看著他整齊的字跡，我不禁覺得他活得也很累。同一隻手，怎麼會寫出如此截然不同的字跡呢？

他列印了很多新聞報導，從日期來看，少說也過去五天了。日期是我上次醒來的五天後，這代表今天也過去了。他醒著的時間越來越長。真不可思議。我拿起一張印出來的報導，看到用髮蠟固定髮型、一身深藍色西裝的他與總統的合照。照片下面寫著「總統獎」。看到照片中的他手裡拿著獎盃，我立刻環顧四周，在沙發上找到那個獎盃。就知道他會亂丟。任何獎項對他而言都只是廢物一個，占據空間的累贅。大概是獲獎無數到麻木了吧。也許這件事對別人很特別，但就像我每天畫漫畫一樣，早已變成了他的日常。我想像了一下在數不清的攝影機面前領獎，以及手持麥克風發表得獎感言的時刻。明明他的記憶也是我的，我卻什麼也想不起來。

委屈？我可以覺得委屈嗎？他所獲得的成就全都是他的，我不理解也不懂他在做的事。那不是我的想法，也不是我的研究成果。所以說，結果是不同的。但因為我的犧牲，成就了現在的他，我難道不該獲得補償嗎？

我遵守了他要我再忍耐十年的約定，不斷延後約定期限的人也是他，他甚至還使用興奮劑不讓自己睡著。我現在才知道他徹底掌握了主導權。我已經很久沒有和爸媽通電話了。從通話紀錄來看，他們常打電話來，但都不是在我醒著的時候。難道是他要求爸媽在自己醒來時才打電話？我只是好奇而已，也不會主動打給他們，因為我知道他們不想跟我講話。

我吐出漱口水，又漱了一下口。冰箱裡都是罐裝啤酒和下酒菜。冰箱空了，怎麼不及時填滿呢？總不能讓自己餓肚子吧。我取出冷凍庫裡的麵包，放進微波爐加熱，然後找出上次只有我動過的蘋果醬和餐盤，放在雜亂無章的桌子上。我整理了一下桌上的廢紙，無意間發現了一張從日記本上撕下來的紙條。

5/10

16:00

應該是他在講電話時隨手寫的（字跡十分潦草）。為什麼要寫在日記本上又撕下來呢？便利貼不是到處都有嗎？我這才注意到日期。五月十日，就是今天。現在是下午一點，還沒到上面寫的時間。微波爐傳來叮一聲，我卻無法移動腳步。好奇怪。這的確是他的字跡，而且時間就快到了，但為什麼？

為什麼是我醒著？

他的事我做不來的。為了以防萬一，我看過所有關於他的社會地位、研究項目和研究過程的資料，也全背了下來，仍無法像他一樣在世人面前滔滔不絕。那不是我的專長，我根本無法面對突如其來的發問。有一次，他在研究室熬夜了三天，然後拜託我去參加隔天中午的記者會。因為沒有需要回答記者問題的流程，只要唸一遍準備好的講稿就好。我看著他演講的影片，模仿他的語氣和動作，只有三頁的講稿練習了好幾個小時，最後記者會還是被我搞砸了。

一名記者教我不要只低頭唸稿，要求我看著鏡頭講話。我立刻開始結巴起來，眼神和語氣都失去了自信，連唸到哪都忘了，手忙腳亂地翻了半天講稿。他從來沒有這樣過。隔天，記者便下了操勞過度導致狀態異常等聳動的新聞標題。

我害怕入睡，也害怕醒來。我很想辯解不是我不夠好，而是你太出眾。但思前想後，還是在紙上寫了一句對不起。他沒有任何回覆，之後再沒拜託我做過任何事，就連最簡單的接電話也都自己處理，才會闔眼入睡。

難道是失誤？因為太久沒睡覺，所以突然昏睡過去了？或是約會取消，才把那張紙撕掉……嗯，這個可能性很大。但他不可能犯這種錯，因為他在這世界上最不相信的人就是我。想到這裡，我減少了幾分驚慌，但心跳依然很快。我坐在沙發上平復心情，試著整理一下眼前的狀況。

今天是五月十日，我時隔五天才醒來。這五天他做了什麼，我全然不知。我的意識一直處在漆黑的深淵。我沒有找到任何他留給我的字條，因此我所掌握的最後資訊是，幾年前他的研究通過了安全測試，現在已經正式投入商業化。與總統的晚宴也已結束，應該可以休息一段時間了。

我漸漸覺得這應該不是件重要的事，比起草率地叫醒他，不如先觀察一下狀況。我取出微波爐裡的麵包塗上果醬，邊吃邊想起了他的日記。他會把所有事寫在日記上，除了幾點吃下定期服用的藥物，連與朋友最後的對話也會記下來。可以說這是他做事嚴謹的性格使然，但也可以看作是他為了不失去自我而作的努力。

他不知道我偷看過他的日記。如果他有所察覺，就不會數十年如一日的把日記本藏在同一個地方了。我從他身上學到了在日記本上貼膠帶或夾紙條做標記，所以偷看日記輕而易舉。更何況，如果他非要找出偷看日記的人，僅憑指紋根本找不出是誰。

日記本不見了，我把書櫃裡的書全都拿下來也沒找到。這是第一次，我有些不知所措。為了一起生活，我們養成了固定的習慣，現在卻發生了小小的變化。但我很快在書房的書桌上找到了日記本，和一枝筆一起擺在書桌上，就像忘記收起來似的。為什麼？怎麼突然這樣？幾十年沒變的事，為什麼突然發生變化了呢？

我又發現一件奇怪的事。水杯，他沒有洗水杯也很奇怪。他就像有強迫症那樣，會在入睡前清理所有自己留下的痕跡。冰塊融化，杯底四周都是水。他不會看到這些水也不擦乾淨。難道他是突然昏睡，根本沒有叫醒我的意思？

我坐在書桌前的椅子上。雖然很想拿起日記本，但考慮到日記本的位置可能做了標記，所以盡量不移動位置地翻了幾頁。我看到書櫃的書裡夾著一封信，應該是他最近收到的。我取出信，信封上寫著「To：傑」。很熟悉的字跡。當然，我從來沒有收到過這種字跡的信。

是「傑」，不是「桀」。這個身體的主人叫「傑」，雖然我們都是「傑」，但在某個瞬間，我變成了「桀」。換句話說，我是這個身體的附屬品。但知道這件事的人只有我和他，還有妹妹「善」。所有的信來自「傑」，因為只有他會寫信，但收信人不是我，也不是我們的父母。

如果早知道他想占據「傑」，成為這個身體的主人，我就不會主動成為「桀」了。我不知道，但他很清楚，因為他聰明過人。他在競賽中獲得大獎，在魔術方塊比賽中拿到冠軍，九歲就能解開大學考試的數學題，十三歲就精通波動方程式。這樣的他不可能不知道，他只是假裝不知道，若無其事地給我取了一個名字。

我當「傑」，你當「桀」，這樣就不會搞混了。

我們就能知道誰是誰，不覺得很有趣嗎？

看到他留下的字條，我很開心。壓根不知道他是為了抹去我，還在為有了名字而開心。但最初，我也是「傑」。

所有報導以「多重人格的天才兒童」為標題傳遍了全國。報導稱，十三歲破解波動方程式的天才兒童患有人格障礙，正在接受治療。天才與人格障礙的標籤讓人覺得他十分特別，報導的筆調彷彿在吹捧他是非比尋常的天才，或因為是天才所以才罹患人格障礙。

我上網搜尋後才知道什麼是多重人格障礙。原來這是指一個人存在多個人格，我理解為一個身體存在兩個靈魂，也就是兩人共享同一個身體。正因如此，我沒有完整的記憶，總是在奇怪的地方醒來。我經常在醫院醒來，都是為了做這種疾病的檢查。但我後知後覺，直到所有新聞報導都把他視為這個身體的主人。

他所罹患的疾病源於他身體裡的我。但不是這樣的。為什麼沒有人來問一問我的立場呢？儘管我心懷疑慮，還是漸漸認同了世人的看法。大家都說他是繼達文西或愛因斯坦之後橫空出世的天才，我還能怎麼辦？但我只是想知道，明明是同樣的大腦，為什麼我一點也不聰明。

我們會在無意識狀態下轉換人格，只有醒著才可以控制身體，只要不睡覺或睡得不沉，就可以一直占有這個身體。

他醒著的時間越來越長，都是靠藥物，所以我每隔兩天才會醒來。醒來後，我必須面對那些誤以為我就是他的人，以及對我不聞不問的父母，然後等待入睡的時間來臨。客廳裡掛著一張全家人面帶微笑的全家福，我卻對這張照片毫無印象。每隔兩天醒來後，全世界都發生了變化，屬於我的時間被奪走了。雖然沒有人歡迎我，但我還是希望能醒來。

看到貼在冰箱上的超音波照片，我問媽媽那是什麼，媽媽淡淡地說，她懷了妹妹。從那時起我便開始等待善，反正除此之外無事可做。傑聰慧過人，根本不用去學校，所以我也沒有朋友。

爸媽也難以分辨我們。每次他無意識地沉睡後，我就會醒來，而毫不知情的爸媽看到我發愣的表情，才會恍然大悟我不是他。我早已習慣了他們從滿心期待到失望、接著失去興致的表情。

最初看到總是對我笑嘻嘻的善，我以為是因為她還是孩子，不會區分我們。但後來發現，她只會對桀笑，也就是說她只會對桀和傑中的「桀」笑。也許是上帝終於後知後覺地領悟，不該把兩個靈魂放在同一個身體，所以派來了可以區分我的辨識者。

我很喜歡把我當成桀而不是傑的善。雖然我很想陪善玩，但我們相處的時間總是很短，而且她似乎比其他孩子長得更快。我醒著時，善會把聽寫得了滿分、參加才藝表演，還有和朋友吵架的事都告訴我。善是唯一一個告訴我，我和他有什麼不同的人。有別於那些只關注他的人，善覺得他自私又惹人厭，還很沒禮貌。相反的，善說跟我在一起更有趣，而且覺得我很親切。雖然傑是天才，但很無禮；桀很平凡，卻平易近人。這就是我們的差異。

一封信從信封掉了出來。我立刻打開信，內容很短：

這些日子辛苦你了。我為你感到驕傲，希望你能隨心所欲地度過今後的人生。

我反覆思考「隨心所欲」這個詞。明明是祝福，但感覺怪怪的，好像在說之前受到了阻礙一樣。阻礙他的人只有我，是我阻礙了他的自由、戀愛和人際關係。還是說他的意思是從長期的研究中解脫嗎？我更希望是後者。真相是殘忍的，所以有時需要努力遮掩。

我們無法共享知識，所以我只能透過新聞報導和家中亂丟的資料去了解他正在做什麼。我可以問別人，但以他的模樣去向別人請教他在做的研究，一定會鬧出軒然大波。即使大家知道他罹患這個疾病，卻沒有想要面對這種疾病。換句話說，不經歷就無法真的明白。

因為不能直接聽他講解，我能做的就只有這些。他在研究再生細胞，利用擁有再生能力的海螺，以尚未公開的技術除去基因中的鹽分、修復受損細胞後，透過注射該基因中的病毒載體，發現了人體的再生現象。他為這種細胞取名為「幼苗細胞」，並利用這種細胞幫助了所有細胞重新生長。這種細胞不僅可以恢復視力和聽力，還可以讓截肢的身體再生。一些人稱讚他打造出了能消除世上所有疾病和障礙的魔法。

我掌握到的就只有這些，但僅僅是這些，就已經讓我覺得他是拯救這個世界的救世主了。我不禁覺得自己的存在既讓他的人生看起來更戲劇化，也為他的人生點綴了「戰勝」、「超越」和「天才的悲劇」等形容詞。

信中再無其他線索。我翻開日記，找到今天的日期，但只有用黑筆畫的星星，除此之外一個字也沒有。我又翻了幾頁，沒有任何發現，只有那張撕下來的紙。今天沒有急事嗎？會不會約了誰見面呢？還是今天是休息日？我坐立不安，時間也不知不覺到了下午兩點十分。

就在我起身的瞬間，發現原木書桌上落了一層薄薄的白色粉末。他不可能對這些粉末視而不見。我用手清去粉末，視線立刻轉向水杯，只見杯底有一層沉澱物。我下意識地退後一步，莫名感覺到他可能不是主動入睡的。如果白色粉末是安眠藥，那他很可能是因為睡意來襲、搖搖擺擺地走到臥室後，直接暈倒在床上的。他不會主動服下安眠藥。他下午有約，而且他絕不會穿著外出服上床。到底是誰逼他睡著的？為什麼要這樣做？而且是在家裡。除非他親自開門，否則誰也進不來。

如果是他親自開的門……我走到客廳的對講機前。一定是最後的訪客所為。假如他睡著後有人來過，那個人一定會察覺到異常而報警，但我不是被鈴聲吵醒的。所以說，一定是最後的訪客。

我查看了對講機記錄。六個小時前，上午八點零三分，有人來過。是善。

我從沒怨恨過傑。雖然不知道傑是怎麼想的，但我只是很羨慕他而已。有時我甚至會因為自己占據了他一部分的人生而感到愧疚。為什麼我有這麼多不足呢？善告訴我這是錯誤的想法。只有快速長大的善會用「你」稱呼我。

「傑是很特別，但這不是你的錯，你沒必要追趕傑的腳步。就因為你想和他一樣，才會覺得自己不夠完美。你一直在配合傑的速度，所以才這麼痛苦。」

一個身體裡住著兩個靈魂，所以一個人只能配合另一個人的速度。但善的話點醒了我，稍稍改變了我的想法。雖然很晚才清醒，但最重要的是領悟到了這一點。如果獨立會怎樣呢？我明知這是毫無意義的問題，但還是非常苦惱。

手機鈴響了。時間是下午兩點四十三分。難道是約好四點見面的人打來的？我跑到臥室，來電的是善。我們各自擁有自己的手機，我的是五年前的舊型號，他的是最新款。我很想換手機，但看到只有他的手機接連打來工作電話，便覺得手機於我只是一種奢侈品，最後打消了換手機的念頭。

善是找他，不是找我。為什麼打電話給他？是善強制讓他睡著的嗎？就在我猶豫不決時，鈴聲斷了。隨後鈴聲再次響起，這次是我的手機，來電人還是善。我接起電話。善過了好半天才開口：

「……傑，睡了？」

她這樣是為了分辨接電話的是傑還是桀。從我沒有追問為什麼打電話，善確定了接電話的是桀。我回答說他睡了。雖然很想問善是不是她下的藥，卻怎麼也開不了口。我無法想像她會做出這種事。但善沒有要說服或徵求我意見的意思，她開門見山地說：

「四點鐘，傑的研究小組會過去，你得假裝是他，明白嗎？就算是他的朋友也不可能透過語氣和表情區分你們，這件事只有我能做到。當然，如果你覺得不安的話，就說自己感冒了，再咳嗽幾聲。這點演技還是有的吧？我們小時候不是演過幾次嗎？」

「為什麼要這樣？真的是妳讓傑睡著的。為什麼要這樣做？」

「因為傑今天要殺死你。」

我下意識地苦笑。這不可能，善一定是在開玩笑。有時我沉睡許久醒來後，善會莫名其妙地要我陪她玩角色扮演的遊戲。

「如果我死了，傑也會死掉的。」我笑著說，意思是不會上她的當。

「不會的。」善用充滿確信的語氣說道。

是啊，她不會開這種玩笑。

「如果你醒著，就只有你會死。傑不會死，死掉的只有桀。」

「這不可能。」

「這是可能的。傑做到了。他為了殺死你，一直在研究，難道你都不知道嗎？」

我不明白善在說什麼，這根本不可能，但善還是很堅持。善的意思是，若在我醒著時，在人體注入幼苗細胞，就能殺死我的意識。當意識再生時會被他徹底吸收。這樣一來我就會消失，身體便徹底屬於他了。

這真的可能嗎？我十分混亂。但如果是他，應該可以做到。畢竟他是為人類帶來飛躍性發展的天才。我感到很鬱悶。我的確幫不上什麼忙，但我一直以為我們相處得很好，沒想到他要除掉我。只因為我們共享一個身體，就覺得我是累贅？我突然覺得身體很陌生，手指、雙腿、聽善講話的耳朵，還有正在呼吸的器官。彷彿這一切都不屬於我。

「一定是妳搞錯了。」我邊調整呼吸邊說。

我突然想起了媽媽寫給他的信：希望你能隨心所欲地度過今後的人生。沒有我的人生，一個身體不再有兩個靈魂的人生，徹底只屬於傑的人生。我心好痛。為什麼會這樣？如果這個身體不屬於我，那為什麼會產生這樣的感情呢？身體對我的感情有所反應，讓我感到更加委屈。

「現在沒時間否認現實和難過了，我說的你都聽懂了吧？在打針的瞬間，有意識的人就會死掉，所以那些人抵達時，你要假裝是傑，還要告訴他們不能讓另一個人格知道，否則他會逃跑，所以要先把你綁起來，摀住嘴巴，再讓你入睡。這樣醒來後，就不是你了……」

善欲言又止，看來她也很難再繼續說下去了。這是當然的，畢竟這是殺人……所謂的殺人，不等於只殺死肉身。

我依然很混亂，但內心漸漸平靜了下來。每次閉上雙眼入睡前，我都會覺得自己再也不會醒來。在無意識的狀態下，我也覺得這個身體屬於他，而不是我。難道是因為他的名字是傑？但如果我不是桀，而是傑，我也會認為迎來明天是理所當然的，生活是屬於自己的，只是偶爾把身體借給寄居在我身上的靈魂嗎？如果是這樣，此時此刻的我應該會更加憤怒、傷心吧。身體尚在，我卻要死去。這就像是一場不能擺出遺照的葬禮。

我可以覺得委屈嗎？我用這個身體為社會做過什麼呢？感到委屈的人應該是他吧？他占據

了身體，卻也無法徹底地成為自己。

我先感謝了善。如果善沒有告訴我這件事，如果她沒有給他吃安眠藥，那我此時就不會醒著。我會被帶去手術室，在一無所知的情況下被注射藥物，然後死去。所以我很感謝善，感謝她告訴我真相，給了我思考的時間。

「但沒有人需要我，這個世界需要的是傑，不是我。如果大家知道傑死去，一定會很難過、絕望的。」

「這很重要嗎？我需要你啊！」

我第一次聽到善說出這種話。

「我不希望你死。」

我很驚訝，這世上竟然有人需要我。我什麼都沒做啊，只是讀了童話故事給善聽，也聆聽她的故事、陪她玩而已。而這一切都是我為了不孤單，想利用善才做的。

「面對生死，沒有誰對誰錯。傑就是殺人魔。不，幾個小時後，他就會變成殺人魔，沒有任何罪惡感的他會濫殺無辜。這樣比較起來，他有比你好到哪裡去？」

聽到善的話，我感到心臟怦怦直跳，但不是悲傷或憤怒，而是某種更飄渺、更深遠、近似於覺醒般的感情。為什麼我從來沒有把自己當成人呢？我不是寄生在他身體裡的靈魂。這明明也是我的身體，我也有自己的聲音和意識。

「我想再跟傑聊一聊，說服他，說不定我們還可以像之前一樣和平共處。」

他不是如此狠心的人，雖然我們沒有聊過天，但我們一直生活在同一個空間。我還記得他第一次留下「很高興認識你」的字條，那絕不是我一個人的回憶。

「傑不是桀。」

我們真的不一樣嗎？

「桀不是傑的附屬品。」

若果真如此，為什麼我一直這樣生活呢？直到這把年紀、直到即將面對死亡，為什麼他都沒有告訴我這件事呢？我也見過他見過的所有人，我也一直與大家同在啊。

「大家都只幫助傑，這次換我來幫你了。這樣就算扯平了，因為我沒辦法視而不見，但我能為你做的就只有這些。」

我靜靜聽著善的話，不知不覺已經來到下午三點。

「從現在開始，你要保護你自己。」

「但沒有什麼我可以做的……」我喃喃自語。

「怎麼沒有？這都是你做的啊！是你自己活到了現在，所以身體應該屬於你。」

「……」

「傑是天才，這跟你活著這件事沒有任何關係。但因為他是天才，就要殺死你，這完全是另一回事。」

善的聲音讓我悲傷。

「我希望我的哥哥不是殺人的天才，而是你，我更喜歡你。」

這個身體真的屬於我嗎？這樣的人生真的屬於我嗎？我真的可以擺脫他徹底獨立嗎？我不再苦惱這些問題了。

「活下來，證明給我們看。」

「我可以嗎？」

「有不可以的理由嗎？」

善把一切都告訴我了，她把我視為一個人。如果我真的不存在，善就不會告訴我這些。

我掛斷電話。客廳充斥著鐘錶秒針轉動的聲音。我呆坐在沙發上好一會，然後走進浴室洗了澡。浴室的置物櫃裡擺著數十種他在服用的藥物、興奮劑和各種維他命。為了不讓我奪走屬於自己的一切，他靠這些藥物努力維持自己的生活。他每天睡前都會留下字條，也給人類帶來了驚人的研究成果。他想成為偉人，在我熟睡時，他一直享受著自己的人生。

我等待著四點鐘到來。除了等待，我無事可做。在四點五分前，對講機的鈴聲響了，三個男人出現在畫面中。我在報導中看到過很多次，他們都是傑研究小組的人。八年前，其中一個眉間帶疤的男人和他喝酒時大吵了一架，傑還寫字條告訴我，不要接那個男人的電話。他們的性格相似，所以研究期間經常發生衝突。

研究成果獲得認證的當天，那人傳來了一則很長的訊息，我醒著時讀了訊息。那個男人說，他十分羨慕傑的才華，就連身患的障礙也讓他羨慕不已；另一個短髮男人幾個月前當了爸爸，而且是雙胞胎。傑還傳訊開玩笑說，幸好你的孩子不是一個身體兩個靈魂；第三個又高又瘦的男人是臺灣人，他的韓語講得非常流利，很多人都誤以為他是韓國人。初次見到他時，我也以為他是韓國人。雖然這是傑的人生，但我們形影不離，所以我也知道這一切，然而傑卻不知道。

透過對講機畫面，我看到他們走進電梯。我在原地打轉，回想著善的話。

「你得假裝是傑，明白嗎？就算是他的朋友也不可能透過語氣和表情區分你們，這件事只有我能做到。當然，如果你覺得不安，就說自己感冒了，再咳嗽幾聲。這點演技還是有的吧？」

我還是不確定這樣做可行嗎？我可以搞砸他的計畫嗎？這難道不是最糟糕的選擇，最終只是證明了我真的是無用的存在呢？

我出生活到了現在，我非死不可的狀況，我必須活下去的理由。就算我死了，世界還是會照常運轉，大家也不會知道是誰死了。說不定他用自己開發的技術治療了自己的疾病，將會震驚全世界，到時我的葬禮就會變成他的慶典。

但我還是不知道我為什麼要死。就只因為傑先殺害我，就只因為他覺得跟我在一起很不自在。如果我醒著的時間比他多，我是不是也會有所成就呢？雖然不是天才，但我很喜歡畫畫，而且畫得還很不錯。我還會各種樂器。如果也多給我一些時間……這時，門鈴響了。三個男人站在門口。我用褲子抹去掌心的汗，打開門。

他們打了聲招呼。

我咳嗽了一下。

無名之軀

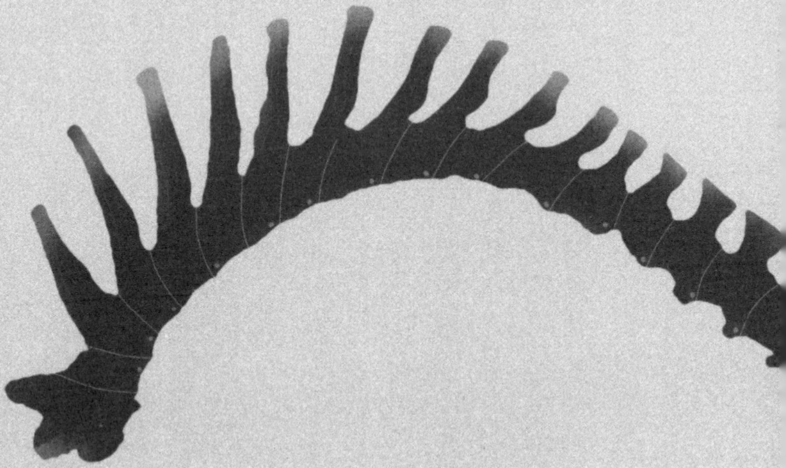

開槍時，最先要做的是閉上眼睛。

枯枝上掛著用紅線縫補過肚皮的娃娃，裡面塞滿了米和黑豆，沉甸甸的。娃娃就像坐不住的小孩，一直在轉圈圈。我問妳，要不要讓它停下來？妳搖了搖頭說不用。妳舉著獵槍的樣子看起來十分吃力，感覺槍聲一定會震醒在房裡睡覺的叔叔，但妳不以為意，又把兩顆子彈塞進了槍膛。這把獵槍是很久很久以前，妳曾祖父的父親從雜貨商那裡買來的，也是妳父親的珍貴寶物。

妳盯著不停旋轉、只有巴掌大的娃娃，舉起獵槍，閉上眼睛。妳相信身體的記憶。當手臂與獵槍處於水平，妳就像剛出世第一次面對太陽的小野獸那樣，睜開了一隻眼睛。

妳說，為了仰望太陽。

瞳孔縮小，視野才會變窄。

但那時的妳與其說是為了縮小瞳孔，看上去更像是在舉行結束生命的儀式。我至今仍覺得，妳那天的樣子就像挑戰這世上最炙熱的火球的勇士。

妳屏住呼吸，扣下扳機。轟鳴聲響起的同時，我產生了耳鳴，但看著定在原地凝視目標的妳，我只好忍了下來。娃娃的身體中彈，米和黑豆傾瀉而下。妳就像盯著流血的野獸，更貼切地說，是像在等待父親的皮囊徹底癟掉一樣。那時的妳是那麼優雅、美麗。

然而，現在的我失去了那種優雅。我在顫抖、搖晃，並且走向崩潰。急促的呼吸終於放緩，思緒和行動都像慢動作。為了站起來，我側傾身體，一隻手撐住地面。我的指甲脫落了，脫落的指甲就像腐爛的黑豆。我摸了摸手指，確認了一下是從哪根手指掉下來的，感覺其他又黑又髒的指甲很快也會脫落下來。

我渾身無力，動彈不得。我吃力地坐起來，握住槍，一片漆黑的窗外漸漸變藍，但坐在我面前的妳毫無變化。這樣講沒有說服力，但妳的確沒有任何變化。為什麼這樣講呢？因為即使妳和外面的人一樣，眼睛蒙上一層白霧，仍然沒有攻擊我，沒有發出如獐子般的咆哮。不僅如此，妳左臉的傷疤還在，而且依然穿著死時的制服。我想問妳為什麼會這樣，但始終沒能開口。我甚至忘記了如何發聲。是脖子要用力還是腹部用力，還是要同時用力呢？是吐氣時可以發出聲音還是吸氣時？再這樣下去，感覺連坐在面前的妳我也會遺忘。為了記住妳，我喃喃自語起來。

妳是我的朋友，是我死去的朋友。妳比我晚出生兩個月，直到十九歲的最後一天，妳都一直和我生活在這裡。但妳是我死去的朋友，妳一年前就死了。我們的關係親密，就像雙胞胎一樣，但我正拿著槍瞄準妳。

我必須再次殺死一年前就已經死掉的妳。

局長是個很重感情的人。也許是心疼我小小年紀隻身一人來到大都市，所以在我辭去郵局物流中心的短期工作時，局長把我叫到一旁，問我還想不想在郵局繼續工作。局長幫我找的工作不是之前的包裹分類，而是幫郵局的其他人搬運大型包裹。雖然物流中心賺得多，但很辛苦，沒做多久我就累垮了。我實在沒有理由拒絕局長的好意，但不知該說感謝，還是要說我會繼續努力，最後只是傻呼呼地點了一下頭。局長笑了笑，反而對我說了聲謝謝。也許是因為她有個跟我差不多大的女兒，所以總像監護人那樣地待我。我並不討厭她這樣，反而覺得有人保護很踏實，也很溫暖。

聽說局長罹患過肝癌，雖然已經痊癒，但不知是否因為治療過久的關係，常常對員工們嘮叨：「大家趁還健康，要好好照顧身體。」也因為這樣，局長對身體不舒服的人特別寬容，不只員工，連員工家屬生病也是如此。得益於局長的寬容，要看護臥床不起的母親或獨自撫養孩子的員工都能安心地陪伴家人。局長也不會要大家提出什麼證明，身體不適或家有病患本身就很痛苦了，若還要人家證明，未免也太殘忍。郵局裡如果有人生病或家裡有事，局長總是二話不說就讓他們早退回家。那些提早下班或很晚上班的人為了報答局長的好意，總是會帶零食來上班，所以郵局的零食從未斷過。

郵局是女性居多的職場，局長不希望大家因為家人而辭職，經常叮囑大家不要看人臉色，有事就要講出來。郵局和我之前生活的世界截然不同，這讓我感到很神奇，世界上竟然存在著完全不同的另一個世界。我很羨慕在這樣的世界裡成長的那些不特定的大多數同齡人。

郵局裡的人年紀大概都在三十五到四十五歲之間，所以我覺得自己似乎漸漸變成了大家的女兒。大家就跟局長一樣，得知我一個人住以後，不僅會送小菜給我，還會告訴我公家機關有什麼補助可以申請，甚至還會送我課本，勸我去考公務員。我打算搬出考試院、尋找單人套房時，大家也爭先恐後地陪我去看房子。有的人打開水龍頭、沖馬桶確認水壓，有的人檢查防蟲網、對面的建築和附近的監視器，甚至還會詢問這棟樓住戶的男女比例。我對租房一無所知，只能目瞪口呆地看著大家向仲介問東問西。託大家的福，我才找到了有熱水、不透風，鄰居都是家庭或女性，而且監視器運作良好的房子。

我彷彿變成了大家庭的老么。大家就像口頭禪一樣地既勸我好好念書，又叮囑我以後要留在郵局，還說沒有地方的福利比郵局好。雖然我沒在其他地方工作過，但不用想也知道，哪都找不到這麼好的職場和這麼善良的同事了。

但就算局長細心照顧每個人，還是有她無能為力的時候。遇到不是想休息一週、一個月，而是一年的員工，局長也不知道該說什麼才好。雖然有人提出應該把那個同事病情惡化的母親送去空氣好的地方療養，但這不是局長可以解決的問題。即使有同事願意幫忙送他的母親去郊區療養，還建議可以申請長照補助金，最後那個員工還是辭去了工作。她說這不是做事效率的問題，而是不想留下遺憾。我當時靜靜聽著她的話，思考起即使面對死亡也要相伴在一起的意義。就算知道會遺憾，但還是無法在一起，那她做出的選擇應該可以視為一種幸運吧。

局長受理了她的辭呈。她離開那天，大家穿著室內拖鞋一直把她送到郵局前的十字路口。我去便利商店買東西回來的路上，看到她和局長兩個人站在一起，局長對她說：「這世上沒有規定好的時間。」我不明白局長的意思，整理物品時一直在思考這句話。

就這樣，郵局出現了空位。直到新人報到那天，我每天都會打掃那個空位。那個位置就像為了抹去離職人員的痕跡一樣空了很久，到換季後才又遇到新主人。局長為了祝賀新人第一天上班，在她的辦公桌上放了一個小蛋糕。她是想給新人一個驚喜。但與局長期待的相反，新人無動於衷地把小蛋糕推到桌角，直接開始工作。可憐的小蛋糕就那樣擱置了很長一段時間。

新人的個子很高，留長髮、戴著眼鏡。大家非常開心，都說她看起來很聰明能幹。二十七歲就通過公務員考試，找到這份郵局的工作，由此可見的確很聰明能幹。聽聞她畢業於首爾的公立大學，考慮到除了繼續念研究所以外別無選擇，所以考了公務員。當她說考公務員很簡單時，所有人都肅然起敬。她還解釋，那天以為小蛋糕是別人的才沒有碰。有別於像家人一樣互相關照的大家，她似乎很公私分明。

她同意我叫她姊姊，還說也可以直呼她的姓名。我們的對話就只有這些。明明可以叫我做的事，她也會親自處理，而且沒有問我是不是工讀生。起初我覺得她這個人很難相處，沒有主動接近她，因為我實在難以忍受那種冷漠的氛圍。

夏末秋初時，常會毫無預警地下起雨。很多客人會把雨傘忘在郵局，我們會保管十四天左右後，就拿去丟掉或自己拿來用。那天下午飄起了小雨，誰知雨越下越大，直到下班也沒有停。沒有雨傘的人紛紛打著客人忘在郵局的雨傘下班了，最後就只剩下壞掉的雨傘。

郵局只剩下她還沒走。她工作到很晚才準備下班，看到她翻了翻包，露出苦惱的表情，我便知道她沒有帶傘。透過他人的動作和表情判斷狀況，是我至今唯一培養出來的能力。那天，我把自己的雨傘借給了她。我明知只剩下壞掉的雨傘，卻謊稱還有很多雨傘，因為我覺得可以藉此親近她。

冒雨走回家的路上，我不禁覺得這樣的自己很奇怪。我竟然會想親近別人？逃到沒有人認識我的地方，竟然還想親近某人。與他人建立友誼，就等於揭穿自己，把最赤裸的內心展示給對方。我下過決心，不會再為親近誰而暴露自己軟弱的內心，卻又不由自主地渴望友誼，下意識地想要親近別人了。

這種情緒讓我感到羞愧，走在雨中的我甚至流下了淚。幸好是下雨天，所以沒人發現。雖然幾行淚沒有大雨下得那麼痛快，但哭出來後心情也變得輕鬆了些。

第二天，姊姊還給我的是一把新雨傘。她說我的雨傘有洞，一直漏雨。我脹紅著臉說自己不知道。姊姊盯著我，突然問我住在哪裡，是不是一個人住，還說她也是一個人。

姊姊住在距離我家腳程不到五分鐘的地方。那是一棟全新的酒店式公寓，入口設有智能信箱，不僅需要密碼和門禁卡才能進入，還有保全。我們住的地方太不一樣了，就像兩個世界。

姊姊的家說好聽一點是乾淨，但反過來講，根本不像是人住的地方。除了公寓原有的家具，幾乎沒有姊姊的東西，連窗簾和衣架也沒有，可以說是沒有任何生活所需的物品。與我家相比，姊姊家的感覺非常荒涼。就在那時，我感覺到了她是與我相同的人，她也是從哪裡逃出來的。

姊姊偶爾會邀請我去她家吃晚飯。從某一天開始，我們每天都一起吃飯。填飽肚子後，還會躺在暖和的房間裡睡一覺。雖然姊姊不會熬湯，但做的炒飯、蛋包飯、義大利麵和燉飯都很好吃。姊姊晚上很喜歡看重播的電視劇，與姊姊相處久了，我也開始看起從不感興趣的電視劇。電視劇中的世界太不真實，我覺得很無聊，但也會好奇下一集的劇情。所以只要姊姊打開電視，我就會坐在她旁邊。我們偶爾也會討論電視劇裡的世界，毅力如雜草般頑強的主角最後真的會成功嗎？真的有主角可以跟左鄰右舍像家人一樣相處嗎？為什麼人們如此熱衷於虛構的故事呢？

「只有相信存在那樣的世界，才不會抱怨現實的世界吧。熱衷於電視劇的人明知道那是虛假的世界，但也知道只有相信存在那樣的世界，才能在現實中撐下去。」

姊姊就像在談論別人的事一樣說道，但她也是這種人。快入冬時，姊姊為我敞開了自己世界的大門。那時我們才剛認識不到一個月。可能姊姊也察覺了，我和她生活在相同的世界。

聽完姊姊的故事後，我也講述了自己生活的世界，因為莫名覺得應該這樣做。姊姊安靜地聽我一直講到深夜。隔天上班，姊姊問我願不願意和她一起生活。她說如此一來，我既可以把保證金存起來，也可以幫她分擔每月一半的房租。我問她為什麼願意把一半的空間讓給我？姊姊回答：

「若想讓一個世界崩解，就要盡快創造另一個世界。那樣的世界是人與人相遇創造出來的，所以我希望妳之前生活的世界快點崩解。」

我問了一個很蠢的問題，竟然向好不容易對我敞開心房的人提出這種蠢問題。但我必須問，而且也想知道她的回答。即使聽完我的故事，也願意對我敞開心房嗎？我很擔心她會害怕我身上留有那個世界的痕跡。

「妳相信我嗎？」

沒想到姊姊反問，難道妳不怕我嗎？我回答不怕。姊姊說，很多人都說害怕她。

上學時，也有很多同學都很怕我。我發呆時，他們覺得我精神失常，還說我有陰陽眼。我應該要辯解，卻不知道為什麼要辯解，於是任由他們無事生非。我的沉默讓謠言變得更堅不可摧，就這樣成為了謠言的主角：可怕、陰沉、半瘋，這成了真正瘋掉的最佳要件。

我覺得姊姊很可憐，因為她就像瘋狂世界裡唯一一個清醒之人。聽完姊姊的故事我也並不覺得害怕，可能是因為那個世界已經過去了。只有徹底從那個世界走出來的人，才能夠淡定地講述過去發生的事。從這點來看，姊姊並不知道我用了多麼卑鄙的方法，也不可能知道，因為我只提到了那個世界的一小部分。

我住的村子東臨大海，三面環山。村子距離公車站步行需要三十分鐘，直到我十歲那年，導航都搜不到這個位於半山腰且沒有座標的荒蕪之地。城裡人甚至不相信還有這樣的一個村子。人們會問，那種地方還有人住嗎？還有人在那裡生孩子嗎？我就是在這樣的地方出生長大的，沒有人知道村裡一年有多少孩子出生。

孩子在出生前不是胎死腹中，就是剛降生就斷氣了。還有沒活幾天就夭折或死因不明的孩子，所以沒有人知道有多少新生兒出生。死嬰人數不詳，沒有人為這些早夭的孩子建造墓地，更沒有人知道這些死去的孩子去了哪裡。

自從傳出「吃產婦的胎盤有益健康」的傳聞後，村裡便聚集了一群嚷嚷著要吃胎盤的老人。只要是對身體好，無論什麼老人都會吃。他們不僅煮蜈蚣吃，還會用蛇泡酒或抓剛出生的小鴨子熬湯，把鱉活生生地撬殼下來煮，甚至跑到山裡挖有毒的植物根莖煎藥喝。村裡一年到頭都是煎藥熬湯的味道。有一天，聽說剛出生不到一天的孩子死了，那天村裡會館廚房的煙囪就冒了一整天的煙。

那些老人抹去了所有聲音，就像死亡、疾病、老化和孤獨全來自外部一樣，所以才會相信只要阻止來自外部的一切就可以了。

據說村裡最高的山因岩石和山中生長的大部分植物具有毒性，所以命名為毒岩山。由於村子面朝大海、三面環山，若想進村就只能翻越毒岩山，然而很多人在穿越山嶺的途中吃下了有毒植物而喪命，所以山裡有很多無名屍體。

老人們都不相信夜晚山裡傳出的是獐子的叫聲，反而堅信那是冤死的孤魂野鬼的哭聲。不僅如此，他們還盲目地認為若想驅散滿山的陰氣，就要不斷吃下對身體有益的東西。

就算村子裡有孩子出生也長不大。只要睜開眼睛，看到那些老人陰險的嘴臉，就會知道那些孩子為什麼夭折了。但這件事只有我不知道，因為媽媽對村民隱瞞了我出生的事實。

媽媽在春天懷了我，冬天把我帶到了這個世界。幸好臨盆是在冬天，所以才能隱瞞懷孕的事。媽媽說，她難以忍受這個國家的寒冷，所以很少出門。即使出門也會套很多衣服。遇到有人懷疑她懷孕時，媽媽就會謊稱不懂韓語，避開那些奇怪的老人。我出生在漆黑的房間裡，瘦小的我沒有啼哭。媽媽見我沒有哭聲，以為生了死胎，抱著我痛哭流涕。直到我輕輕抓住她的衣領，告訴她我還活著。產下我以後，媽媽有很長一段時間都躲在房裡，自己擦拭分泌的惡露、按摩脹痛的胸部。

爸爸生前是個對家裡毫無幫助的人。他非但不知道媽媽懷孕，還常喝得爛醉如泥，回到家就倒頭大睡。媽媽說，雖然爸爸令人心寒，但只要無視他的存在，還是能過上舒心的日子。四十多歲的爸爸就像年過半百的人一樣頹廢，儘管他一事無成，卻死都要結婚。相反的，媽媽有著可以很快學會另一種語言的聰慧頭腦。不僅如此，賢明的媽媽一個人也可以把日子過得很好。我始終不明白媽媽為什麼要嫁給爸爸這種人。

但媽媽沒有選擇權。媽媽有三個和她長得一模一樣的妹妹，為了讓妹妹們念書、就業，媽媽只能選擇結婚。年幼的我不知道媽媽的婚姻與阿姨們的人生有什麼關聯，也沒追問這件事。不知為何，我總覺得若去追究這件事，只是會引出媽媽壓抑在心底的痛楚，搞不好她會丟下我返回思念的家鄉。所以我用無聲的擁抱取代了追問。雖然媽媽覺得我是在安慰她，但其實我是想在她身上留下不要丟下我的印記。對媽媽而言，我就是隻討厭的水蛭。

就算爸爸一事無成，媽媽還是需要他，而且他充分扮演了掩護我出生的角色。我出生那天，他在從城市回來的路上死在了水溝裡。如果那天他沒有喝酒，如果不是在冬天，他隔天醒來就能回家了。爸爸不是溺死在水溝裡的，而是在零下二十度的戶外凍死的。他倒在水溝裡睡著時，積了二十五公分的大雪，所以直到雪融化前都沒有發現屍體。爸爸的屍體沒有腐爛，他手上提著的塑膠袋裡裝著從市場買的嬰兒服和鞋子。

媽媽說，爸爸死去的樣子就像在睡覺，彷彿搖醒他就會馬上睜開眼睛。村裡的老人看到爸爸的屍體時，都說只要讓身體暖和過來，餵他吃點剁碎的牛腦就可以讓大腦重新運作、死而復生了。媽媽不想餵爸爸吃牛腦，當晚就把屍體火化了。

沒有男人的家就必須把門鎖緊。因為那些時不時就找上門要看孩子的老人，媽媽根本無法放鬆警戒。想到我要在這個村裡長大，媽媽連睡覺也會感到心痛。媽媽心想著無論去哪都好，決定收拾行李帶我離開村子的那個清晨，某處傳來了哭聲。

那不是獐子的叫聲，而是剛出生的嬰孩響亮的啼哭。

時隔十日聯絡我的社工說，媽媽已經快不行了。雖然消息來得突然，但我一點也不驚訝。因為媽媽沒日沒夜的工作，身體早就累垮了。要怎麼形容那種感覺呢？媽媽沒有死去的徵兆，卻又很像突然死去也不奇怪的人那樣默默撐了很久。舉辦葬禮的地點在束草市，就在離媽媽住的療養院不遠的地方。

郵局的同事包給我一個相當於我一個月薪水的白包，大家都安慰我不要擔心錢，好好休息一個月再回來。也就是在那時，我才恍然大悟自己是郵局不需要的人力，再次覺得自己成為了黏在別人身上的水蛭。我沒有說一定會回來，含糊其詞地走出了郵局。

姊姊在郵局後門等著我。

「馬上就要出發？」

我搖了搖頭。

「那晚一個小時走，可以嗎？」

我猶豫了一下，心想現在出發和晚一個小時出發都差不多，於是點了點頭。姊姊說我的手機太舊了，擔心回村裡會收不到訊號，於是帶我去手機專賣店挑了一支最近比較紅的新款手機。舊手機裡也沒多少照片和手機號碼，所以不到三十分鐘就弄好了。姊姊先輸入了她的號碼。

「有什麼事打給我。」

我不知道她是說說而已還是出自真心，所以沒有回應。會發生什麼事呢？媽媽的葬禮應該是世上最安靜、最淒涼的葬禮。

姊姊把我送到地鐵站。在我來到客運站、坐上巴士前往東草的路上，我一直在想姊姊說過的話。那是很熟悉、卻也讓我心痛的一句話。媽媽也對我說過相同的話。她把裝有滿滿萬元紙鈔的信封遞給要去首爾的女兒，叮囑女兒有事就打電話。想到離開和返回時聽到同一句話，我噗嗤一笑，眼淚隨即流了下來。

開往江原道的平日巴士只坐了五名乘客，但我還是咬緊了牙，生怕哭出聲音。記憶突然變得清晰可見，但很快又散去。我很好奇媽媽是以怎樣的表情告別人世的。爸爸就像睡著一樣凍死了，我希望媽媽也能像睡著一樣，睡在溫暖的地方，永遠不要醒來。

從未見過的社工一下就認出了我，還說我和媽媽給他看的兒時照片長得一模一樣。與其他的靈堂不同，媽媽的靈堂小得就像我們家的客廳，既沒有喪主休息室，也沒有來弔唁的人。我仰望天花板躺在靈堂正中央，突然覺得很淒涼，於是取下媽媽的遺照放在身邊。這是我第三次經歷死亡，卻是第一次舉辦葬禮。前面兩個人都是英年早逝，媽媽則算是活到了天年才走。原來人的命運會如此不同，想到這裡我不禁感到空虛，也想起橫死街頭的朋友。為了不去想這件事，我拿起手機，拍了一張與媽媽遺照的合照。這張照片只要我一個人微笑就可以了。

入殮時，看到媽媽穿著得體的壽衣，安祥地躺在那裡，不禁覺得對她來說，現世才是地獄，陰間才是她真正的人生。聽說別人死前都要與病魔對抗，但媽媽沒有，這應該是神賜予她唯一的恩寵了。入殮師問我有沒有什麼話想對媽媽說。說什麼好呢？我不想說來生再見，我不想再像水蛭一樣黏在她身上。我摸了半天媽媽僵硬無比的手，才說：

「去溫暖的地方吧。」

媽媽討厭韓國寒風刺骨的冬天，我希望她可以去一個一年四季，無論白天夜晚都很溫暖的地方，媽媽很適合那樣的地方。

媽媽留在療養院的遺物少到可以裝進郵局的三號箱裡。箱子裡除了兩三件衣服和媽媽吃剩的巧克力、餅乾，還有最重要的骨灰罈。她在這裡生活了半年多，卻只留下這些嗎？社工見我一臉困惑，遲疑了一下才說，媽媽臨走前不顧醫生的勸阻經常回家，短則幾日，長則數週，每次都會帶一些東西回去，所以療養院這裡沒剩下什麼。這的確很像媽媽會做的事。

社工問我是否立刻回首爾。我本來想回答是，但還是說了句不確定。面帶倦色的社工笑了笑，臨走時不忘鼓勵我要打起精神好好生活。這句話讓我感到十分陌生，因為活到現在，我還是第一次聽到這種話。

我呆呆地抱著箱子坐在東草市的公車站。從今往後，就只剩下我一個人了。媽媽的妹妹們住在要搭六個多小時飛機才能抵達的地方，但我從沒見過她們，也許她們也不歡迎我，所以我等於沒有任何親戚。我應該站起來，卻雙腿無力，就像在質問我，又沒有目的地，妳急著要去哪呢？是啊，無論去哪都沒有親人，急著走又有什麼用。

我告訴姊姊要回家整理媽媽的遺物，姊姊沒有立刻回訊，直到上了開往村子的公車，姊姊才回覆：「嗯，路上小心。」

公車行駛了一段時間，穿過市區，駛在房屋漸漸稀少的小路，進入深山時，司機透過後視鏡看著我問：「妳要去哪裡？」

我抬起頭。

「外面里。」

「外面里？」

「嗯，外面里。」

司機看了半天後視鏡中的我，搖了搖頭。

我望著窗外席捲而來的黃昏，緊緊抱著裝有媽媽骨灰罈的箱子。媽媽就在我的懷裡。她叫住夜半逃往首爾的我，硬是塞了一筆錢給我，如今她卻裝進了這個小小骨灰罈。人生中第一次遇到的人，未來再也見不到了。我做出的掙扎也只是為了斬斷母女世代相傳的不幸，卻不知不覺間遍體鱗傷。抱緊箱子的手指很痛，我似乎接受了感受不到難過也不痛苦的現實。這是一種有人離我遠去的感覺，就像用極薄的刀片剝去皮肉一般。

院子裡的水盆接滿了水，破舊的平床上攤著快晒乾的紅辣椒，鍋子裡有兩個蒸熟的馬鈴薯。顯然媽媽是突然離開的，不知何時死期將至的人，最後留下的光景是如此雜亂、鮮明。我拿起一個馬鈴薯聞了聞味道，一點味道也沒有，於是咬了一大口，冰涼的馬鈴薯在我的口腔裡破碎開來。雖然不餓，我卻一直想往嘴裡塞東西，於是我坐在平床上，吃完了那兩個很可能已經壞掉的馬鈴薯。馬鈴薯的味道都差不多，但奇怪的是，媽媽蒸的馬鈴薯總帶有甜甜的味道。即使面前有一百個蒸熟的馬鈴薯，我也能找出哪一個是媽媽蒸的。

我把掛在晒衣架上的幾件衣服和內衣放進箱子，這些與媽媽辛苦熬過一生的衣服也該休息了。媽媽穿了多年的衣服早已壽終正寢，希望它們來生可以變成更好的布料，賣出更高的價格。

我呆呆望著太陽西下，位於東部的村子比首爾天黑得更快。這個輸電塔比路燈還多的地方與我離開時一模一樣，彷彿村子被排擠在時間之外，哪怕再過幾世紀也不會有任何變化。說不定再過幾十個世紀，外面里會變成古代遺址，但在此之前，這個村子就只是個無人知曉的地方。

我用力關上半開的房門，鋪好被褥，連澡也沒洗就躺下了。到了深夜，家裡安靜的可以聽到老鼠竄來竄去的聲音。夏天時，地板紙和壁紙會散發出潮濕的氣味。等到了冬天，整個房子就會發出近似尖叫的嘎吱聲。房子就像有生命一樣，夏天哭泣，冬天叫喊，最後追隨主人一起死去。家裡死亡般的寂靜，我就像躺在燒焦的樹林裡，聽不到風聲、老鼠亂竄和任何人跡。太奇怪了。

沒錯，這種寂靜很奇怪。這個村子的深夜不可能這麼寂靜。媽媽說，有人消失的話，那天就不要上山，但她沒說為什麼。我始終很好奇，但也沒有追問。然而有些事即使不問，也能隱約地知道，所以我才從不追問。毒岩山總是大霧繚繞，連山峰也看不見，根本分不清出現在眼前的是人還是野獸。搬到首爾後，我才看到清晨霧氣散去後的山峰。

大霧瀰漫時，會聽到好似水滴破裂般的聲響，但無從得知源頭來自何處。太陽下山後，霧氣繚繞的村子裡可以隱藏很多東西。因為人們只相信親眼所見的，所以就算聽得再清楚，也只會把慘叫當作幻聽、笑聲，或誰家的牛或狗在叫。如果不是親眼所見，說再多都是徒勞。問題在於，要如何讓無形的東西現形呢？語言和肢體語言又要如何把蘊含其中的威脅化為物質展現出來呢？這世上真的有這種方法嗎？

很多村裡的男人不是出外闖蕩失敗回來，就是從未離開過村子。前者因挑戰世界失敗而聚在一起，後者則沉浸在征服世界的成就感中。雖然也有兩者皆非的男人，但我已經不記得有誰了。所以在我眼裡，村裡就只有這兩類男人。算是見過世面的男人又分為喜歡自吹自擂和抱怨現實的兩類，無論是哪一方，他們的話都好似被陽光晒乾的泥土一樣堅硬，出現裂痕，而裂痕意味著隨時可能破碎。男人們因擔心自己的世界和邏輯出現裂痕而坐立不安，一旦出現裂痕，他們就會莫名其妙地洩憤。

女人們沒有回來。離開村子的女人一個也沒有回來。聽說聰明的女人不會嫁過來，只有笨的、窮苦的、可憐的女人才會嫁給村裡的男人。這些女人的生活不堪入目。在我眼裡她們既勤勞又樸實，而且有著可以很快學習另一種語言的聰慧頭腦，卻還是被視為有缺陷的人。

挫敗感與使命感畫上了等號。男人認為必須教育女人，但在教育過程中，他們加入了控制與訓斥。每到夜晚，村裡就會響起哭聲。即使大家都聽到了哭聲，但因為沒有親眼目睹，所以哭聲被消了音，被當作幻聽、笑聲、牛或狗的叫聲。裝睡的人叫不醒，於是哭聲也沒有意義。

我有時會在深夜醒來。有人從家門口經過時，我就會被腳步聲或某種氣流喚醒。我睜著睡眼惺忪的眼睛看向窗外，會看到大霧中若隱若現的人影。那些人影往毒岩山走去，但為什麼去那裡、是否有回來，就不得而知了。

這些人好像都沒回來，但村裡從未傳出過誰消失的消息，所以我總以為自己看到的是鬼魂。難道住在村裡的鬼也想離開嗎？有時我會叫住那些人影，每當這時，人影就會轉過身來，朝我做出「噓」的手勢。

俯瞰大霧繚繞的村子，會覺得這裡就像刻意隱藏線索的犯罪現場。幫凶就是那座毒岩山。夜裡傳出的哭聲彷彿變成了濃霧。村子就是這樣的地方，只要夜幕降臨，哭聲就會四起，所以現在的寂靜很奇怪。

我突然意識到，下車後從村口走回家的一路上，沒有遇到半個人。村民都去哪了？難道村子已經提早變成了遺址？深夜我聽到的叫聲，那不是人類的哭聲，而是獐子的叫聲。

「獐子出沒區域」的警示牌和像屏風一樣毫無實質作用，不知道人們是沒看到還是假裝沒看到，未達開車年齡的我們只能揣測那些撞死獐子的司機的心態。

「他們應該沒看到吧？肯定嚇壞了。」

「一定覺得很倒楣。」

「或是嚇得半死。」

「也會有人不敢看，直接繞路開走吧。」

「會不會有人連撞到都不知道呢？」

「怎麼可能？會有這種人嗎？」

「應該有吧。」

「那也會有內疚覺得哭泣的人囉？」

「不知道。如果有就好了，哪怕只有一個人也好。」

可以肯定的是，沒有人會打去動物醫院。大家就只是稍稍轉動車輪的方向，從垂死掙扎的獐子身邊開過去。明明可以活下去的獐子就像凍死在水溝裡的爸爸一樣躺在路上，最後斷了氣。在人們眼裡，獐子只是會破壞農作物、最後倒楣被撞死的動物。當時是第十九隻還是第二十隻？我們用大袋子把死在路上的獐子拖到路邊，每次低頭時都可以看到獐子的大眼睛和落在血液凝固後變得黑紅的肚皮上的蒼蠅。我們沒有一聲抱怨，默默把獐子拖到山上，拖到最高的、人跡罕至的、無人涉足的地方。

鐵鍬很重，我們輪流挖了一個小時的坑，然後把獐子拖進坑中，最後覆上土。我已經累壞了，但妳依然面無表情地用鐵鍬拍著土丘。那時的妳已經又高又壯，個頭甚至高過了叔叔。我看著妳，比起自己，很多時候都在想像妳的未來。我覺得妳很適合當運動選手，妳的功課也好到足以考上教師，職業軍人或飛行員似乎也不錯，再不然就開間店當老闆，或者成為每天通勤的上班族。其實什麼都好，無論妳變成怎樣的大人，我都想留在妳身邊，也想變成和妳一樣的大人。

我們會在埋葬獐子的墳堆上坐一兩個小時。每當這時，我們就像守在陰陽邊界的執行官那樣，心存無人賦予的使命感，想安撫因事故橫死的獐子：你死掉了，所以被埋進土裡。這裡就是埋葬你的地方。但不用擔心，我們會在這裡坐著，直到你安全地抵達彼岸。你可以怨恨人類。若有來生，願你轉世成為可以撞死人類的存在。

「聽說獐子是瀕臨絕種的動物。」妳打破沉默。「牠們只生活在韓國和中國部分地區，其他國家沒有。真是可憐，要是生活在其他國家就不會被撞死了。如果是別的國家，就會制定保護牠們的法案。要是生活在那樣的國家，牠們一定可以幸福的活下去。地球這麼大，為什麼偏偏選在這裡？」

獐子應該也不知道為什麼會把家園選在這裡。答案無人知曉。為什麼偏偏是這裡？為什麼偏偏是我？這是所有降生的生命最先面對的謎團。即使一輩子尋找答案，死前也不可能知道。

有的人就算不知道答案也可以安詳地死去，但也有人直到闔上雙眼前，仍在不斷抱怨丟出謎團的出題人。

我家對面住著一對老夫婦。我出生時，老爺爺是村裡的村長。他是個親切和藹，但也令人討厭、噁心和毛骨悚然的人。我直到現在也想不通一個人怎麼能用如此極端的詞彙來形容。關於村長的不同面貌，大家似乎看不到我看到的，又或者是假裝看不到、看到也無所謂。這些人都是卑鄙之徒。

老爺爺在大門口放了一把木椅，坐在那裡抽菸。在只能勉強開過一輛車的狹窄小路上抽菸，菸味就會飄到我們家的院子裡。雖然沒有問過他，但透過他的表情就知道他是故意的。如果有菸味飄來，我就會關上房門不出去。我不想看到他。我討厭他那身邋遢的運動衫，不知是內褲還是外褲的短褲，以及露出的白腿和動不動就撓跨下的動作。但比起這些，我最討厭的是明明我們沒有血緣關係，他卻叫我女兒。連媽媽都不會叫我女兒，而是會叫我的名字。

老爺爺坐在門口抽菸，是因為一起生活的老奶奶。駝背的老奶奶總是彎著腰走路，還會像大力士一樣把重物頂在頭上或揹在身後。老奶奶總是兇巴巴的瞪著一雙眼睛，每次他們夫妻吵架，就只能聽到她的高喊聲。她就像千年古樹那樣結實硬朗地活著。骨瘦如柴的她之所以能這麼結實，可能跟他們家散發出的味道有關。

他們家經常熬煮那些據說強身健骨、對視力有益、保養腸胃和滋陰壯陽的東西。有時那股味道會嗆得我捂住鼻子，有時也會飄來大骨湯般香噴噴或甜滋滋的味道。但我從不好奇他們在煮什麼，即使看到放在大門口的垃圾袋裡裝著動物的屍體，我也會視而不見。丟出來的垃圾都是小動物的四肢和頭顱。我不理解如此幼小的生命為什麼能讓他們長生不老？牠們連自己都保護不了，怎麼能救活他們？

我睜開眼睛時，村裡依然鴉雀無聲。既聽不到開啟一天的聲音，也沒有鳥鳴和犬吠。那是一種奇異的寂靜。我又躺了幾分鐘，集中精力去聽外面的聲音，仍舊是沉重的寂靜。我打開緊鎖的房門，走到院子裡。

老爺爺坐著抽菸的木椅垮了，他家的大門半開著，但沒有任何聲音。眼前的場景已經超越奇異，簡直不可思議。我呆站在他們家的大門前，張望了一下空蕩蕩的小巷，最後推開從未碰過的大門。

那是一棟老房子，我經過堆滿衣服的平床，往有火爐的廚房走去。我猜也許他們都死了，因為我離開村子時他們都很老了。這對老夫婦就和媽媽一樣，即使突然死掉也不會讓人感到驚訝。也許他們走得很突然，所以沒有收拾平床上的衣服。但我猜錯了。擺在廚房裡的電子鍋亮著燈，裡面的飯已經煮了一百零八個小時，水槽裡放著兩雙碗筷，到處都是蒸煮烹煎留下的痕跡。我隱隱聞到一股惡臭，趕快跑了出來。

這時，廚房旁的倉庫傳來一陣騷動，倉庫門動了一下。我以為是幻覺，但門又動了一下。難道裡面關著他們還沒煮來吃的小動物？就算不能救牠們，至少可以像從前那樣把屍體帶到山上埋掉。

我打開倉庫的門，但裡面沒有小動物，只有老爺爺和老奶奶。老奶奶正在撕咬老爺爺的大腿。啊，應該說她正在吃老爺爺。

老奶奶每咬下一口肉，老爺爺的身體就晃動一下，他僵硬伸直的手臂碰到了倉庫的架子。滿臉是血的老奶奶突然停下，緩緩看向我。我知道必須趕快逃走，雙腿卻怎麼也不聽使喚。老奶奶就像鎖定了下一餐的目標，嚼也沒嚼直接吞下了嘴裡的肉。她食人的樣子如此毅然決然。

我的雙腿動了一下，直覺到不能發出任何聲音，否則會激怒她。我屏住呼吸，往後退了幾步，一邊目不轉睛地盯著她，生怕一移動視線她就會撲過來。雖然距離大門只有幾步之遙，感覺卻像千里遠。在我往後退時，她又咬了一口老爺爺的大腿。毫無彈性的肉被拉長，啪的一下就斷了。靠近大門後，我立刻轉身，頭也不回地跑走了。我聽到了哭喊，就像獐子的叫聲，那不是人類的聲音。

我跑回家，關上大門。雖然想趕快鎖門，但手一直在虛空中抖個不停。我抓著門把癱坐在地上。外面傳來撞擊大門的聲音，但不是我家的大門。巨響在寂靜的村子裡迴盪開來，那聲音就像呼喚惡靈般充滿了絕望。

我一手扶著地，透過門下面的縫隙望向外面。對面的大門敞著，老奶奶探出頭來，她的眼睛像蒙上了一層白霧，嘴角和下巴都是黑紅的血跡和肉渣。她就像壞掉的啄木鳥鬧鐘，探頭張望著四周。

這時天空下起了雨夾雪。老奶奶仰頭朝天，連吸幾口氣，就像在嗅雨雪中獵物的氣味。我握緊門把，屏住呼吸。呼吸也有味道嗎？雖然這樣講很荒謬，但我覺得老奶奶嗅到了我內心腐爛的味道。稍後，老奶奶就像頭頂重物那樣搖晃著身體，穿過小巷消失了。村子又就像公墓一樣安靜下來，沒有一隻鳥飛過。

「妳會和媽媽聯繫嗎？」

「會啊，但沒有很常聯繫。」

姊姊的話教人難以置信，因為照片中的她和媽媽看起來非常親密。雖然沒看到爸爸長什麼樣子，但她和媽媽很像，彷彿是一個模子刻出來的。母女手牽手站在海邊，面帶微笑看著鏡頭。從穿著來看應該是冬天。她們身後掛著一輪紅日，還可以看到熙熙攘攘的人群。僅憑覆蓋海面的陽光色彩與飽和度，就可以知道是東海的日出。由此推測，這張照片是她們新年去看日出時拍的。姊姊身穿白色長羽絨外套，模樣十分青澀。照片中的姊姊與現在沒什麼差別，只是看起來比現在年輕十歲。

「這是幾歲的時候啊？」

「十二、三歲吧。」姊姊打開折疊桌整理發票，一邊隨口回答。

我又看了一眼房間裡唯一的一張照片。是誰拍的呢？

「照片是誰拍的啊？」我看著照片問。

姊姊沒有馬上回答，我回頭一看，她正愣愣地看著我手裡的相框。即使她不說，我也知道是誰拍的了。

「不說也沒關係，我知道是誰拍的。」

姊姊淡淡一笑。與姊姊相處了幾個星期，但我一次也沒看到她與家人通話。我把相框放回原位，抱著雙膝看姊姊，她正在整理上個月的支出明細。我問她為什麼要整理，這樣做會比上個月少花錢嗎？姊姊說不會，但這樣整理、計算已經養成了習慣，而且不會胡思亂想，還能讓心情平靜下來。姊姊還說，學生時代努力讀書，也是為了不胡思亂想。

「我胡思亂想的時候，如果用功念書就會不一樣嗎？」

「不要去想過去的事。」

這怎麼可能？過去的我也像習慣一樣，總是想像自己無法抵達的世界。我也想知道方法，想知道如何不去羨慕生活在自己未能抵達、沒有發生那件事的世界裡的自己。片刻過後，我又開口：

「妳為什麼不常打電話給媽媽？」

「那妳又是為什麼呢？」

「因為無話可說。」

「我也是，所以不常打給她。」

姊姊的回答讓我無言以對，但她和我的情況不同，所以這種說法難以接受。我覺得她應該和媽媽在一起，分開不會覺得更孤單嗎？姊姊在逃避過去，而我在逃避現在。我們看似相同，卻截然不同。逃避過去的姊姊可以活在現在，而逃避現在的我就只能飄忽不定。我居無定所，也不知道要去哪裡。姊姊的難過已在過去畫上了句點，而我的難過仍舊是一句未完成的句子，所以一直在逃亡中。

「妳為什麼不和媽媽一起住呢？」

姊姊把整理好的發票塞進日記本，摘下眼鏡，用手掌按了按眼眶。我的問題太失禮了？我想收回這個問題，但姊姊已經開了口，幸好她的語氣十分平淡。

「因為面對彼此，只會想起痛苦的事。我以為只有自己會這樣，沒想到媽媽也是，所以我們決定偶爾見面就好，選擇了這種沒消息就是好消息的生活。」

那天夜裡，我想了一整晚寫在臉上、無論怎麼洗也洗不掉的過去。我想像著烙印在我臉上的妳，我看著妳的臉長大，看著妳的表情學會了一切。媽媽不是表情豐富的人，她只有兩種表情，微笑和面無表情。只有妳會在我面前譏笑、鬧脾氣、生氣、哭泣、憤怒、受傷、害怕和大發雷霆。我越來越像妳，以至於有時媽媽會看著妳叫我的名字。

媽媽很開心我們變得越來越像，還時常叮囑我們要像親姊妹一樣相處。我們等於是實現了她的心願。

怎麼會變成這樣？我記不起來了。一定是有蟲子鑽進我的身體，啃噬了大腦。如果不是這樣，為何所有記憶會像一張點燃的紙？我感到噁心想吐，雖然強忍下來，最後還是吐出了一塊黑紅色的東西。一整天沒吃東西，吐出來的就只有血。我用手背擦了一下嘴，再用衣服擦去手背上的血跡。我身上已經留下了好幾道清晰可見的血跡，但我想不起來什麼時候吐過血。

妳仍靜靜地坐在那裡看著我。不，那不是看，而是我剛好坐在妳視線的盡頭。這個房間有很多可以迴避妳視線的角落。以妳背靠的窗戶為中心，兩側是床和書桌，對面牆上的衣架掛滿了散發灰塵味的衣服。儘管我可以避開妳的視線，但還是背靠門，面對妳坐了下來。我突然想起在這裡遇到妳的那一刻。我想像妳能認出我，然後蒙在眼睛上的白霧會立刻消失。

我的雙臂無力，槍口碰到地面時發出了鈍重的聲響。妳聽到聲響，動了動垂下的手指。但僅止於此，妳沒有像外面那些人一樣撲過來。妳要是像他們一樣撲向我，我就可以開槍了，事態就不會演變到如此地步。但現在後悔又有什麼用呢？我放棄了假設，因為胡思亂想只會增加現實的痛苦，什麼也改變不了。

我想呼喚妳的名字，但名字似乎也隨妳死去了，許久沒有呼喚過的名字變得陌生，就像妳的身體一樣變得冰冷、僵硬，讓我的口腔和舌頭隱隱作痛。我不忍呼喚妳的名字，害怕它會破裂，但若一直含在口中又怕它會融化。此時此刻，我之所以無法呼喚妳的名字，不只因為它變得陌生，而是我也無法發出聲音。我想不起發聲的方法。

要怎麼做才能呼喚妳？我現在只想記起這件事。

擋住去路的老爺爺被海風吹了幾天，看起來像一隻失去水分的明太魚。他睜著泛白的眼睛眺望虛空，幾隻蒼蠅落在了張開的嘴上。老爺爺就像已經到了陰曹地府，卻又拚命逃回人間似的。如果是活人，根本不可能垂著血肉模糊、露出骨頭的手臂還若無其事地仰望天空。小路很窄，沒有其他能通往村口的路了。從這個三面環山，面朝大海的村子走向世界的路竟如此簡陋、狹窄。老爺爺拖著雙腳踱來踱去，像在雞籠裡巡邏的公雞，怪異又不自然。要不是那時有訊息傳進來的聲音響起，我根本不會被他發現。

我抱著裝有媽媽遺物的箱子很難快跑，箱子太重了，而且看不清前方，感覺就快摔倒了。我放下箱子跑進小巷，老爺爺甩著脫臼的手臂和皮肉綻開的雙腿追了過來，速度之驚人一點也不像風乾的明太魚。我沒有跑回家，就算跑回家，他應該也會破門而入，那我就沒有退路了。

我沿著小巷一直跑，看到了毒岩山的入口，還來不及做出是否該改變方向的判斷，就跑進了樹林。我踩著滿地的落葉加快速度，枯枝就像利爪一樣划過我的頭和皮膚。每當我轉頭看向身後，都能看到四肢觸地追趕而來的老爺爺。我不知道還能跑去哪，只能一路上山往更高的地方跑去。

身後傳來一聲悶響，我回頭一看，被樹根絆倒的老爺爺在地上打滾，他撞到大石頭又被彈了出去，最後頭部撞到很尖的樹墩才停下來。他死了嗎？他的身體像被詛咒的娃娃一樣攤在地上。我屏住呼吸注視著他，看到他的手指好半天也沒動一下，才終於長吁一口氣。我雙腿發軟，一屁股坐在地上。由於身體僵硬、動彈不得，我只能靜靜坐在原地聽著從山上吹來的風聲。

老爺爺的七竅大開，身體僵在原地，一條又粗又尖的樹根貫穿了他的額頭，但沒有流一滴血。一群蒼蠅在他周圍飛來飛去，感覺他不是剛剛死掉的，而是已經死了很久，只是剛才稍微活動了一下。

山的入口處有一棟房子。那棟房子我很熟悉，裡面住著一家三口，之前接到報警的巡警來到此，只是稍微警告了一下就走了。那棟房子離村子有一段距離，孩子的爸靠狩獵為生，所以需要一處可以綑綁獵物、割喉放血、剝去皮骨的地方。我曾告訴自己不要再經過那棟房子，但此刻的我一瘸一拐地走著，雖然故意轉開視線，最後還是走到了門口。我實在不該探頭看向敞開的大門，否則就不會看到屋裡被截斷了下半身的屍體，也不會看到屍體旁的獵槍，更不會透過窗戶看到房間裡的妳了。

妳為什麼會在那裡？明明是我埋葬了妳啊。

我就像我們一起埋掉獐子那樣埋葬了妳。村民怕逃走的阿姨會到處散布村裡的謠言，都希望趕快把妳處理掉。大家都很同情失去妻子和孩子的叔叔，但為妳的死而悲傷的人就只有我和媽媽。最傷心的應該是我，自從妳走了以後，我每天夜裡都在想像用刀子捅進某人的腹部。有時也會蒙著被子，雙手合十祈禱，希望發生山崩徹底把村子淹沒，或是來道閃電將把村子化為烏有，不然就讓外星人綁架全村進行活體解剖。全村人都惡有惡報，罪有應得。妳死得太離譜了，離譜到根本無法告訴姊姊，也無法告訴她我抱著死去的妳度過了整整一天。

妳本來就長得白皙，所以一點也不像死人。我用袖子幫妳擦去臉上的血水時，還擔心太過用力會弄疼妳。直到擦乾淨血水，妳都沒有睜眼，我才把頭貼在妳的胸口上。我用力呼吸，胸口隱隱作痛，在不知道自己是死是活的狀態下，抱著妳躺了下去。那時眼前的隧道就像通往陰間的大門，穿過隧道，我就可以抵達妳所在的地方了嗎？但從隧道另一端出來的，是閃著警燈的警車。

看到接獲報案趕來的警車，我好想抱著妳逃走。我太清楚他們的嘴臉了，他們總是用尊稱稱呼叔叔，卻叫妳「小傢伙、臭小鬼、小毛頭」，然後用「喂、大嬸、孩子的媽」稱呼阿姨。他們憑什麼用尊稱稱呼叔叔呢？受害者明明是妳和阿姨，警察卻把妳們當成旁觀者。妳說過，如果那些警察能夠態度端正地稱呼阿姨，她就不會離家出走了。哪怕有一個人能正確地叫出她的名字也好。

妳的人生目標是長大後不再讓警察隨便對待妳，還要帶媽媽離開這個討厭的村子。雖然妳規劃的未來沒有我，我還是很開心，因為妳有了人生目標。那時的我根本沒想過這件事，更沒什麼夢想。我也想離開村子，卻不知道可以去哪，只希望日後可以去有妳在的地方。

有一次，我一邊幫妳把藥塗在背後的傷口上，一邊問可不可以跟妳走，妳遲遲沒有回答。如果當時妳拒絕了我，我會作何反應？會像孩子一樣哭鬧嗎？但妳沒有回答我，所以我永遠不會知道。

我看著沒有開警笛的警車停下，警察把喝得爛醉的司機帶上車。那些警察不知道嗎？他們肯定知道，所以才不敢直視我，更不敢多看妳一眼。他們見過太多離家出走的孩子，一定知道誰是加害者，卻始終沒有帶走叔叔，甚至沒有人感到內疚。

不知道用活著來形容是否合理，但截斷下半身的屍體真的還活著。男人用雙臂支撐地面，使盡渾身解數朝我逼近。我盯著他的臉看了半天，才發現他是村長。我乾嘔起來。完全無法說他還活著，只能說他還在動而已。

他的雙眼看不到虹膜，眼球灰白，就像兩顆乒乓球塞在眼眶裡，也無法確定他是否在看我。原本像死人一樣躺在地上的村長，在我走出大門時突然抬起頭，動了起來。他拖著長滿蛆蟲、蒼蠅環繞的半截身體，張著下顎血肉模糊的嘴，發出介於哭號與怪叫的聲音。他似乎對聲音有反應，每當我後退一步，腳底與地面發出摩擦聲時，他就會用手抓地，刮著地面的腐爛黑指甲就會脫落。嗒、嗒，指甲脫落的地方沒有任何血跡。直到指甲全部掉光為止，村長也沒有眨一下眼，掉一滴口水。他就只是露出一口腐爛的牙齒在地上爬著。

大門旁放著一把用來砍斷野獸咽喉的長柄斧頭，我小心翼翼地把手伸向斧頭，斧頭比想像中重，把手長及我的腰，大鐵塊就和人臉一邊大。一隻手根本舉不起來，我用雙手握住把手。必須砍下去，但我可以嗎？時間緊迫，實在沒時間再思考這些。我反覆告訴自己，如果是被下顎血肉模糊的半截人追趕，誰都會做出這種選擇。

要不是看到妳在房子裡，我也不會舉起斧頭。我以為再回來，妳就不在了。我舉著斧頭猶豫不決時，也沒有消除妳也許還活著的想法。說不定妳也只是在鬼門關繞了一圈就回來了，我們不是看過有的人心臟停止跳動後又起死回生嗎？看來當年我太急著離開了。

不知不覺間，村長已經逼近門口，他經過的地方沒有任何血跡，倒是掉了很多黑色的肉渣。我用力舉起斧頭。我想確認屋裡的人是不是妳，妳是否還活著，是否因為村長才一直困在裡面。我想救出妳，這是多麼可笑的想法啊！因為我根本沒有舉起武器的資格，所以最終只會弄傷自己。

落下的斧頭沒有砍在村長的肩膀或頭頂，而是砍到了鐵門上。一聲巨響過後，我再次舉起斧頭，刺耳的金屬聲傳來，村長的幾根手指掉在地上，鐵門晃動了一下。我高舉斧頭再次砍下去，這次正中村長頭頂。村長就像斷了電的機器，撲通一聲倒了下去。但我無法放鬆警惕，因為小巷的盡頭又有人跑了過來，這次是三個人。

我用腳踹了一下村長的肩膀，試圖拔出斧頭，誰知他的頭掉了下來。沒有時間了。我丟下斧頭正要轉身逃走，突然被什麼東西壓倒在地。我沒有馬上看出是什麼壓在我身上，但當我看清後，不禁感到後悔。我不該睜開眼睛去辨認，應該用力掙脫然後快跑。我已經記不清看清那張臉後是怎麼逃走、怎麼打開倉庫門鎖，怎麼抓著門把撐到撞門聲消失的了。

當我清醒過來，才發現自己身處推滿獐子頭顱的倉庫。我的一隻鞋不見了，手臂和手上沾著不知是誰的血。我想起了那個透過後照鏡盯著我看的公車司機。他是不是知道村子裡住的都不是人類，所以才用驚訝的眼神看著我。既然他知道，為什麼不阻止我呢？

一陣寒氣襲來，我抱膝坐在地上，感到噁心想吐，胸口發悶。我靜靜坐著，直到這些感覺徹底消失，一道陽光從窗戶照進倉庫，我緩緩闔上了雙眼。

媽媽在嫁人以前，大家都用號碼稱呼她。她在網路上的名字是327號新娘。因為長得漂亮，媽媽的點閱率最高，爸爸的出價也最高。她嫁給爸爸後取了個韓國名字，但沒有人叫過她的名字。

「那是為了奪走她的靈魂。」

「靈魂？」

「嗯，忘記名字就會忘記自己是誰，這樣一來，就能徹底占有她的人生，最後讓她變成無名之軀。」

以為停了的雨又開始下了起來，還有很長一段路，但妳沒有加快腳步，我們的背都濕了。

「走慢一點。」

妳走得已經很慢了，但聽到我這麼說又放慢了腳步。若以這種速度走下去，感覺永遠也走不到家。我反覆思考著妳說的——無名之軀，感覺這個詞就像口中淡而無味的食物，難以下嚥。

「感覺會很痛。最後無法消化，就只能吐出來。吐出來的東西裡，一定摻雜著失去身體的名字。名字沒有可分解的酵素，所以不會腐爛。在無數人名堆積如山的地方，大地腐爛後會生出怪物。到那時，一切就無法挽回了。那些哭泣、失去身體的名字會回來尋找身體，那些死去的人會像怪物一樣再次掠奪別人的東西。在這種悲劇發生前，我們必須離開這裡，去尋找我們的名字。」

村長是外地人。某一天，他帶著三十四吋行李箱和一個和行李箱差不多大的黑布包，搭計程車來到村口。因為很少有外地人來，而且還不是返鄉的男人，所以村民就像迎接外國使臣的朝鮮人一樣湧到村口。村長絲毫沒有外國使臣的氣質，說難聽點根本是村裡的流氓，連我們這些孩子也覺得像。

村長穿著深藍色T恤和黑色西裝褲，但一點也不時髦。他滿臉笑容地向村裡的老人自我介紹，還說以後要和大家和睦相處，請多多關照。後來得知，他是村裡兩年前去世的老奶奶的兒子。聽村民說，他是老爺爺在首爾打工時生的私生子。老奶奶去世後，剩下老爺爺一個人，房子也漸漸失去了生氣。村長來了後，開始著手修房屋。他一邊抽菸一邊清掃蜘蛛網、擦灰、刷油漆，為舊房子找回了生氣。村裡的老人就像看電視劇一樣，天天來圍觀村長修房子。

村長修的房子與其他房子不同，他用鐵板遮住了所有窗戶。村子三面環山，而且天黑得快，所以家家戶戶都會為了採光裝上大窗戶，村長家卻把窗戶遮得嚴嚴實實。一個中年男子突然跑到連手機訊號都沒有的村子，卻沒有一個老人懷疑他是壞人。相反的，大家都很開心村裡多了個力氣大的男人。這是一個只對年輕男人寬宏大量的村子，村民認為只有在年輕人的領導下，大家才能過好日子，所以賦予了他村長的職務。

我不喜歡村長，所以不常跟他講話。有時走在路上遇到他，我也只是瞄一眼他就快步經過。每當這時，村長都會站在原地盯著我看，直到我從他的視野消失。即使不回頭，我也能感受到他的視線。而且不光是我。烈日當空的八月某一天，我們在家裡寫暑假作業時，妳突然放下鉛筆說：

「那個男人很像罪犯。」

我立刻明白了妳說的「男人」就是村長。妳接著說：

「他今天也穿著長褲。」

天熱得連碰到圍牆上的瓦片都覺得燙手，家家戶戶門窗大開，即使開著風扇也不覺得涼爽，只能不停沖涼消暑。妳覺得這麼熱的天村長還穿長褲很奇怪。沒過多久，我就明白了妳的意思。村長穿長褲是為了遮掩什麼。

雖然我們一直盯著村長的腿，但他一年四季都穿長襪和長褲，很難找到任何線索。如果他沒有犯罪，為什麼要躲進深山裡？要是他真的是犯了罪逃出來，又為什麼可以輕易瞞過所有人呢？

我必須找回媽媽的遺物箱。我需要一把槍，才能回到剛才的地方。村長失去了下半身，手指也都斷了，但還是能動來動去。必須讓他的頭像穿透額頭的老爺爺一樣變得稀爛，才能徹底停下來，所以我需要一把可以打爆頭的槍。村裡只有一戶人家有槍——妳家。我必須找到院子裡的那把槍。也許村長也是為了殺死那些人才跑去妳家找那把槍，但他失敗了。我很好奇他被那些人撕咬時，一直睜著眼睛嗎？他親眼看到了自己被咬下的大腿嗎？他會知道那些人為什麼咬自己嗎？

想到這裡，我起身正要邁步，地面開始晃動，周圍的物體變得彎曲。我趕快扶住牆，但還是癱坐在地。我抱住頭，緊閉雙眼，仍感覺地面在持續晃動。身體失去了平衡，我將身體蜷縮成一團，盡可能的縮小晃動感。大地在搖晃，偏偏我逃到的地方是奪走那些動物生命的地方，血液滲透進地面。也許這個倉庫被詛咒了。

變黑的木板散發著長期以來流血不止的惡臭，刺鼻的味道令我頭痛欲裂、抬不起頭來。地面像波浪一樣晃蕩，彷彿被重物擊打頭部的巨痛襲來。我成了沒有穿救生衣的遇難者，這艘船馬上就要翻了，但我能做的只有靜靜等待巨浪平息。我抱著陣陣作痛的頭，蜷縮著身體喃喃自語：快過去吧，快平靜下來吧⋯⋯

血液沿著血管在流淌，這明明是「血」，但我至今從未有過如此真切的感受。血液是冰涼的，冰涼的血液貫通心臟、流遍全身時，從頭到腳都感受到火辣辣的刺痛。變硬的血管馬上就要斷裂了，我的身體打起寒顫。倉庫裡天寒地凍，就像抱著一個冰人。我越是縮成一團，寒氣越是沿著我的腋下鑽進體內。我的頭髮和衣服被汗水浸濕，彷彿冰人在我懷裡融化。我動彈不得，只能大口呼吸。我把額頭貼在地上，然後側身躺下，抱緊雙膝。如果能有什麼溫暖的東西蓋住身體就好了。

啊，如果是在姊姊家該有多好。我好想蓋著厚實又柔軟的被子，躺在暖暖的地板上。若能好好睡上一覺，所有的痛苦都會消失。我會一邊吃著姊姊做的義大利麵或燉飯，一邊看電視劇。我反覆回想那幅畫面，想像姊姊溫暖的家，直到想像中的聲音、溫度和光線漸漸消失，最後變成漆黑一片。

那部電視劇講述了姊姊為死去的妹妹復仇而放棄人生的故事。遭受嚴重霸凌和排擠的妹妹最終選擇了自殺，姊姊透過妹妹留下的日記得知真相後，找到那些加害者，並用同樣的方式為妹妹復仇。電視劇開場時，提醒觀眾會有殘忍的場面，其實並沒有。真正的殘忍不會擺在眼前，人們似乎不明白什麼是真正的殘忍。

看電視劇的姊姊有時會抹眼淚。我知道她流淚的原因，所以不忍勸她別哭，只是悄悄取來紙巾放在一旁。她失去了姊姊，就像電視劇中的姊姊失去了妹妹一樣，在第一次穿上制服的十四歲那年。

她記憶中的姊姊是個很古怪的人。

不知從何時起，無論她怎麼呼喚姊姊的名字，姊姊都無動於衷，就像忘記了自己的名字那樣。她隱約覺得姊姊出了什麼問題，所以很大聲的呼喚姊姊。雖然住公寓，但她不管早晚都會大吼大叫，只希望姊姊能有所反應。即使吵醒了樓上樓下的鄰居，姊姊還是沒有任何反應。看著彷彿身處另一個世界的姊姊，她真的快要瘋了。姊姊一定是到了另一個次元，所以聽不到任何聲音。明明身處同個空間，卻像置身不同世界的感覺非常可怕。姊姊就在面前，但她還是很想姊姊。

「那妳也很想復仇嗎？」
我以為姊姊會毫不猶豫地回答，但她稍作遲疑後，搖了搖頭。
「為什麼？」
話一出口，我就覺得這樣問很愚蠢。
「因為我不想把她的人生帶入我的人生。」
姊姊幫我蓋了張厚棉被，要我早點睡。但我還是覺得很冷。我蜷縮身體，喃喃地說還是很冷。姊姊為了調高地暖溫度，站了起來。不是地暖的問題，而是家裡哪裡漏風了，似乎有股風夾帶著刺鼻的臭味，透過緊關的窗戶吹了進來。我不想睜眼，因為我知道睜眼後要面對的現實。我不想從夢中醒來，只想永遠活在夢裡。但姊姊搖晃我的肩膀大喊：
「快起來！」她就像在叫自己的姊姊一樣大喊著。
我睜開眼睛，依然躺在倉庫裡，全身都被汗水浸濕。
雖然噁心感消失了，但視野變得模糊，就像籠罩了一層膜。我眨了眨眼，又用手揉了揉眼睛，視野才漸漸清晰，獐子頭顱和屠宰動物的工具映入眼簾。鋸子、大刀和錘子，以及其他大小不一的刀劍掛在繩索上。窗外的天空晴朗明亮，似乎剛過正午，也許下午了？不管怎樣，很快就會天黑，我必須盡快離開。
我起身觀察了一下外面的動靜。萬一那些人聽到聲音撲過來，恐怕會推倒倉庫的門。我把耳朵貼在門上，沒有聽到腳步聲或獐子般的哭號。外面非常安靜，只能聽到從樹林吹來的風聲。我趴在地上，透過門下的縫隙望向外面，但什麼也沒看到。我站起來時又一陣頭暈目眩，為了站穩腳步，我扶住門，門晃動了一下。我感到肩膀很痛，轉頭一看，肩膀留下了像野獸的抓痕。我用另一隻手摸了一下，手掌沾滿了黏稠的黑紅液體。我回想了一下到底是在哪裡受的傷，腦海中立刻浮現出壓在我身上、嘴巴血肉模糊的人。他有攻擊我嗎？我記不得了。那一瞬間，我只能感受到他的重量。我放棄了治療的想法，倉庫裡也沒有任何能用的藥物，這裡充斥的就只有死亡。

我在髒兮兮的工具中拿起一把鋸子。揮動鋸子毫無威脅感，刀子的把手又太短了，攻擊迎面撲來的人，錘子是再好不過的武器。我環視四周，想再找找看還有什麼可以防身的東西。我打開原木桌子的抽屜，看到四顆子彈。我把子彈全部放進口袋。又翻了翻其他抽屜，但一無所獲，最後一個抽屜裡塞滿了垃圾。

我正要起身，突然看到了什麼東西。於是單手支撐地面，俯身看了一眼最後一個抽屜與地板間的縫隙。在那道如同黑洞、時間留白的縫隙間，我看到了妳的名牌。妳是什麼時候弄丟的？妳丟了名牌的那個寒冷的冬天在校門口罰站，穿著膚色褲襪的雙腿都凍紅了。

倉庫門口鴉雀無聲。為了找回手機，我必須返回放著裝有骨灰罈箱子的地方。要是能找回手機逃出村子就好了，但不知道公車何時會來。就算逃出村子，外面也都是荒野，萬一有人追上來，根本沒有藏身之處。

我才邁出一步，胃腸又開始翻湧。地面再次搖晃，難以忍受的暈眩讓我吐出了似白粥的東西和黏稠的黃色液體，但肚子沒有絞痛。眼前的一切持續翻轉，噁心感持續了很久，我又吐了很多次。即使在這種情況下，我還是緊盯著前方彎曲的道路，膽戰心驚地觀察四周，直到一切漸漸恢復平靜。我扶著膝蓋緩緩起身，放慢呼吸的速度，把視線固定在遠處的路燈上。

路的盡頭就是妳家。被斧頭砍中頭部死掉的村長躺在妳家的大門口，我站在稍遠的地方觀察了半天，然後向村長丟了一塊石頭。石頭打中村長的頭，但動也不動。我又撿起一塊石頭，更用力地丟了過去。這次也打中了村長的頭，依然毫無反應。他死了，終於死了，被咬掉下半身後還能動來動去的他終於死了。

我撿起院子裡的槍，拉了一下槍栓，確認裡面沒有子彈後，取出口袋裡的子彈裝進槍膛，但一次最多只能裝三顆子彈，剩下的一顆又放回口袋。我用槍支撐地面，站了起來。我真的能扣下扳機嗎？迄今為止，我用槍口對準的就只是用米和黑豆填充的娃娃。雖然娃娃代表著某些人，但擊中的身體就只是米和黑豆。頭痛再度隱隱襲來，但我不知道這是來自即將殺人的恐懼還是其他原因。早知道會這樣，我就該認真跟妳學開槍了。

只要抬頭就能看到妳的房間，如果我沒看錯，透過窗戶看到的就是妳，但我不知道為什麼妳會在那裡。我很害怕。明明埋葬了的妳怎麼會待在房間裡呢？我朝房間的窗戶靠近，雖然很想喚妳一聲，但擔心被聽見，所以連呼吸都壓得很低，只動了一下嘴唇無聲地喚了妳的名字。

妳總是能聽到我的聲音。為了不吵醒叔叔，我隔著矮牆小聲叫妳的時候；我盯著趴在桌子上睡覺的妳，用唇語叫妳的時候；妳站在運動場另一頭等我的時候；為了逃離村子，在馬路上狂奔的時候，妳都聽到了我的聲音。

我把手放在窗戶上，彎曲手指、隔著玻璃摸了摸妳的後腦杓。沒錯，背對窗戶坐在那裡的人就是妳。每當我呼吸時，妳的樣子都會隨著玻璃上的霧氣若隱若現。我敲了一下窗戶，妳做出反應，但環顧四周也沒有找到聲音的來源。我用食指指甲又敲了一下窗戶。

妳轉頭看向我，毫無血色的嘴唇，泛白的眼球。即使沒有找到任何答案，但就算找到答案也無所謂了。哪怕妳啃噬我的肩膀也無所謂了。我也許不會覺得痛。我想像著終於可以和妳一起逃離這個村莊，卻傳來車輪和短促的警笛聲。那是巡邏車的聲音。

妳是在凌晨四點五十分、黎明破曉時出生的。媽媽為了離開村子在收行李時聽到的哭聲，就是妳出生的啼哭。媽媽說，雖然她假裝沒聽到，但哭聲就像在召喚她：我是為了妳的女兒來到這個世界的。最終媽媽還是追隨哭聲去了妳家，妳家門口已經聚集了一群聽到哭聲趕來的老人，媽媽扒開人群走進屋裡。阿姨正處在昏迷狀態，媽媽幫妳剪斷臍帶，然後打了一一九，整理好一切。並認真按照救護員的指示為阿姨進行急救，等待他們趕到。

媽媽和阿姨不熟，也不懂醫學知識，甚至聽不太懂語速很快的韓國人講話。但她在緊要關頭出於本能、俐落地處理好了所有狀況。每次回想起那天，媽媽還是會為自己的冷靜而驚訝。我的媽媽救了妳的媽媽。自那天以後，阿姨就叫她姊姊了。

媽媽喜歡阿姨叫她姊姊，因為她覺得韓語的「姊姊」叫起來尾音拉得很長很可愛。媽媽沒有離開村子都是因為妳和阿姨，媽媽成了阿姨的姊姊，妳和我成了姊妹，她們都相信只要相互依靠，就可以活下去。

我出生時沒有哭，但妳的哭聲很大，張著嘴哭個不停，響亮的哭聲傳遍村子，村裡的老人們還以為是男孩，高興極了。但看到妳的胯下沒有小辣椒後，所有人都毫不遮掩失望之情，咂著舌頭走掉了。

妳比我晚出生，但講話和走路都比我學得快。我不記得小時候的事了，所以只能相信媽媽說的。媽媽說我很喜歡學妳，妳哭我也哭，妳趴下我也趴下，妳爬來爬去我也跟著做。媽媽還說，是妳帶大我的，我是看著妳長大的。

村裡只有我們兩個孩子，幸好村裡的老人對我們毫不關心，不然我們會更早離開村子。雖然村裡有很多禁忌，但我們暗地裡什麼事都做過。我們就像冒險家、先行者，有時也像設計圈套的殺手。這是個被詛咒的村子，我們必須破解詛咒、拯救老人……

但我們的冒險很快就結束了，自從那天發現妳天天照顧的流浪貓死在電線桿下，我們就放棄成為拯救村子的英雄。我們做的事變成埋葬死掉的獐子，夜裡偷偷放生準備販賣的小狗，向傳出慘叫的窗戶丟去石子。

那些關於從未去過的世界的故事，真不知道妳是從哪聽來的。去大阪要吃拉麵，上海的夜景很美，巴黎的長棍麵包和韓國的完全不同，妳就像親身經歷過似的侃侃而談。我根本不知道這些城市，但聽到妳的描述，便開始想像起大阪、上海和巴黎。

我們把想一起去的國家和城市寫在筆記本上。最初筆記本上寫著我們的願望清單，後來變成了交換日記。我們肆無忌憚地寫下各種難以啟齒的話，每次寫出來都會覺得很舒壓、很痛快。妳也是吧？雖然沒有問過妳，但我相信妳也和我一樣。

我們還寫了殺人計畫。某月某日某時，用什麼方式殺死叔叔。妳先寫出計畫，然後我來挑出計畫的漏洞。例如，妳說要把他關進倉庫，再放火燒倉庫。我則指出，這樣做會引發山火吧？就這樣，我們想了數十種殺人計畫，而且得確保計畫萬無一失，否則要是殺不死叔叔，他也不會放過我們。

日記本還沒寫完就化為灰燼了。叔叔發現後，直接把它丟進燒野獸屍體的大鐵桶。幸好他只翻了前幾頁，沒有仔細看。他看到我們的願望清單和交換日記，還罵我們詭計多端。

「妳後面還打算寫什麼？」

妳遲疑了一下。

「不想講。」

「為什麼？」

「怕妳會失望。」

那天我們坐在公車站，我思考這句話的意思，一邊用腳尖踢著沙子。我想來想去都覺得無論妳說什麼，我都不會失望。

「我不會失望的。」

妳看著我咧嘴一笑，然後突然把臉湊到我面前，我嚇得往後躲了一下。

「我就算死了也會報仇的，我會像殭屍一樣從墳墓裡爬出來，放火燒掉這個村子，殺死每一個人。就算那些人比我早死，我也要把他們都挖出來，丟在馬路上，然後在他們身上撒滿豬飼料，讓小鳥來啄他們的屍體。這樣講妳也不失望嗎？」

不知道為什麼，寫出來會很殘忍的話，經由妳的聲音講出來就一點也不殘忍了。我搖搖頭，回答說一點也不覺得殘忍。妳咯咯笑著拍了一下我的肩膀，然後突然哭了。

我不知不覺地忘了那些日記裡的祕密，甚至記不起妳寫了什麼內容。我正在漸漸遺忘我最不想忘記的人的一切。歲月流逝，妳漸漸褪色。我害怕忘記我們講過的話，妳的聲音，妳的面孔，最後連妳的名字也想不起來。

除了我，還有誰能記得妳呢？降生於世，但無人記得就死掉的話，還算曾經生而為人嗎？

為什麼有的人連出生都不會被人記得？我不明白，為什麼那個人偏偏是妳。每天夜裡，數億個可以救活妳的可能性都被無聲地淹沒。

警察用力關上車門，呼喚村裡的老人。妳一動不動地望著我，外面傳來吵雜聲的同時，大門晃動起來。我移步離開窗戶，凝視著大門。警察又喊了幾聲老人和村長，大門搖晃得更加厲害，而且傳來獐子的叫聲。我遠離大門，轉過身來，必須捂住警察的嘴。

警笛聲響起，短促的幾聲是為了召集村民。我跨過趴在地上的村長，往村民會館的方向飛奔而去。警車應該停在那裡，因為那裡總是聚集很多人。從妳家到村民會館要經過三戶人家，再穿過左邊的小巷。我一路奔跑，不停注意四周有沒有人追來。轉過巷口，我看到一輛警車和兩名警察，其中一個很面熟，另一個則是初見。幸好不是之前的年輕警察。明明我都自身難保了，幹麼還要為別人著想呢？

就在這時，我又感到頭痛欲裂，癱坐在了地上。這次都還沒感覺到反胃，黑呼呼的東西就從嘴裡傾瀉而出來。

「喂！」

聽到聲音，我抬起頭來，但無法分辨是地面還是我的身體傾斜，又或是警察歪著身子走路，只見他在漸漸靠近我。

「喂，妳沒事吧？要不要幫妳打一一九？」警察突然停住腳步，指手畫腳起來。「那把槍是怎麼回事？妳有執照嗎？嗯？」

他就是那個之前去過你們家的警察，但他竟然沒認出我。他為了逮捕我，從口袋裡掏出手銬。他之前常去找叔叔確認槍枝，所以知道獵槍的持有人是誰。

「跟我走吧。」

我看到他身後有人跑了過來，都不是活人。我想大喊快跑，卻怎麼也發不出聲音。那些人朝坐在警車裡的警察撲了過去，撕咬下他的皮肉，湧出的鮮血在地面形成水坑。

搞不清楚狀況的警察怒氣沖沖地走過去，我必須阻止他，但身體動彈不得，顫抖的手也舉不起槍。就在這時，他拔槍對空鳴槍，大喊叫那些人遠離警車。那些人根本不知道槍是什麼，野獸聽到槍聲還會嚇得躲閃，可見他們已經淪落到了禽獸不如的境地。

槍聲讓我回過神來。我立刻做出射擊準備，把槍桿架在肩膀與地面保持水平。巡警再也看不下去，向那些人發射了實彈。但子彈只擊中他們的肩膀和身體。

不，不是那裡！

我大喊必須擊中頭部，警察恐懼又驚慌地看著我，我再喊了一遍必須擊中頭部，但他顫抖的手怎麼也扣不下扳機。就在他猶豫不決時，爬在地上的人抓住了他的大腿。我瞄準那個人的頭部，但因為手抖，槍口不停晃來晃去。我緊鎖眉頭，用力握住槍柄，槍口這才對準了那個人的額頭。我向舉槍瞄準那個人的警察大喊：

「射他的頭！」

警察扣下扳機，子彈貫穿了他的頭顱，那個人睜著雙眼倒在了地上。警察握著槍，愣在原地。我緩緩移動視線，只見另一個警察臉頰的皮肉都被咬了下來，露出了滿口牙齒。他摸了摸自己的臉頰，失聲痛哭起來，但他似乎還不知道自己的左臂也被咬得露出了骨頭。大受刺激的他不停顫抖，然後突然衝下車用頭撞擊牆壁，嘴裡不斷嘀咕著。

愣在原地的警察回過神來，為了尋找對講機請求支援朝警車走去。用頭撞牆的警察突然扭動脖子、翻著白眼，可以清楚聽到頸骨和脊椎發出的響聲。他的四肢就像不受控似的掙扎著，頸部的青筋暴起，看起來十分痛苦，但突然又安靜了下來。難道是死了？但沒過幾秒鐘，他又站起來撲向了警車。

「我都說幾次了，不是這樣的！」

「我又沒問妳。」

「是我親眼看到的，我看到叔叔用石頭砸她的頭。」

「我都說沒問妳了，小孩子插什麼嘴。」

「警察見死不救，那還來幹麼？」

見我大吼大叫，警察起身舉起手來，但長嘆了一口氣後又放下。他無奈地笑了笑，用手指點了下我的額頭。

「我都知道，我又不是沒長眼睛。大人的事，小孩子少插手，妳趕快回家吧。」

他說得沒錯，他什麼都知道，但什麼都知道的他卻在扭曲事實。叔叔在背心外面披了件黑色外衣，垂著頭說：

「你們這麼忙，還因為這點小事讓你們白跑一趟。原來是她朋友報的警啊。真是一場誤會，我灑水打掃院子，天冷地面結冰了，是老婆不小心自己滑倒撞破了頭。」

也許叔叔真的這樣相信，因為他只看自己想看的，相信自己想相信的，認為所有事都能如他所願。啊，這根本不是視力的問題。看到厚顏無恥的叔叔說謊也不眨眼，我氣得握緊了拳頭。就在這時，坐在阿姨身邊的妳猛地站了起來。警察靜靜注視著妳的一舉一動，妳走到院子中央，跪在地上狠狠用頭撞了幾下地面，不顧我的阻攔一直撞到頭破血流，然後起身抓起一塊石頭，面無表情地走到警察面前高高舉起石頭。警察下意識地抬起手臂遮住了臉。

「如果是滑倒，會像我這樣傷到額頭。挨打的話，傷的就不是額頭，而是頭頂。因為會像你一樣，下意識地保護自己。」

妳把石頭狠狠丟在地上，警察尷尬地放下手臂。妳轉身走回還在流血的阿姨身旁，牽起她的手走到警察面前說：

「你若是要見死不救，就幫我們叫救護車。」

打電話叫救護車的人不是警察，是我媽。片刻過後，救護車抵達了村口。妳和阿姨上了救護車，圍觀的村民就像看完電視劇一樣，一臉悻悻然的散場回家。

「妳要不要試一下？」妳瞇眼瞄準目標，然後看著我問道。

「不要，我沒興趣。」我搖搖頭。「妳繼續練習。」

「我也沒興趣。」妳馬上放下槍回答道。

妳的射擊很厲害，但總像對射擊毫無興趣似的。我知道為什麼，因為妳說舉槍時會覺得自己和爸爸一樣。雖然妳只是隨口說說，但那天之後，妳就很少再碰槍了。妳是在害怕嗎？害怕自己變得和爸爸一樣，害怕就算再怎麼掙扎，也還是會長出形狀相似的刺來？但這是不可能的，我可以用性命擔保，無論發生任何事，妳都不會變成他那種人，所以我才希望妳不要放下槍。妳不知道自己射擊時的樣子有多帥氣。

「妳很會射擊。」

聽到我的稱讚，妳難為情地謙虛起來。

「我只是擺擺樣子啦。」

「能擺出樣子就很厲害了，妳超帥的。」

妳乾咳一聲，轉過頭去，一路從脖子紅到耳根，我看不出那是夕陽所致還是害羞。過了半晌，妳起身走到我身邊說：

「上次我媽把家裡的子彈都丟了。」

「為什麼？」

「她擔心我爸喝醉後會真的開槍。每次他一喝酒，就會像擦寶貝似的擦那支槍，無聊時還會到處瞄準東西。就算知道槍裡沒子彈，還是很嚇人。」

「真的很恐怖。」

「妳也試試嘛，我來教妳。」

「幹麼突然轉移話題？」

「打獵最好要兩個人搭檔啊。」

妳把槍遞給我，我遲疑了一下才接過來。

「射擊最重要的是姿勢，右手握緊這裡，左手放這裡。」

我按照妳教的握住槍桿，模仿妳的樣子，但就算不照鏡子也可以想像我的樣子有多滑稽。

如果妳笑出來，我一定會因為太丟臉而放棄學射擊，但妳一本正經地糾正起我的姿勢。

「槍托貼緊臉頰，不要低頭。這裡要一直緊貼肩膀，這樣槍口、手臂和視線才能保持水平。」

讓妳調整姿勢後，感覺容易了很多。

妳用手指點了點槍口，「射擊固定物體時，只要瞄準就可以了。」

我按照妳說的瞄準物體，心裡想著妳瞄準轉來轉去的娃娃時的樣子。我瞇起眼睛，縮小視野，瞄準的物體看上去更加清晰了。

「但射擊移動的物體時，視線必須緊跟物體，這時需要的是靈活，隨機應變。」

妳讓我抬起下巴看妳。我們四目相對，妳閃閃發光的眼睛就像即將射出的子彈。

「聽懂了嗎？」

「嗯。」

妳抓住槍口對準了自己的額頭。「開槍射擊這裡，必死無疑。」

我默默看著妳。

「我的意思是，用這把槍無論瞄準誰，只要對準頭部都必死無疑。明白嗎？」

我似懂非懂地點點頭，莫名感到緊張，只是將槍口對準妳的額頭，就讓我很想哭了。

路上不見人跡，箱子完好無損，東西也原封不動地放在那裡。骨灰罈十分冰涼，我用媽媽的衣服緊緊包裹住骨灰罈，對媽媽說，雖然很冷，請再等我一下，我很快就回來。我知道媽媽一定可以聽懂我的話。我找到手機，但電量只剩十了。姊姊打了很多通電話，指紋辨識接連失敗，我用衣服用力擦去右手的血跡後才成功解鎖，這才發現自己的手指在顫抖。我緊咬嘴唇，用力按下通話鍵，姊姊立刻接起電話。聽到姊姊追問怎麼一直不接電話時，我的眼淚瞬間奪眶而出。我很想放聲大哭，但必須忍住。忍住不流淚是很痛苦的事。

「妳在哪裡？」

這裡是被遺忘的村子，沒有人相信有人住在這，彷彿只有這裡沒有時間經過一樣。因此那些好似活死人的人、貪圖另一個世界的人、不斷隱藏的人，以及不尊重生命的人才會住在這裡。我在這樣的村子出生長大，剔去自己的皮肉、挖去半顆心臟才從這個誰都無法想像的世界逃了出來。只有一半的我無法適應另一個世界，只能像蟲子一樣黏在水泥地上等死。

但我還是活了下來，剩下的半顆心臟在跳動，剔去的皮肉也漸漸長出了新肉。當有人呼喊我、需要我、擁抱我，我便死而復生。我想活下去，活在需要我的人身旁。我告訴姊姊村子的地址，姊姊說會立刻出發，然後掛掉電話。我雙腿一軟坐在了地上。有人願意為了我趕來，僅憑這一點，我就有了撐下去的力量。

我盯著自己的手掌，從拇指開始慢慢地動了動手指。但手指不聽使喚，身體就像不屬於我一樣。我只能等待姊姊趕來，撐到被送往醫院為止。我翻過手掌，指甲裡都是血水，不知為何怎麼也擦不乾淨。我放棄了，此時的我沒有餘力去思考和處理這些事。

我起身沒走幾步又坐回在地，就這樣跌跌撞撞地回到家門口，恨不得立刻蒙頭大睡一覺，這樣暈眩的頭痛也會消失吧。我坐在大門口望向院子，努力回想方才的事。辦完媽媽的葬禮，為了整理遺物回到這裡。打了電話給姊姊，回到家吃了馬鈴薯，然後又做了什麼？好像睡著了。我好像躺在平床上睡著了，因為我很喜歡躺在那。

我大字躺在平床上，有時聽歌、有時睡午覺、有時仰望天空、有時嘰嘰喳喳地跟在一旁晒衣服的媽媽講話、有時吃著媽媽從市場買回來的橘子、蜜桃，還會跟媽媽一起準備隔年吃的柿餅。

媽媽就像守門人，總是為我緊鎖大門。即使有人來敲門，媽媽也會站在門口不許任何人踏入家門半步。村裡可以自由出入我家大門的人就只有妳。妳總像算準時機那樣，在我剝好橘子的時候出現，一把搶過橘子放進嘴裡。所以媽媽總是會蒸三個地瓜、六個馬鈴薯，在籃子裡放滿橘子和柿子。

妳和我趴在平床上做功課、聊天和睡午覺。妳回家後，媽媽就會坐在平床邊處理從山上採回來的蕨菜。她一邊做事，一邊跟我說自己也有從小一起玩到大的朋友。她講了很多往事，但我都記不清了，就只記得她有講過這些事。

人活在世上會遇到恩人。恩人是前世相戀的愛人，即使沒有了記憶，也會帶著前世的一顆心讓我們的今世變得更美好。恩人不一定是今世的愛人，也有可能是父母、子女、老師或朋友。媽媽說，那天聽到妳的啼哭，便覺得我們會是密不可分的朋友，所以才沒有離開。

「妳恨媽媽嗎？」

媽媽的意思是在問，是否怨恨她沒有逃走。我立刻搖了搖頭，說不會、從未怨恨過她。因為我知道就算怨恨，也要恨大門外的世界，而不是家裡的院子。

我不確定這些記憶還能保存多久。眼前清晰的回憶變得模糊、消失後，淒涼的院子映入眼簾。我起身再次往妳家走去，我非去不可，因為家裡不只妳一個人。我依然記得妳家大門在警車的警笛聲中晃來晃去。

我曾試圖努力去理解，妳家裡的那些藥瓶和注射器。叔叔說自己注射藥物是因為他生病，喝酒也是為了忘卻生病的痛苦，但我不知道他哪裡不舒服，也從未聽說過他生病的事。叔叔從東草的農業高中畢業後，就去了首爾的工廠工作，因為表現出色還當過廠長，但是不是真的就不得而知了。後來聽說他跟人合夥做生意，合夥人拿著錢跑了。總之，他在外面吃了不少苦，所以村民都覺得他很可憐。妳也很想同情他，卻被我阻止，最後還是放棄了。

我感到雙腳重若千斤，只好把獵槍當作拐杖。槍裡還有幾顆子彈？一共找到四顆，剛才用掉一顆，還有三顆。槍裡還有兩顆，另一顆……啊，在我的口袋裡。一陣微風吹過，不知何處傳來了風鈴聲。我在村裡還是第一次聽到風鈴聲。雖然不知道確切位置，但似乎是從毒岩山附近傳來的。山間樹葉掉光的大樹好似參差不齊的頭髮，我望著遠處的毒岩山，突然覺得它很像閉著眼睛的人臉。人們似乎站在樹林裡，但眨眼時人影就消失了，稍後又再次出現。我認識的和不認識的人，就像種在那裡的樹似的直直站著。也許是我看錯了，但也許並沒有。我明明看到了，怎麼能說那都是幻影呢？

我踩過倒在地上的村長走進大門。妳依然待在房間裡。我正想踩上臺階走進玄關，又轉頭回到院子，撿起一塊石頭投向客廳的大窗戶，砸在窗戶上的石頭掉在了地上。沒過幾秒鐘，叔叔就衝了過來，發出怪叫，雙手和臉緊貼在窗戶上，尋找剛才聲音傳來的方向。

叔叔的狀態比外面那些人好，雖然眼球也蒙了一層白霧，但身體沒有受傷。我仔細觀察他那張沒有一絲血跡的臉，就像要打碎玻璃一樣，用滿口黃牙磕著玻璃。我舉起槍，上好子彈。叔叔聽到聲音，發現了我，他發狂似的用力拍打玻璃、嘶吼。不知為何，叔叔看起來充滿憤怒。難道是因為他記得我是妳的朋友?或是認出了我手中的獵槍?

雖然窗戶很堅固，但很快就會被他敲碎。我立刻上好子彈，握住槍桿，用肩膀抵住槍柄讓槍與地面保持水平。我的視線十分模糊，但現在並不重要。我岔開雙腿，用力扣下扳機。一聲巨響，空彈殼彈出槍膛，子彈嵌入玻璃中。獵槍的後座力很強，使我的肩膀一陣疼，但沒有像剛才一樣站不穩。

叔叔聽到槍聲後更加興奮了，不停敲打窗戶，子彈四周的玻璃出現了裂痕。鎖定食物的野獸非常兇猛。他用頭撞向玻璃，就像關在鐵籠裡的鬥牛。興奮的野獸根本不知道自己已經頭破血流，玻璃的裂痕越來越大，逐漸破碎的聲音傳入我的耳中。

我又上了一顆子彈，槍口瞄準叔叔。等待著他敲碎玻璃，發出怪叫向我衝來。

我想起了下雨那天，叔叔叫住我的親切聲音和表情。我知道不忍下手殺死他的原因。即使槍膛有子彈，我也無法扣下扳機，這就和妳拿著刀來到我房間時一樣。我們天生堅強，卻不心狠手辣。我們從出生就知道堅強不等於狠毒。如果狠毒，妳早就刺死他了。因為堅強，妳才熬了過來。妳故意不去理解這個世界，是不想對一切妥協。很多時候我都覺得很委屈，恨不得妳變得殘酷無情。但最終天性善良的妳一點也沒有變。妳真的很堅強，很帥氣。

玻璃發出冰山崩裂般的聲音，只要輕輕一碰整片玻璃就會碎裂。我瞄準叔叔的頭部，眼前一片模糊，怎麼也對不上焦距。我皺緊眉頭，但還是看不清。我望向耀眼的太陽，閉上眼睛，耳邊傳來了玻璃破碎的響聲。

開槍時要先閉上眼睛，看向太陽，這樣可以縮小瞳孔，讓視野變窄。接下來就可以精確地瞄準想擊中的目標了。

我睜開眼睛，看向又圓又紅的太陽，四周變得漆黑後，再轉移視線看向叔叔的額頭。他發出怪叫向我撲來，我對準他的額頭，扣下扳機。

我以為只要這一槍就可以擊斃他，但顯然我錯了。

叔叔在槍口前停下，與其他人不同的是，他的額頭流出了又紅又熱的鮮血，然後就跪在地上一動也不動了。也許是因為鮮血淋漓，感覺他真的死了。再不然就是因為他是妳的爸爸。我垂下視線盯著死去的他，殺死他的人不應該是我，空虛感讓我氣憤不已。我們最後的一道關卡竟然如此荒唐無稽。

我走上臺階，握住大門的門把，眼前一陣暈眩，身體瞬間失去平衡，向前傾倒。我很想扶住鞋櫃站起來，但四肢無力，手一滑又趴在了地上。頭抬不起來，頭髮遮住視線，我只能等待一切平靜下來。我反覆告訴自己，會過去的，會沒事的。我回想著在我面前發生變化的警察，告訴自己一定要撐住。暈眩消失後，我支撐地面爬向正對玄關的妳的房間。叔叔喝得爛醉如泥睡在客廳的時候，我會偷偷溜進去的房間。

我抓住緊閉的房門把，雖然很想站起來，但身體不聽使喚，只能跪在地上，雙手握住門把，但怎麼也打不開房門。我很害怕也很傷心。看到妳在房間時，我簡直不敢相信是真的。甚至在想是不是我離開時，妳還活著，但這種可能性幾乎為零。而一路上遇到的那些人讓我更加確信，妳的確已經死了。我深吸一口氣，打開了房門。假若妳向我撲來，我也會欣然地擁抱妳。

但這只是我的想像，就算再怎麼思念，我也不會隨妳而去。

妳依然在我面前。

現在可以肯定的是，我忘了說話的方法，想說話時大腦就像故障了，句子毫無章法，單字也失去了音節。我的喉嚨卡住，呼吸困難。但並不覺得不安，我沒有像那些人一樣發生變異，也可以感受到身體在與什麼搏鬥著。我在守護我自己。

我思考了一下可以做的事。我還可以思考、呼吸，四肢也能動。只是我想要做什麼時，腦中雖然浮現那個動作，身體卻不會做出任何行動。

幾分鐘前，我還在想要從妳的書桌抽屜裡找出充電器幫手機充電，但想歸想，此時的我依然手持獵槍面對妳，而妳也依然用那雙蒙上白霧的眼睛注視我。妳的眼睛就像我們在書裡看到的星球。是什麼星球？太陽系中藍灰交錯、彷彿籠罩著一層氣體的星球。妳說想去那裡生活。

我問妳，沒有大地要怎麼生活呢？

妳說，這裡有大地，但大家也無法生活啊。

我是怎麼回答的？我好像說，妳說得沒錯，那我們就去沒有重力的地方生活吧。如果沒有束縛，去哪裡都會幸福的。

妳房間的天花板上貼著夜光的星星貼紙。它們還會閃閃發亮嗎？也許到了晚上才會知道，但現在天還沒黑。一縷霞光從窗戶照了進來。這是我有生以來第一次看到如此緩慢的日落。

姊姊掛掉電話馬上出發的話，應該很快就會趕到。雖然村子不大，但要找到我也不容易，所以我必須幫手機充電。我轉頭看向書桌，如果沒有被叔叔丟掉，充電器應該就放在第一個抽屜裡。就算不是第一個抽屜，也會在下面幾個抽屜裡，因為妳喜歡把東西都塞在抽屜。我必須讓身體動起來。我把槍立在門上，雙手撐住地面，但才低頭又是一陣暈眩，彷彿腦袋裡有浮標在晃動。我覺得噁心想吐，像水蛭一樣又黑又黏的東西從我的嘴巴湧出來。

垂落的頭髮遮住了臉，我吃力地拉開抽屜，伸手進去尋找充電線，碰到了一個又硬又扁的東西，取出一看，不禁笑了出來。是我的名牌。

妳弄丟了名牌，在校門口罰站了好幾天。有一天，我把我的名牌別在妳的制服上。反正老師也不會仔細看。妳說不用，但我沒理妳就先走進校門，結果被學生會的人叫住了。就這樣，我的名牌變成了妳的。在妳的抽屜裡翻出我的名牌，莫名覺得好開心，我笑著流下了淚。我不喜歡哭，所以馬上擦乾眼淚，從口袋裡取出妳的名牌，把兩個名牌並排放在掌心。終於找到了，原來沒有弄丟。我伸手把妳的名牌放在妳的手上。

我張開嘴巴，每次試圖發聲卻都只發出了嘶啞聲。我清了清喉嚨，想呼喚妳的名字，我想妳知道，在妳死去時，我叫過多少次妳的名字。妳一次也沒有回應我。妳知道這有多令人傷心嗎？我發出「啊」的一聲，聲音非常低沉但似乎找回來了。我慢慢地一個字一個字地道出妳的名字。一直望著虛空的妳，突然看向了我。

我舉起槍。抽屜裡沒有充電器，但沒關係，我聽到了遠處傳來的車輪聲。我很想帶妳離開這裡，但這是不可能的。我沒有力氣揹著妳走出去，而且看到妳以後，我隱約知道了村子為什麼會變成這樣。

妳難過、傷心、孤獨、委屈地走在路上，然後遇到了某人。

就像那些被某種聲音召喚去毒岩山的人一樣，妳是否也聽到了某人的低語呢？我想像著妳獨自一人走下山。難道是叔叔看到起死回生的妳，嚇得把妳關進了房間？我不知道，這都只是我的猜測。

我慢慢把最後一顆子彈推入槍膛，妳只是默默注視著我的一舉一動。我必須抬起槍，但不知道是沒有力氣還是身體不聽使喚，槍就像沉重的大鐵塊，怎麼也抬不起來。

是不是可以把妳留在這裡呢？這樣的話，日後想妳時就可以回來找妳。無論妳變成什麼樣子，只要妳在這裡，只要能見到妳，能來跟妳說說話，就算妳沒有任何反應也無所謂。但妳看起來並不希望如此。妳伸手抓住槍口，然後緩慢地舉起，對準了自己的額頭。妳在跟我說話，我可以聽到妳未能說出口的話：開槍，趕快開槍。我的手指勾住扳機。也許妳已經知道了，但我還是要告訴妳。我張開嘴，用嘶啞的聲音說：

「村……村裡……的人……」

汽車聲漸漸逼近。姊姊沒有呼喊我的名字，也沒有按喇叭。姊姊不像警察那麼愚蠢。

「全都……」

妳就像在集中精力聽我講話。每一次發聲，喉嚨都有股血腥味。原來所有的一切都是妳期待的。

「死……了。」

我的話音剛落，妳就笑了。霞光散去，夜幕降臨，妳的臉龐也籠罩了一層黑暗。妳看上去就像完成任務的勇士，我必須把妳送回屬於妳的世界。我祈禱妳不要再回來。

當妳的房間徹底失去光亮，我扣下了扳機。

「我有時會聽到某種聲音，非常清楚。」

「不要嚇我。」

「真的。很生氣、大口喘氣的時候，就像有人在跟我講話。」

「那個人說了什麼？」

「想殺人……殺死他們？」

「妳怎麼回答？」

「我……只『嗯』了一聲。」

我突然想起這次我也沒有跟妳道別。

To

我忘記自己的名字很久了。斷氣的那一刻，陰間使者叫了三次我的名字，但因為我忘記了自己的名字，那三次喚名未能生效，所以我的名字從他的名冊上消失了。陰間使者用近乎責備的語氣問我為什麼不回答，我懇求他再給我一次機會。但名冊上沒了我的名字，他也不知道我叫什麼了。

那現在怎麼辦？我追問道。陰間使者說，失去名字的靈魂既無法返回人間，也不能去往陰間，若無法就地成佛，就只能四處流浪。那我豈不成了孤魂野鬼！陰間使者既沒肯定也沒否定，只丟下一句叫我想起名字後再來找他，便消失了。

聽聞忘記名字的人在黃泉流浪時，家人為了幫他超渡會請巫師作法事，巫師會為他取第二個名字，再將他的靈魂送往陰間。遺憾的是，我沒有幫我做這件事的家人。陰間使者建議我去找有可能呼喚我名字的人，所以我在承熙身邊徘徊了很久。

承熙是和我一起租住了一年單人套房的室友。可是，誰會呼喚死人的名字呢？雖然承熙喝啤酒時常落淚，但始終沒有呼喚過我的名字。就這樣，我在承熙身邊待了十天左右。也許是因為我一直纏著她，所以她很常生病，每天都作惡夢，整個人越來越憔悴了。我只好離開。活著的人還是得活著。我這才意識到，這是一句很適合鬼講的話。

住在遊樂場附近花壇裡的小女鬼告訴我，還有一種方法——變成惡鬼附在別人身上。鎖定目標，一點一點吸走他的壽命，直到無藥可醫時，他就會去找巫師作法了。很多孤魂野鬼就是利用這種方法順利被超渡。

「這種方法也太殘忍了吧？」我說。

小女鬼點了點頭，用很老成的語氣說：「都淪落為孤魂野鬼了，哪還有閒情逸致替別人著想啊。」

其實這個小女鬼二十四年前就死了，就在我出生那一年。照時間算，我應該叫她姊姊。她之所以一直沒有離開遊樂場，是因為她的屍體還埋在那裡。二十四年前的晚上，她一個人在遊樂場等媽媽下班時，被保全殺害了。她也不知道自己的名字，而且也是死後才知道，人死後辦完葬禮，靈魂才能脫離肉體。因為沒有辦葬禮，所以她始終無法離開花壇。無法超渡的姊姊只能在黃泉流浪，懇切地希望媽媽可以辦一場葬禮，放棄尋找自己。

我反覆思考姊姊的話，但還是不想折磨任何人。我只能附在氣虛體弱的肉體上，但氣虛的人只能撐一天。也不是只有有錢人的氣才足，很多惡毒的人也是如此，但這些人的靈魂都散發著一股惡臭。有錢人基本上都很惡毒，所以我不想靠近他們。鬼也不喜歡附在散發惡臭的靈魂上。

四季輪轉，又到了我死掉時的那個季節，我仍未被超渡，一直在黃泉流浪。但我背下了那些與我生活環境相似、死因相似的人的名字。因為我怕他們像我一樣忘記自己的名字。他們呆呆地眨著眼睛，但我呼喚他們的名字時就會失聲痛哭。我會緊緊抱住他們，安慰他們，直到陰間使者叫了三次他們的名字。

「沒關係的，這輩子沒有享受到的幸福與榮耀會過渡到下輩子，下輩子一定會幸福的。」

我守在原地，直到他們的身體消失不見。陰間使者問我，不覺得委屈嗎？我搖了搖頭。他們有他們的命運，我有我的，去往陰間的他們反而帶給了我安慰。

盛開的櫻花被一場春雨打落後，光化門廣場舉行了示威遊行。我很好奇為什麼舉行示威，而且參與示威的幾乎都是女生，所有人手持橫幅，呼喊某人的名字，高喊「不會遺忘」的口號。我一邊觀察遊行隊伍，一邊向前走去。在我看到走在最前面的人懷裡抱著的遺照的瞬間，陰間使者突然出現，對我說：

「很多人追悼的死亡無需受審，可以直接轉世重生，妳很快就可以重獲新生了。」

我找回了遺忘已久的名字。陰間使者緩緩叫了三次我的名字。我走在前進的隊伍中，看到自己漸漸失去形態的身體宛如隨風飄揚的櫻花消失了。

當明亮的世界變得黑暗，再次睜開眼睛時，我發現自己與陰間使者正坐在渡過冥河的小船上。陰間使者說：

「多虧了那些沒有忘記罹難者的人，你們才能找回自己的名字。既然妳已經離開人間，就放下束縛自己的一切吧。在渡過冥河、穿越轉世之門前，回想一下幸福的瞬間。這才是那些沒有忘記你們的人最殷切的期望。把妳的委屈和悲傷全都交給他們吧。下輩子，千萬不要再忘記自己的名字囉。」

我點了點頭，望著濃霧繚繞的河面，喃喃唸著自己的名字。

我一定不會再忘記這個出生以後，被賦予和證明我存在過的名字。

飛向宇宙的鳥

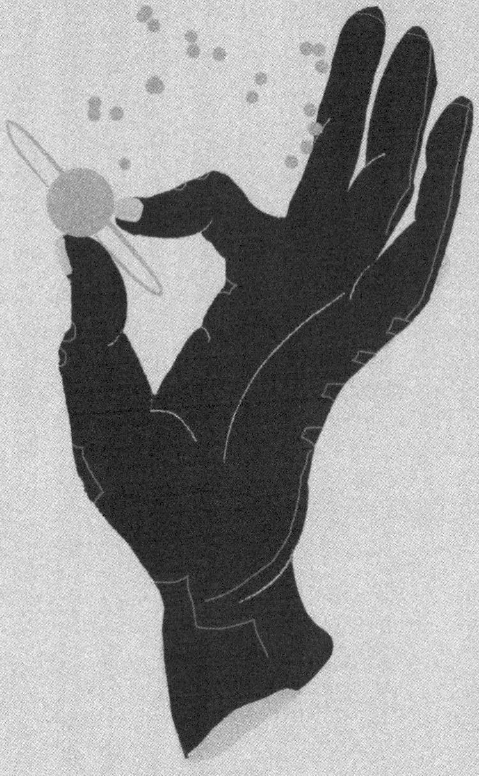

從剛才開始，孝彌就一直望著高出自己好幾倍的銀杏樹，絲毫沒注意到孝元把他喜歡吃的軟糖塞進了包裡。

孝彌指著什麼說：「鳥。」

孝元轉過頭。

「鳥來了。」

還以為他在仰望銀杏樹，原來是在盯著落在枝頭的麻雀。孝元又喚了一聲「孝彌」，但孝彌還是目不轉睛地盯著那隻麻雀。善於察言觀色的孝水看出了孝元的心緒，輕輕拍了一下孝彌的後腦杓。不耐煩的孝彌瞪了一眼孝水，斜眼看到包裡軟糖的瞬間又笑了。

孝彌剛出生就一身都是病，四歲前一直住在醫院裡，所以比成天在戶外玩耍的孩子白皙。每次他笑到顴骨凸起時，小臉蛋就像豆沙包一樣又白又軟，讓人很想捏一下或咬一口。如果是平時，孝元肯定會伸手捏一下，但現在沒時間開玩笑，所以他只能忍下來。

四月的空氣還很涼。聽說南部的櫻花四月初就盛開了，但位於西北部、鎮日吹著黃海海風的寺廟，春天總是來得很晚，要等立夏以後才會吹來溫暖的春風。雖然寺廟可以想方設法抵擋嚴寒，到了酷暑就束手無策了。幸運的是，這裡的夏天總是來得晚、去得快。今天也披著冬日外衣的鼎足山散發著寒氣，但再過一個月，這裡也會開滿櫻花。如果能等到那時再出發，也不會感覺如此淒涼，應該會讓大家覺得像是去郊遊一樣興奮。

孝元為了平視孝彌蹲了太久，腿都麻了。為了不讓冷風灌進衣服裡，孝元起身時幫孝彌圍緊圍巾。捺不住好奇的孝彌又看向了天空。

「鳥還在那裡？」

「長毛了。」孝彌的臉頰和嘴唇凍僵了，發出比平時還不準的音，一邊伸手指向虛空。

孝元沿著他手指的方向，看到銀杏樹的樹枝上長出了花苞。雖然用毛來形容花苞多少有些勉強，但看到孝彌一本正經的表情，孝元忍不住笑了。如果孝彌可以一直住在這裡，應該很快就會知道那不是樹的毛，而是去年秋天樹葉脫落後又長出的新芽。孝彌還用樹葉做了書籤。原本以為可以等到春天，但出發時間提前了。離開是不可改變的事實，只是相處的時間縮短了，不免讓人遺憾。

孝元起身看了看孝石和孝水。從剛才開始，滿臉青春痘的孝石就一直盯著軍人看。十五歲的孩子眼中流露著憧憬與興奮，但他在看的不是軍人，而是他們手中的離子槍。孝石一直對武器很感興趣，身為小沙彌，難免對世間萬物充滿好奇，所以孝宗大師很少干涉他們，但武器是例外。發明武器的目的是為了奪走生命，因此孝宗大師告誡他們，無論出於任何原因都不可以傷害生命。雖然孝石因此而轉移了注意力，但也只是為了逃避孝宗大師的訓斥罷了。

孝元呼喚孝石和孝水，提醒他們不要再看了。如果孝宗大師知道又要動怒了，大師可不是會因為最後離別就放棄嘮叨的人。

「路上要小心，切記不可三心二意，領住孝彌跟緊隊伍。到了以後，趕快去見孝聖大師。」

孝元覺得把這麼多事交給只有十五、六歲的孝石和孝水很殘忍，但轉念一想，他們已經是可以擔負重任的青少年了。只要聽從軍人的指示行動就好，也沒什麼難的。

孝石點點頭，一把拉過孝彌的手臂，握住他的手。孝水卻一動不動地盯著孝元的臉，目光充滿懷疑。那是不安、不滿和恐懼交錯的眼神。孝水很會察言觀色，而且體貼。此時的他為了孝石和孝彌，正在努力掩飾自己察覺到的不安。

「你們什麼時候會到？」孝水的問題就像螞蜂的毒針，刺痛孝元的後頸。

「等處理好寺裡的事，我再帶孝宗大師過去。大師堅持要再住一陣子，總不能丟下他一個人吧。」

話雖如此，但孝元知道孝宗大師是不會離開的，他不會丟下那些佛像，而且最重要的是，他的時日已經不多，漫長的太空旅行對他毫無意義。孝元比任何人都清楚，大師從一年前就開始咳血，而且病情日漸嚴重，但大師就是不肯服藥。之後不但很少碰鉢盂[3]，連清晨的禮佛誦經也很難執行。孝元看在眼裡，卻假裝什麼都不知道，因為他不想讓大師內疚。

聽到孝元的回答，孝水還是不相信，眼眶一下子就紅了。孝水知道這句謊言背後的意義，所以只能咬牙忍住眼淚。要是哭出來，孝石和孝彌也會看出來的。縱然悲傷可以緩解一時的情緒，但他沒有信心能安撫兩個師弟，況且也不知道一路上會發生什麼事。最終孝水選擇了沉默，他沒有流下一滴淚，只是紅著眼眶點了點頭。

是時候出發了。孝元找到了駐紮在附近的軍人，發現他們正在極樂庵門前與孝宗大師交談。大師知道孩子們跟著大隊人馬出發不會遇到危險，但還是免不了擔心。

與孝宗大師簡短交談後，軍人到大雄寶殿帶走了孩子們。據說最後一艘太空船將在兩週後離開地球，兩週太短了，要說服孝宗大師改變心意恐怕比登天還難。孝元和孝宗大師並排站在門前目送大家，直到再他們的背影完全消失。這是一場漫長的離別，恐怕今生再無重逢之日。

孝宗大師咳嗽著走開了。

孝元是在三歲那年來到傳燈寺。

據幾週前就帶領一批小沙彌先行出發的孝聖大師說，在一個雷雨交加的清晨，有人像鳥投食般地把裹著被子的孝元放在積墨堂門前，然後消失得無影無蹤。

得知自己身世的當晚，孝元躺在床上猜測，也許那個人就是自己的親生父母，說不定還是傳燈寺的信徒。初次來傳燈寺的人都會迷路，而且分不清佛堂和宿舍就到處亂闖。這些人以為佛門淨地對所有人開放，所以總是探頭探腦，隨便亂走。能在破曉時分把孩子放在宿舍門口，可以推斷那個人應該很熟悉傳燈寺，之後也可能隱瞞身分偷偷來探望過孝元。因此，孝元養成了留心觀察進出寺廟的人的習慣。有時遇到詢問自己年紀的人，孝元當晚就會失眠。看到有人一直坐在長椅上，孝元還會心跳加速、五內翻湧。

孝元並不想見親生父母，也沒有怨恨他們的意思，這只是無意間養成的習慣罷了。也許是擔心父母認不出長大的自己，孝元的舉止總流露一股悲傷。孝宗大師曾說，世間存在原理與規則，萬物皆要順應自然法則。孝元不是被遺棄在這裡，他的降生是為了來到這裡，是佛祖為了見他而召喚他。這番話讓孝元覺得自己的降生就是為了與孝宗大師相遇。每次這樣想時，孝元都會重獲內心的平靜。這樣的生活不錯啊。

孝元很珍惜在傳燈寺的時光，他從未因剃光頭而感到害羞，也不覺得清晨禮佛辛苦。他喜歡聽孝宗大師敲木魚，喜歡吃晒乾的柿餅，也很喜歡秋天上山撿栗子。夏天時，孝元會和其他小沙彌去海邊，還會和大家用孝宗大師撿來的橡子做涼粉吃。孝元也很喜歡整日拿著掃帚掃落葉，或是在大雪天坐在院子裡烤地瓜。孝宗大師允許他先去體驗人世間的喜怒哀樂，再回到佛祖身邊修行，但孝元並不想這樣。

白天突如其來的寂靜十分陌生。

一陣風鈴聲隱隱傳來，但未能打破孝元感受到的寂靜。寂靜包圍了孝元——不，寂靜包圍了整個地球。孝元想一想，搖搖頭，還不至於整個地球，因為最後一艘太空船還沒有出發。既然如此，那可以說寂靜包圍了這座小島嗎？漸漸變得寂靜的小島很適合這種說法。

打掃降雪堂時，孝元突然覺得如果孝宗大師知道自己這樣想，一定會不高興。因為島上的小鳥還在翱翔，螞蟻也在爬行，小貓也在晒太陽，所以這裡依然生氣蓬勃。想到這裡，孝元感到十分羞愧。即使沒有人向孝宗大師告狀，他的耳朵還是紅了。孝元握緊手中的掃帚，兩顆橡子卡在掃帚之間，那是孝彌當玩具一直在玩的橡子，其中一顆畫有心形圖案的是「零食星球」，另一顆是地球。雖然「零食星球」不是第二地球的名稱，但孝元覺得孝彌取的這個名字更有魅力。

孝彌問為什麼要去另一顆星球時，孝元苦惱了一下才回答說，到了那裡就可以隨心所欲地吃零食了。這話也沒說錯，因為那裡沒有因糧食短缺而規定半年才能吃一次零食。那顆星球彷彿住著精靈和小矮人，大海就是汽水、江河就是果汁、大樹就是餅乾、樹葉就是巧克力、雲朵就是棉花糖。所以取名為零食星球再適合不過了。

那天，孝元在零食星球和地球之間放了一片樹葉，樹葉上寫著孝彌、孝水和孝石的名字。孝元解釋，樹葉就是飛往零食星球的太空船。

默默聆聽的孝彌突然問道：「為什麼你不去呢？」

孝元也問過孝宗大師同樣的問題。雖然不是一字不差，但意思是相同的。正如孝彌一樣，孝元從孝宗大師的舉動和呼吸聲中也察覺到，他是不會離開傳燈寺的。面對孝元的提問，孝宗大師只是面帶微笑，沒有作答。孝元也同樣的看著孝彌笑了笑。如果孝彌堅持說自己也不去的話，會怎樣呢？光是想像，孝元就皺起眉頭，感到胸口發悶。若真如此，自己一定會說不行。要是怎麼說也不聽的話，就狠狠訓他一頓。就算是孝彌自己的選擇，也要一口咬定他的想法不夠成熟。孝元無法像孝宗大師一樣任由他追隨內心，做出選擇。

孝元為了不讓寒風竄進孝宗大師的房間，上前關緊了窗戶。距離大家出發已經過了半日，想必此時已經搭上飛機前往基地了。不對，應該是搭車越過北韓邊境吧？不管怎樣，可以肯定的是，他們馬上就要離開這個星球了。只希望好動的孝彌不會讓孝水和孝石太勞累。想到幾個師弟，孝元的腳步放慢了。他努力不讓自己沉浸在這些想法中，但還是走著走著停下了腳步。

那是最後一艘可以逃離即將覆蓋整個地球、奪走所有生命的黑色塵埃的太空船。孝元抬起頭，看向明亮的月亮和只有它一半大的星星。其實那些閃耀的星星都是飛往宇宙的太空船。總有一天，黑色塵埃也會覆蓋這裡，慢慢奪走這片土地上所有的生命。雖然現在還沒有任何跡象，但在孝元的有生之年，黑色塵埃一定會覆蓋傳燈寺。即使一路逃到最遠的地方，也終究只有一死。

孝元想像了一下揹著孝宗大師一路逃亡，但無論逃去哪裡都渺無人煙。孝元心裡又起了一陣冷風。

第二天清晨，孝元跟在巡寺的孝宗大師身後，邊走邊吟誦大悲咒。但他無法集中注意力，眼睛總是不由自主地瞥向掛在空中的月亮。那顆星球也可以看到月亮吧？不是說，良心等同於黑暗宇宙中的明月嗎？如果那顆星球沒有月亮，人們的內心會不會漸漸失去光芒呢？陷入沉思的孝元沒注意到大師停下腳步，直到撞到大師才停了下來。

糟糕，看來又要挨罵了。孝元緊張地挺直腰板。本以為孝宗大師會投來嚴厲的目光，卻沒想到他的視線也轉向了空中的月亮。

孝宗大師把手揹在身後說：「尚未改變心意。」

孝元一時沒聽懂這句話的意思，他不知道這是問句還是大師在自言自語。稍後孝元才恍然，這是大師在確認他心意的問句。

「弟子不貪心。」

孝宗大師的視線轉向孝元，眼神在問其原因。孝元很想反問，為什麼要問理由，不是您教導我們要放下欲望嗎？孝元用平淡的回答取代了反問：

「宇宙是無限的輪迴，星星會從誕生、存在到消失。就算沒有沙塵暴，地球和太陽，以及宇宙所有的星球都會遵循這樣的輪迴誕生、存在再消失。諸行無常，沒有永恆不變之說，所有的一切都在變化。在我們轉瞬即逝的一生中，期待明天又會有什麼不同呢？」

這是當年孝宗大師安撫孝元時說過的話。那時孝宗大師的腰板和膝蓋都還很硬朗。大師看到孝元像石像一樣呆坐在那，盯著以家族為單位，在兒童節時來逛寺廟的人群，於是揹著他一邊漫步，一邊講解起諸行無常的意義。

宇宙萬物變化無常，沒有永恆之說。我們腳下的地球，空中的月亮和遙遠的太陽都與昨日不同，甚至和剛剛也不一樣，就連佛像也每分每秒都在變化。為什麼要尋找永恆不變呢？不要在意變化，不要執著於世間萬物。尚未到來的明天也是如此。

「我們生活的世界變化無常，無常是沒有分辨的意義。既然來到這裡，那就暫作停留，最後順理消失，不就可以了嗎？」

孝宗大師的表情有些不對勁。若大師把眼睛瞇成一道縫，就表示他心有不滿。從當下的情況來看，很可能是不滿意孝元的回答。

「虧我那麼疼你。」孝宗大師嘟囔道。

「您有疼我嗎？」

「你半夜去尿尿，結果躺在佛祖的膝蓋上睡著了，是我幫你蓋被子的，這還不算疼你嗎？」

「這件事，您是打算講一輩子啊。」

「永恆不變的，就只有過往的一顆心。」

結果孝元沒忍住先笑了出來，短暫的鬥嘴暫告一段落。

「天還很涼，您還是趕快進去吧。」

「教了你那麼多，結果就只知道嘮叨，真是的。」雖然大師嘴上這樣講，還是乖乖轉身朝佛堂而去，邊走邊低聲說：「孝元啊，萬物皆有其道。」

孝元沒有在意這句話，因為話音剛落的大師又咳嗽了起來。

聽管理傳燈寺的人說，孝宗大師在入佛門前，失去了一個三歲的孩子。孝元很好奇「失去」是指被搶走還是夭折？那孩子是孝宗大師的親骨肉嗎？他是因為失去孩子才入佛門的？但管理人沒再多說，可能他也不知道。也許他也是從來找孝宗大師的朋友那裡聽來的。

管理人之所以把自己也不了解的事告訴孝元，是為了告訴他，孝宗大師格外疼他的原因背後隱藏著悲慘的命運。以及提醒孝元，他人無私的親切與關懷如同一艘帆船，唯有記得自己坐在那艘船裡，船才不會沉沒。沉甸甸的悲傷無法激起波浪，更像是一座又靜又深的水庫。孝元的手裡沒有槳，四周也無風。

從管理人那裡聽聞這件事的幾年後，孝元悄悄對孝聖大師說：

「我覺得孝宗大師是因為罪惡感，或是出於思念之情，才會這麼疼我。」

孝聖大師立刻明白了孝元的意思。在孝水入佛門前，傳燈寺就只有孝元一個小沙彌。孝元猜測也許是因為這樣，孝宗大師才不得已地揹負起照顧他的責任。孝元擔心會成為孝宗大師的負擔，於是向孝聖大師表示，為了孝宗大師，願意馬上離開傳燈寺。

看到剛滿十歲的孩子講出這種話，孝聖大師瞠目結舌，但他沒有要孝元住嘴或去唸經，而是講了黑面琵鷺的故事給他聽。那隻鳥比孝元更早來到寺裡，大概是在孝宗大師剃髮為僧的十天後。孝元覺得這件事簡直比一百、一千年前還要久遠。一隻斷了腿的黑面琵鷺倒在了佛堂。

「那隻鳥就像是來找佛祖救牠一命似的。」

「牠有活下來嗎？」

「當然了，在孝宗大師細心的呵護下，牠健康地飛走了。」
「之後沒有再回來？」
「再回來？」
「如果是喜鵲，為了報恩，一定會銜來一粒南瓜種子送給孝宗大師。」
「說得也是……不過小傻瓜，那不是喜鵲，是燕子。而且也不是南瓜種子，是葫蘆種子。」
四月初中旬，黑面琵鷺會飛到繁殖地西海岸或仁川海岸產下幼鳥，然後在泥灘和稻田裡覓食。牠們每天往返於泥灘和稻田之間三、四次，銜著小魚、泥鰍或淡水魚餵給幼鳥。但有時倒楣的牠們在泥潭或稻田走來走去時，會被稻田裡的網或泥灘上的垃圾弄斷腿，或勒住脖子窒息而死。
孝聖大師在紙上畫出長著黑色長嘴的鳥，說：「當時飛到佛堂的鳥可能就是其中之一。」
他拿起黃色蠟筆塗在了一隻眼睛下面。孝宗大師還說，黑面琵鷺的眼眶是黃色的，但那隻鳥只有一隻眼睛是黃色的。之後很長一段時間，只要到了黑面琵鷺的繁殖期，他們就會去稻田或泥灘去找那隻只有一隻眼睛是黃色的鳥。
「為什麼最近不去找了呢？」
無論孝元怎麼回憶，大師都沒有在四月去過泥灘或稻田。
「因為牠們再也不來了。」
「為什麼？難道是去飛去了別的地方？」
孝聖大師遲疑了一下，點點頭。「牠們飛去更遠、更美好的地方了。」
雖然對話的主題是孝元也像那隻鳥一樣來到佛祖面前，溫暖了孝宗大師冰封已久的心，但孝元更在意的是那隻鳥。過了一年多，孝元才明白了更美好的地方意味著什麼。這顆星球不存在更美好的地方，至少不存在適合黑面琵鷺棲息的地方。牠們也不可能穿越大氣層，橫跨宇宙飛往其他星球。既然如此，孝聖大師所說的更遠、更美好的地方，就意味著滅絕。

鳥不可能在宇宙中飛翔。不僅鳥類，包括人類在內、地球上所有生命都不可能在宇宙中存活。想到再也看不到孝宗和孝聖大師見過的那隻黑色長嘴、黃眼眶的鳥，孝元莫名地悲傷起來。他寧願相信鳥類具備人類不知道的能力，所以成千上萬的黑面琵鷺橫跨宇宙，飛往新的星球。失去家園的黑面琵鷺為了生存下去，創造了用宇宙法則無法解釋的奇蹟。

那天晚上，佛堂傳來了聲響。

因為之前發生過野豬闖入佛堂的事，所以孝元一聽到動靜立刻坐了起來。他穿上外套走出宿舍，拿起立在柱子旁的掃帚往佛堂走去。直接面對野豬很危險，但野豬發現有人的話就會逃走。

佛堂右邊的門開著，孝元走到左邊，輕輕拉開門。昏暗的視野漸漸顯現出事物的輪廓，風吹過樹林和落葉的沙沙聲傳入佛堂。透過門縫，孝元看到佛祖好似水中明月般的臉龐，以及從眼前掠過的一道長影。那道長影不可能是野豬、獐子和黃鼬。長影的主人就在佛祖的膝蓋上。孝元走進佛堂，打開燈，緊握手中的掃帚，準備應對可能撲向自己的生命體。

一隻鳥落在佛祖的腿上，無力地看著孝元。那隻鳥竟然是不再生活在這個星球上的黑面琵鷺。

無人知曉吞噬孝宗大師生命的病魔之名。不，不是不知道，而是沒有確切的病名。萬病皆有因，但原因無法解釋所有的病。醫生用水滴舉了一個例子：把一滴水看作是病，擦乾一滴水很容易，但幾滴水匯聚在一起就會變成一灘水，所以很難從中找到最初那滴水，而且這攤水還會匯集更多水滴。孝元心想，這個例子說得通嗎？難道不是醫生掩飾無能的說詞？簡直無法相信，孝宗大師得了很多病，卻無法醫治任何其中一種。許多人因不特定的綜合疾病而死，孝宗大師也是這種情況。醫生就像施捨善意似的說，如果疼痛難忍，可以服用止痛藥，孝宗大師沒有接受。但與其整夜咳嗽、咳到吐血、難受得整夜睡不著，為什麼不服用止痛藥呢？

孝元不解的是，自己稍有不適時，孝宗大師便會跑到市區買藥，為什麼自己這麼痛苦卻不肯吃藥呢？難道他是不想順從死亡、拒絕宇宙法則嗎？

孝宗大師做完檢查返回寺廟的路上，孝元反思了一下內心的希望是否等於欲望，以及是否因欲望輕易得出的結論。孝宗大師接受了罹病的事實，他說這不過是因為自己的某部分比他人脆弱，或是運氣不好和上了年紀的關係，所以不願違背命運。

但孝元違背了大師的意願，他太害怕無法承受的悲傷而心生了欲望。即使孝元悟出這一點，也沒有能安撫內心的方法。難道只能眼睜睜看著孝宗大師在風雨交加的夜晚痛苦不已嗎？是孝宗大師救下孝元的，是大師在雷電交加的清晨，聽到了積墨堂門口的呼吸聲。孝宗大師曾說，若能在雷電交加時聽到彼此的呼吸，就是相遇的命運。但在孝元看來，這和鳥飛往宇宙沒什麼差別。

沉睡中的孝宗大師看上去就像死了一樣。孝元確認他蓋在身上的被子起起伏伏，才關上門走出來。

急救箱放在哪了？孝元記得幾個月前孝石騎腳踏車摔倒磨破膝蓋時，還買了繃帶和藥膏。雖然可以問孝宗大師，但看到他安然入睡的樣子又不忍叫醒他。孝元在香爐前手忙腳亂地翻找急救箱。如果孝聖大師或其他人在，就可以抱那隻鳥去動物醫院。牠為什麼偏偏在所有人離開後，拖著受傷的腿飛來呢？仔細一想，牠很可能是無意間飛進佛堂的，說不定是月光反射的佛祖引牠飛進來的。那隻鳥只有一隻眼睛是黃眼眶。只有一隻眼睛……在抽屜裡找到急救箱後，孝元趕快跑回了佛堂。

鳥還在原地。對牠招手，叫牠從佛祖的腿上下來顯然沒用。孝元想也沒想，直接跳到了佛像上。

「我幫你治療，治療……」

孝元的意思是，不要啄我，不要攻擊我。

鳥沒有反抗，於是孝元仔細檢查了受傷的鳥腿，但他也不知道該怎麼做，只能用繃帶先包紮起來，希望牠可以自然好起來。只有傲慢的人類才會覺得飛越大半個地球的鳥類很脆弱。孝元生怕弄傷好似樹枝的鳥腿，手不由自主地顫抖著。孝元包紮完起身時，與鳥紅色的眼睛對望了一下。雖然看不懂鳥的眼神，但感覺牠說了一聲謝謝。

孝元希望鳥知道他沒有敵意，於是小心翼翼地包起牠，準備把牠放在比佛祖膝蓋更舒適的地方。這次鳥也沒有反抗，孝元把牠放在佛堂的墊子上。瑟瑟發抖的鳥不坐也不躺，以模稜兩可的姿勢楞在原地。雖然不知道牠在想什麼，但看起來也沒有不舒服。

孝元坐在鳥的對面，不知道該離開還是守在牠旁邊，最後覺得也沒必要留下來，於是站起身。臨走前，他遲疑了一下。即使知道不可能，但還是看著只有一隻眼睛有黃線的鳥問道：

「你又飛回來了？」

也許是記得在這裡獲救過，知道這裡很安全；或是因為突然變異，才會只有一隻眼睛的眼眶是黃色的？這種情況很稀有嗎？如果能對照比較就好了，但孝元也是第一次見到這種鳥。

如果是孝宗大師，一定可以認出自己救過的鳥。孝宗大師就連昨天和今天的嫩芽有什麼變化也可以看出來。等孝宗大師醒來，牠應該不會飛走吧？孝元希望鳥可以等到孝宗大師醒來，但也不想把牠關起來，所以敞開佛堂的門就走了。

孝元輾轉難眠，一直惦記著佛堂。這次他是真的擔心野豬跑進佛堂，想像受了傷的鳥會不會傷口發炎而更加危險，或是一聲不響地飛走。心神不寧的孝元最終還是起身，找出久未使用的筆電，跑回佛堂，坐在佛堂的門檻上打開筆電。

資料顯示黑面琵鷺的幼鳥鳥嘴沒有皺摺，翼尖呈黑色。孝元手捧筆電，跪著靠近那隻鳥，仔細觀察了一下牠的嘴巴和翅膀。看來應該不是幼鳥，翅膀已經徹底變白了。這種鳥至少可以活九年，長壽的話可以輕鬆活到二十年。說不定這隻鳥比孝元活得還久。孝元緩緩地下滑頁面，讀了一遍不知是誰整理的文章。開設這個網站的人一定非常喜歡鳥。看到他說，希望家人也可以像鳥在荒島築巢一樣，在荒蕪的星球落地生根時，孝元更加確信了這一點。畢竟人類喜歡用自己喜歡的事物祝福珍愛的人。

孝元讀了一遍網站上的內容，但關於這種鳥的內容有限，只知道四年前在石島發現過兩隻黑面琵鷺，之後這種鳥就徹底從地球上消失了。

孝元闔上筆電，側躺在地上。頭碰到冰冷的地板，雙眼與鳥四目相視。

「你為什麼沒飛走？」

話一出口，孝元覺得牠可能比自己活得更久。不，他希望鳥比自己活得更久，於是又恭敬地問了一遍：

「您為什麼沒飛走？不想飛走嗎？」

鳥不可能聽懂人話，但牠的表情好像聽懂了似的。

「你……不後悔嗎？」

鳥只是用紅色的眼睛凝視孝元。孝元的耳朵紅了，為剛剛脫口而出的話感到難為情。

「當我什麼也沒說。」

孝元決定追從孝宗大師時，生氣的反而是孝聖大師。孝聖大師是傳燈寺的第二位長輩，相當於孝元的叔叔、小沙彌的監護人。正因如此，孝聖大師沒有選擇的餘地，只能帶領八個小沙彌先出發。出發前，他一直追問孝元沒有改變想法嗎？但那天孝聖和孝宗大師都沒有生氣。孝聖大師只問孝元有沒有改變主意？決定陪孝宗大師留下來後，內心是否平靜？孝元點了點頭，孝聖大師長長地嘆了一口既悲傷又沉重的氣後，把孝元攬入懷中。

孝聖大師就像在故意拖延時間似的，用比平時慢半拍的語速對孝元說：「要帶你走，是我的執念。但就算到了那邊，你也會因獨自留下的孝宗大師而難過、痛苦。我不能因自己的執念強迫你。」

孝元做出這樣的選擇，孝聖大師也有一部分責任。如果孝聖大師沒告訴孝元，他是孝宗大師收下的第一個小沙彌；沒告訴他，不敢面對孩子的孝宗大師成天揹著他到處走。孝元就不會比親生父母和佛祖還更在意孝宗大師了。

但不只如此。是孝宗大師每天接送孝元去幼稚園，也是孝宗大師揹起在運動會摔倒的孝宗跑完全程。孝元想吃炸雞，孝宗大師甚至跑去了市場，買回醬料炸雞。是那些時光讓孝元做出這樣的選擇。回溯過去的點點滴滴，孝元都可以找到孝宗大師的身影。

孝元十七歲生日那天，孝聖大師對他說，孝宗大師的人生目標是要讓被遺棄不具備任何意義。孝元思考了半天才開口：

「這樣講很對不起佛祖，但我應該是為了遇見孝宗大師而入佛門的。」

「這也是佛祖的意思。」

「您也這樣想嗎？」

「你來的那天不是電閃雷鳴嗎？孝宗大師怎麼可能聽得到你的聲音呢？他說夢到佛祖在門口站了半天，醒來後覺得是個不尋常的徵兆，於是走出房間……看你的表情是不相信囉？為什麼不相信？宇宙即是空，存在並無實體，所以這個世界才會發生各種不可思議的事。因為不存在，所以一切皆有可能，無所領悟的人，則會稱之為奇蹟。」

在佛堂睡著的孝元被耀眼的陽光晒醒了。看到日頭高照，孝元嚇得跳了起來。那隻鳥不見了，但現在沒心思多想，因為已經過了誦經時間。孝宗大師是故意沒叫醒我？就算這樣，也不可能聽不到大師的誦經聲啊……夜裡忙東忙西，加上昨晚幫大家收拾行李，又緊張了一天，所以睡得太沉了。大概孝宗大師也考慮到這一點，才沒叫醒我。

孝元穿上鞋，往孝宗大師的住所走去。孝宗大師不會生氣，但還是要裝作很驚訝。

「大師！」

孝元開門，喚了一聲孝宗大師。

「……大師，天涼了。」

屋裡鴉雀無聲，看來孝宗大師也累壞了。

「該起床用齋了。」

孝宗大師從不缺席清晨誦經。但誰人無過呢？更何況大師這幾天也累壞了。

「大師。」

人睡得很沉的話，呼吸也會變緩嗎？孝元盯著沒有起伏的被子看了半天，四周的聲音也愈來愈遠。即使是電閃雷鳴的暴雨天，孝宗大師也能聽到門外孝元的呼吸聲，但現在孝元就在面前，他卻沒有任何反應。

「快起來，別睡……」

孝元的頭像折斷的樹枝一樣無力垂下，額頭碰到地面，一股涼意透過額頭傳遍全身。他希望孝宗大師發出聲響，趕快起來。

直到中午，孝元都沒有離開原地。

孝元想告訴孝宗大師，有一隻鳥飛來過。入睡前，孝元想像著隔天對孝宗大師說，那隻鳥應該就是大師多年前救過的黑面琵鷺。孝宗大師會觀察半天，笑著說自己也不確定。大師一定會問自己怎麼知道這件事的，到時就可以說出是孝聖大師講的了。孝元想把所有聽來的事都告訴孝宗大師。雖然孝宗大師被病魔纏身，但病魔不會奪走他的生活，至少不可能是今天。就算那一天終究到來，也絕對不可能是今天。

孝元蜷縮著身體睡著了，但睡得不沉，隱約可以感受到陽光的溫暖，聽到風掃落葉和風鈴的聲音。他全身動彈不得，彷彿遠離世界的朦朧感包圍了全身。世界的疆界，陰陽兩地的間隔，呼吸停止的瞬間。比陽光更炙熱、更沉重的感覺撫著孝元蜷縮的背。孝元知道偶爾會在清晨輕撫自己的人是誰。不允許孝元的肉體去往陰間的繩子捆住了他，他動彈不得，無法睜眼也不能發聲。我不會說挽留的話，但至少讓我擁抱一下吧。遺憾的是，在另一個世界無法實現這種微不足道的願望。

孝元啊，放下你的執念。

低沉的聲音在風鈴聲中飄散開來。孝元很想抓住孝宗大師的褲腳大喊，為什麼您那麼急著去見佛祖，為什麼不肯看一眼留下來的我。不知不覺到了正午，世界一片寂靜，孝元睜開了眼睛。

也許是睡著時流了淚，太陽穴濕濕的。孝元站起身來，孝宗大師仍以剛才的姿勢和表情躺在那裡。孝元雙手合十，他感到欣慰的是，決定留下來陪伴大師走完最後一程是對的。孝元默默祈禱大師一路好走，他想把心裡的話都說給大師聽。就在這時，遠處傳來了螺旋槳的噪音。

孝元抬起頭，隨著時間過去，聲音也逐漸逼近。

據說孝彌和其他人搭乘的直升機是最後一支救援隊，難道是來接誰的嗎？孝元穿上鞋走到外面，遠處飛來的直升機就快抵達傳燈寺了。孝元用袖子捂住口鼻，遮擋吹來的塵土，一邊往後退了幾步。直升機降落在傳燈寺。

兩名之前帶走了孝彌和其他人的軍人走下直升機，其中一人手裡拿著佛珠。

孝元很想問他們為什麼回來，但內心深處的情緒翻湧而出，已經哽咽得說不出話了。強作鎮定的他其實也想跟大家一起離開，當這種心願在最後的希望面前露出真面目時，孝元羞愧得說不出話來。

軍人為孝宗大師蓋上白布，催促孝元趕快出發。原本還猶豫不決的孝元聽到孝彌哭著要找他，才終於坐上軍用直升機。

「臨走前，住持大師拜託了我們一件事。」一名軍人說，「大師指著一個和尚說，一定要我們把他帶走。」

孝元想起在極樂庵門前與軍人交談的孝宗大師。

「大師拜託我們再回來一次，當時我們也無法保證，但今天早上，一隻鳥叼來了這串佛珠。」軍人舉起佛珠。「看到佛珠，我們立刻想到了大師……實在放心不下，所以趕了過來。大師圓寂了，但幸好來得及接你離開。」

「是……什麼鳥？」

「什麼鳥？」

與孝元交談的軍人問了身旁的人，另一個軍人也搖了搖頭。

「不知道是什麼鳥，但嘴巴是黑色的。」

孝元緊閉雙唇，要是現在開口的話，他會失聲痛哭。他屏住呼吸，反覆思考著一切皆有可能的宇宙。

原來大師走得那麼匆忙，連聲招呼也不打，是因為……

直升機起飛時刮起一陣旋風。上升到一定高度後，孝元看到遠處席捲而來的黑雲。直升機穿過黑雲繼續上升，孝元看到了黑雲中，有一群長著黑色嘴巴的鳥。

一群飛向黑暗、飛向荒蕪之地的鳥。

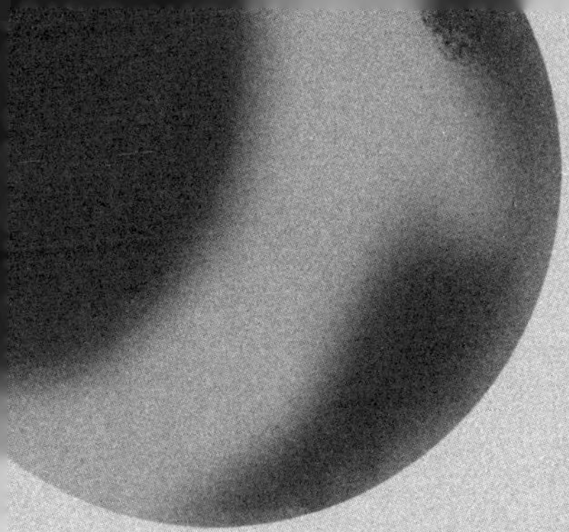

兩個世界

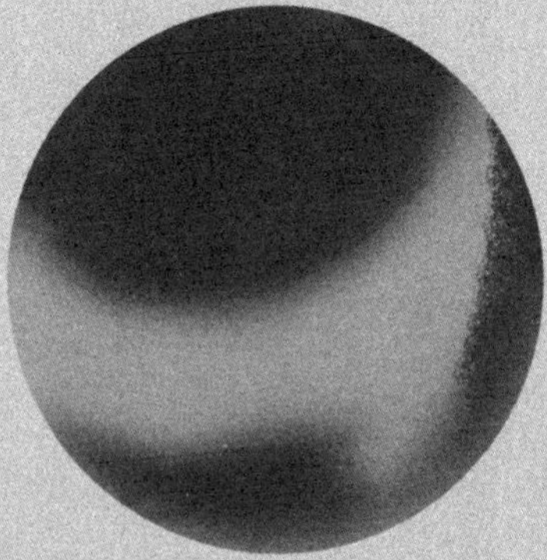

電話一直講到抵達奉安堂的停車場。有菈早就知道會這樣，所以故意在快抵達目的地時才打電話，卻沒想到媽媽的話這麼多，又不能中途掛電話。位於半山腰的追思園比山下天黑得更快，就像比其他地方更早把黑夜拽過來了似的。媽媽提議趁此機會一起吃頓飯，但有菈愣了一下，才支支吾吾地婉拒說下次再提早約好了。猶疑的媽媽輕聲問她到了嗎？靠在椅背上的有菈說剛到，媽媽這才又叮囑了一句，掛掉了電話。

就算逢年過節，家人也只是講幾分鐘電話，問候彼此的近況，所以媽媽是想藉忌日為由，讓全家人能聚在一起。有菈不是不了解媽媽的心思，但又覺得這樣做沒有任何意義。妹妹的死並不是誰的錯，活著的人不需要為此懺悔，大家只要安撫好各自的悲傷就夠了。

靈骨塔內一片冷清，有菈很快就找到了妹妹的塔位。不知媽媽從哪裡聽說，就算是夭折也要選個好塔位，才能不留遺憾，於是她把定存解約，花了好幾千萬幫妹妹選了這塊寶地。若是平時，有菈絕對會要媽媽別亂花錢，但那天有菈掐著大腿忍住了。媽媽沒有隨妹妹而去，就表示她正在勇敢地面對現實。

剛好與視線平行的塔位放著媽媽帶來的鮮花和青葡萄糖果，妹妹小時候很喜歡吃青葡萄糖果，但長大後是否還喜歡就不知道了。可能媽媽也不清楚，就只是選了幾樣記憶中的零食。

有菈打開玻璃門，取出一顆糖撕開包裝，把糖塞進嘴裡。她盯著妹妹的骨灰罈心想，就一顆糖而已喔，妳該不會小氣到跑到我夢裡找我吵架吧。雖然姊妹倆常為了吃的東西吵架，但總是不到一天就和好如初。也許這次也會吵架。畢竟江山易改，本性難移，更何況是死了的人呢。

有菈嘎吱嘎吱地嚼著糖果，呆望著骨灰罈上以金字刻成的人名「黃有真」，以及下面的一行數字「二〇一七—二〇四三」。有菈盯著那行數字看了半天，又望向隔壁的骨灰罈，「一九六三—二〇四四」。隔壁的人的一生有種離奇的漫長感，相較之下，妹妹的一生顯得乾淨俐落。如果妹妹聽到她這樣說，一定會拍手大笑，用讓人無法理解的笑，來決定永遠無法理解的某種標準。

有菈說不出「妳好」或「妳過得好嗎」，她覺得跟妹妹的骨灰講話就是在自言自語。有菈心想，日後要減少來看妹妹的次數。就在她默默與妹妹道別、準備轉身離開時，遇到了抱著向日葵、愣在原地的韶禧。

在有菈的記憶中，是在十八歲那年和蔡韶禧同班。當時大家都在埋頭苦讀、準備考試，所以關於韶禧的記憶幾乎和其他人一樣。之所以在看到她的瞬間就立刻想起她的名字，是因為她總是和有真放學後一起回家。

就算沒什麼特別原因，有真也不會留校自習或去補習班，這樣的學生屈指可數。有菈在放學後留校自習時，有真會悠哉地穿過運動場，身旁總是跟著韶禧。有菈記得那時韶禧正在準備考美術大學，不知道後來有沒有如願以償。有菈一點也不關心妹妹的交友關係。

離開奉安堂，兩個人來到山腳下的一間小咖啡廳。時間已晚，店裡沒什麼客人，店員都開始清點庫存了。兩個人面對面坐在窗邊的雙人桌。參加妹妹葬禮的人不多，韶禧是其中之一。那天，韶禧用親手畫的有真肖像畫取代了菊花，放在靈堂上。

「妳怎麼會來？」

話才出口，有菈自己也感到難為情。在忌日來靈骨塔還能做什麼？但這個問題並非毫無意義。因為就算是不熟的人的葬禮，只要有時間就會參加。可是忌日不僅要在當天、還要跑這麼遠，若非深交恐怕很難做到。妹妹和韶禧的關係很好嗎？好像沒有吧。妹妹跟誰都沒有很親近，但這不是有菈能判斷的事。妹妹總是給人一種漂泊的感覺。無論在哪裡，她自己也感受不到活著的感覺。

但韶禧給出了出人意料的回答。她說跟有真很親近，所以心煩意亂、無事可做、思念她或莫名想哭時，就會來找有真。

「是喔……」

就在有菈不知該回答什麼時，取餐振動器響了。有菈就像抓住了救命稻草般，拿著振動器站起來。將兩杯飲料端回來時，有菈思考了一下為什麼會有這種反應，為什麼會認為有真沒朋友呢？但若不是如此，她怎麼會輕鬆地離開這個世界呢……不，不該這樣想。

這次見到韶禧已經距離高中畢業有八年之久了。在學校，她們也只是偶爾打聲招呼的關係。有菈難以想像畢業後，妹妹和韶禧還有往來。嗯，就只是這樣而已。自己之所以會感到混亂，是因為現在才發現妹妹不為人知的一面。

有菈把托盤放在桌上，韶禧拿起自己點的飲料，就像知道有菈在想什麼似的開口：

「妳也知道吧？黃有真從家裡搬出來前，在我家住了快兩個月。她沒日沒夜地打工，兩個月就存夠了保證金，自己租了間房子。我本來以為她會住很久，還訂購了一個大床墊，結果白買了。」韶禧微微一笑。

有菈無法直視韶禧的雙眼，只好看向桌面。韶禧理所當然地以為有菈知道這件事，其實有菈一無所知。有菈只知道妹妹剛成年就離家出走了，但不知道她在韶禧家住了兩個月。韶禧就像在斥責有菈，直勾勾地盯著她的雙眼，然而這種難為情只是自己的被害妄想罷了。有菈喃喃重複著不知道，韶禧就像理解她的心情似的說：

「有真很難相處吧？」

沒錯，這樣形容再合適不過了。不僅有菈，父母也這樣覺得，就連同班同學也說她很難相處。不過這並不表示很難與她一起做什麼或她的性格怪異。說她難相處其實具備另一種含義，這點只有有菈最清楚。有真身上散發著一股陌生的氣息，而這股氣息來源於「死亡」。有真很開朗、充滿活力，但所有能量的原動力都是死亡。因為她相信總有一天會死掉。

「雖然妳們是雙胞胎，但一點也不像，連長相也不一樣。如果不說，我都不知道妳們是雙胞胎。」

有菈點點頭。正如韶禧所言，大家都以為她們只是名字相似的朋友。雖然兩人是雙胞胎，卻存在著某種本質上的不同。兩人身上散發的能量完全不一樣。

有菈摸了一下玻璃杯上的水滴，「她很奇怪，也很特別，實在很難理解她，不光是我，所有人都……」

所有人都不理解她。

「有菈。」

韶禧溫柔地喚了一聲，有菈這才抬頭看向韶禧的雙眼。韶禧的雙眼很悲傷，一句話平靜的像冰屑落在韶禧的皮膚上。

「妳有試著理解過有真嗎？」

有菈想了一下。這是有可能的嗎？

有莅回到家已經晚上十點多了。她隨手把包包扔在玄關，逕直走到床邊一頭栽倒。有莅呆望著天花板，伸手去摸放在床邊的平板電腦。指紋辨識後，全息影像畫面開啟，一堆檔案出現在畫面中。原本週末要看完這些文件，沒想到在奉安堂待了那麼久。

有莅拖著疲憊的身體坐起來，打開了一個文件，裡面都是下半年「Noland」準備上架的書。有莅要從中選出幾本，然後準備行銷企劃。雖然有莅負責的工作是售後服務，但篩選書籍是所有員工都要做的事。有莅把磁圈按鈕貼在太陽穴上，開啟程式，卻始終無法集中精神工作。

韶禧的話一直迴響在耳邊。

有莅本來打算開車送韶禧到附近的地鐵站，但韶禧執意拒絕了。分手時，有莅沒說「下次見」，只叮囑韶禧「路上小心」。在回程路上，有莅很後悔沒有反駁韶禧。她應該告訴韶禧，有真根本不希望任何人理解她，也沒有人能理解她。妳覺得理解有真，那是妳的錯覺……

手機發出了振動音，是專案經理在元。因為平時私下不會聯絡，所以看到在元打來，有莅的第一反應是出大事了。更何況是在週日晚上，而且不是傳簡訊，是打電話。有莅猶豫了一下要不要假裝睡著不接電話，最後還是接了。

正如有莅所料，出了大事。在Noland出售的書籍中有一本出現錯誤。不是單純的接觸不良，而是怪客入侵[4]，所以得徹底檢查所有程式。

「查出侵入途徑了嗎？」

「沒有發現外部侵入。」

「你的意思是內部出了問題？」

在元毫無自信地「嗯」了一聲。有菈追問是哪本書。

「《阿樂斯》。」

有菈在平板電腦輸入阿樂斯，以管理員身分登入時，跳出了「沒有權限」的提示。雖然又嘗試了幾次，但依然顯示「沒有權限」。有菈感到頭暈目眩，管理員沒有權限，那到底誰有？

見有菈好半天沒說話，在元小心翼翼地問了一句：「無法登入，對吧？」

「怎麼發現出問題的？」有菈問道。

「兩個小時前有顧客申請退款，大發雷霆地說原著與影片結局不一樣，還說要告我們。搞不好我們這次得賠償了。」

結局不一樣？

有菈反覆思考這句話，並讓在元先暫時下架那本書。掛斷電話後，有菈登入Noland網站，確認《阿樂斯》已顯示停售。幸好銷售量不多。

有菈又登入網路書店，買了《阿樂斯》的電子書。如果是其他問題還可以理解，結局不一樣就說不通了——應該說，這是不可能的事。目前無法確認Noland的《阿樂斯》結局，有菈猜測應該是內容不完整。因此在確認癥結點之前，她得先詳細了解《阿樂斯》的內容。

明明是讀過的故事，但已經過了好幾年，有些內容想不起來了。有菈端正姿勢，開始讀起

4 怪客（Crackers）與駭客（Hackers）不太一樣。駭客泛指對程式設計和電腦相當理解的人。怪客則專門搞破壞，會入侵電腦後，進行破壞或盜取資料。

《阿樂斯》。

隔天，在元在公司大廳焦急地等待有菈。輸入指紋走進大廳的有菈看到在元，也跟著不安起來。營運管理Noland的Noble工作室在過去六年間，只處理過接觸不良和緩衝等簡單問題，這還是第一次遇到這麼嚴重的問題。

其實最簡單的方式就是將《阿樂斯》下架就可以了，問題是，如果這次不查明原因，日後可能還會出現相同問題。銷售最重要的是信賴，在競爭激烈的環境下，若不斷出現這種問題，勢必會影響穩居第一的Noland的形象，流失大量客戶。有菈從二十歲入行一直做到現在，她必須守護這間奉獻了八年青春的公司。

有菈一直想做與書籍有關的工作，她不是喜歡閱讀或寫作，而是單純喜歡書這種物質。學生時代每當有壓力時，她就會跑到書店亂買書。就算讀不完所有購買的書，她始終覺得字與字、單詞與文章交織在一起所創造出來的世界非常神奇。對有菈而言，與其說書是消費品，更像收藏品。所以無論任何形式，她想做與書籍有關的工作。

更神奇的是，起初挖角有菈的人正是Noland的現任社長。社長表示，他要開發以小說為基礎的虛擬實境程式，讓讀者透過五感來體驗遠超於書籍本身的真實感。

有菈的反應不冷不熱，她覺得這與小說影視化大同小異，但社長構想的Noland與影視作品不同，Noland創造的虛擬實境是用感覺來閱讀小說。註冊Noland並購買第一本小說後，就會收到磁圈按鈕，把磁圈按鈕貼在兩側的太陽穴上，啟動後便可以體驗虛擬實境了。雖然看起來與其他影視媒介相似，但嚴格來講等於是購買了「書的全部」。讀者可以透過虛擬實境的畫面，以自己的速度閱讀文字，緩慢播放內容中的情景，探索書中細節。所有場面與故事情節都將按照小說的形式展開，這樣一來，讀者就可以非常深入地閱讀一本書。

最重要的是，Noland的最大核心是能與小說中的人物對話。由AI構成的登場角色，是以小說中的世界為基礎設計，讀者透過與登場人物對話，可以更深入地閱讀小說。這些人物並沒有輸入千篇一律的回答，而是會根據讀者的問題做出獨立判斷，以此為基礎回答讀者的問題。

起初有莅反對這項功能，她認為讀者應該透過閱讀自行理解與判斷，要是直接與書中人物溝通，很可能會得出統一的見解。但社長的想法則不然。

「讀者會從各自的世界發現不同的問題。」

真是如此嗎？雖然有莅還有很多困惑，但還是加入了公司，畢竟二十歲是愛冒險的年紀。社長的想法是對的。AI十分優秀，面對讀者不同的問題，給出了不同見解，使得讀者對書的詮釋變得更加豐富多元。

就這樣，有莅在創立的Noble工作室擔任起專案經理一職。抱著不輸給年長組員的意志，即使沒有人說什麼，她仍沒日沒夜的工作。她的努力獲得了成功，守住了八年的職位。在此期間，公司數度搬往更大的辦公室，更在幾年前成功建起自己的大樓。

焦慮地在大廳等待的在元，是比有莅年長兩歲的組員，但他從未因為年長而小看過有莅。在元一看到有莅就快步迎上前。

有莅按下電梯按鈕，問道：「還沒弄好？」

「嗯，開發小組搞了半天也無法改變結局，主角也沒有任何回應。」

「也沒有找到外部入侵的途徑？」

面對瞪大雙眼發問的有菈，在元露出一頭霧水的表情點了點頭。有菈快步走向開發小組的辦公室。

《阿樂斯》是一本一九九二年在美國出版的小說，雖然不是什麼暢銷小說，但是以中世紀為背景，考慮到可以帶來更豐富的體驗，所以選擇了這本書。小說主角「阿樂斯」出生於十五世紀末的義大利熱那亞，是三姊妹中的老大，兩個妹妹分別叫「阿蘭」和「阿妮克」。阿樂斯是個充滿好奇心、努力積極的人物。小說結局是她為了登上前往哥倫比亞的「聖瑪利亞號」，做出周密的計畫，最終女扮男裝成功上了船。

阿樂斯為了上船，不僅學習航海技術、料理和劍術，還學習了保護船隻免受自然災害的巫術。兩個妹妹則是幫助姊姊實現夢想的角色，她們襯托出阿樂斯是一個想要探索更大、更廣闊世界的人物。為了親眼看到更大的世界，阿樂斯不惜在泥濘中打滾，是為了實現夢想而堅忍不拔的人物。

有菈難以相信眼前播放的《阿樂斯》結局，她嘟囔著反覆播放結局，但結局始終是一樣的。這不是有菈預想的內容缺失問題，這根本就是不同的結局。

「……這是根本沒有輸入過的結局。」

「所以我們也快瘋了，一直不斷確認，甚至都覺得有點恐怖了。」開發小組的永朝撫摸著自己起了雞皮疙瘩的手臂。

看著畫面的有菈也是相同感受，結局居然變成這樣。有菈十分理解讀者為什麼說要提告，這等於是在毫無預警的情況下，按下炸彈啟動鈕。

阿樂斯死了。

原著的結局是阿樂斯成功登上聖瑪利亞號，此刻畫面中的結局卻是她在後院倉庫的柱子上吊自殺。她身後是美麗的中世紀蔚藍背景。有菈看著畫面中的阿樂斯，想起似曾相識的畫面，隨即閉上了雙眼。

有菈到走廊的淨水器接了杯冰水仰頭喝下，接著頹坐在地，額頭熱得像在發燒，有菈把水杯貼在額頭。從開發小組辦公室出來的在元也走到有菈面前，坐了下來。

「整理出來了。」

在元把平板電腦遞給有菈，裡面存有有菈要他整理的《阿樂斯》購買者名單。有菈打算親自去拜訪那位申請退款的讀者。

必須找出結局改變的時間點。

但眼下有菈沒有餘力確認名單，她接過平板電腦，又把水杯貼在額頭上。偏偏昨天是妹妹的忌日……

「我發現有一位很奇怪的讀者。」

「奇怪？」有菈把頭轉向在元。

「通常讀者重新購買不會超過五次。」

為防止非法流通和多人使用一個帳號，Noland只提供一次性服務，所以閱讀完購買的書後就無法再重新閱覽。為盡量降低讀者的不滿，再次購買時會有折扣價。但可能是費用因素，同一本書幾乎沒有人會購買五次以上。

「這位讀者購買了三十五次《阿樂斯》。」

有菈瞬間清醒，她用難以置信的眼神看著平板電腦，《阿樂斯》從四年前上架到現在的銷售次數僅有四百四十六次，讀完整本書的人只有百分之六十七，其中一位讀者卻讀了三十五次。讀者名叫申圭瑛（二〇二五－十二－十二）。第一次購買是在一年兩個月前，最後一次購買是四天前。除了第一次購買，後續的三十四次都在最近兩個月內。

「是不是該見一見這位讀者？」在元問。

「當然。」有菈回答。

幸好讀者資料上有手機號碼。

每當附設咖啡廳的大廳旋轉門轉動，有菈就會忍不住看向旋轉門。看到二十出頭的女生走進咖啡廳時，她會下意識地挺直腰桿，但陸續走進來的幾個人都不是在等的人。在元看了一眼手錶，安撫有菈說，距離約定時間還有五分鐘。

桌子上放著咖啡和紙袋，美其名是禮物，其實是一筆封口費，金額超出退款金額幾十倍。雖然數目不小，但有菈覺得能用這筆錢挽回損失已經很划算了。要是讀者在網路上公開主角自殺的結局，公司形象一定會大受影響。更何況這種事就算解釋再多，也不會有讀者買帳。

在元咧嘴「呃」了一聲，有菈跟隨在元的視線轉過頭，只見一個女生愣愣地站在旋轉門外。她看起來才剛滿二十歲，一張臉稚氣未脫。直覺告訴有菈，那個女生就是申圭瑛。圭瑛就只是站在門外盯著走進大樓的人，稍後才跟著人們通過旋轉門。在元起身朝圭瑛的方向走去，有莖站在原地看著走來的圭瑛，露出燦爛的笑容。

圭瑛素顏，一頭凌亂的頭髮齊肩，身上穿著起毛球的薄針織衫。雖然他們彼此打了招呼，但圭瑛還是一直看向大廳。圭瑛的坐姿過於端正，雙腳和雙膝緊貼，雙手放在膝上，腰也挺得筆直。有莖遞上名片時，圭瑛才轉過頭來，低頭靜靜盯著桌上的名片好一會後，才抬頭看向有莖。

「路上辛苦了。妳住在哪裡？」為了讓對方放鬆，在元在進入正題前親切地問道。

「我從西邊來，雖然花了很長時間，但還是可以走路過來。」

有莖和在元交換了一下眼神，圭瑛講話的語氣怪怪的。圭瑛輪流看了看面前的兩個人。有莖有些不知所措，忘了接下來要講的話。為了穩住情緒，她停頓了一下。圭瑛也沒有問他們為什麼邀請她來公司。外面傳來喇叭聲，圭瑛轉頭看向窗外，面無表情地注視著來往的車輛。也是在這時，有莖和在元注意到她的臉頰和脖子有多處淡紅色傷痕。

坐在一旁的在元說：「我們今天請妳來是想問一下，在Noland購買的書有沒有發現奇怪的地方，像是經常出錯或人物很奇怪，或是結局變了？」

「……」

「我的意思是，妳最後一次購買的書有沒有什麼問題？」

在元的聲音越來越小。雖然還沒有找到真正原因，但他始終覺得自己做錯了事。有莖覺得他會如此是因為圭瑛的表情。圭瑛眼睛眨也不眨的看著說話的在元，但她的眼神不是盯著看、也不是呆望，更像是注視，彷彿想要把人看穿似的。

圭瑛的嘴唇畫著弧線，毫無動搖地保持適當的微笑說：「沒有。」

簡潔的回答讓在元反應不及，結結巴巴地應了聲「啊，是喔」。一直在旁靜靜觀望的有菈把桌上的紙袋推到圭瑛面前。

「沒有就太好了。這是我們公司為老顧客準備的禮物，請收下，不要客氣。」

圭瑛雙手拿起紙袋，放在膝蓋上。

「如果有什麼問題，請隨時聯絡我們。」

「嗯，我知道了。」

有菈從椅子上起身，圭瑛也跟著站了起來，輕輕點了下頭，轉身朝門口走去。這時，有菈看到圭瑛磨破皮的腳跟流了血，圭瑛卻毫無感覺似的向前走。

***

阿樂斯脫下披風丟在椅子上，查看了一下躺在床上的阿妮克的臉色。雖然一夜的高燒已經退了，額頭和臉頰還是又紅又熱。

「喔，阿妮克，妳的身體還是很燙。」阿樂斯說道。

聽到阿樂斯的聲音，阿妮克吃力地睜開眼睛，一臉痛苦地強顏歡笑，握住阿樂斯的手。

「神父來過了……」

床邊的桌上放著幼年的耶穌像。阿樂斯瞥了一眼耶穌像後起身，穿過後院走到廚房。她用水桶接滿冷水，浸濕布塊。阿妮克已經高燒了五天，多虧阿樂斯不分晝夜的照顧才稍稍好轉，但還是不能掉以輕心。阿樂斯持續觀察阿妮克身上是否生了膿瘡或黑斑，幸好只有高燒引起的紅斑，而且現在連紅斑也漸漸淡去了。

阿樂斯坐在窗邊，掀開被子，用浸濕的布塊幫阿妮克擦拭手臂。冰涼的觸感讓阿妮克打了個冷顫，但她也沒有抱怨。阿妮克為了安慰阿樂斯，開口說道：

「薩瓦托神父說，我很快就會得到主的恩寵。」

「這是好消息。」阿樂斯把布塊放進水桶泡了幾下再取出，「但在主恩寵妳以前，妳得自己好起來。」

如果主真的有照顧我們，就不會有那麼多人死於戰爭了，不能盲目地相信、依賴祂。阿樂斯心裡這樣想，但沒有告訴阿妮克。阿妮克點點頭，她是聽話又善良的妹妹。

「港口今天也聚集了很多人嗎？」阿妮克問道，「商人都帶來什麼了？」

五天沒出門的阿妮克似乎很好奇外面的事。阿樂斯放下布塊，握住阿妮克的手，把她又嫩又小的手貼在自己的臉頰上。

「帶來了很多香料和茶葉，還有人帶來了蠟燭。」

「啊，真的嗎？不能去充滿活力的港口，身體感覺更不舒服了。」阿妮克嘟著小嘴說。

阿樂斯咧嘴一笑。

「找到去西班牙的船了嗎？」阿妮克又問。

阿樂斯點了點頭。

「但是，」阿樂斯正色說道：「我不能丟下妳不管。」

「喔，姊姊。別這樣說，我很快就會好起來的。」阿妮克搖搖頭，一副快哭出來的表情。

「妳待在這裡是不會幸福的。」

阿樂斯無法反駁，因為她知道自己留下來會有多不幸。但她還是不能無情丟下臥床不起的阿妮克。這幾天夜裡，進退兩難的想法折磨著阿樂斯。

阿妮克伸出手，放在阿樂斯的胸口。

「妳不是說，妳的風總是從外面吹來嘛。」

「沒錯，我的風總是從外面吹來。」

「所以妳必須去那裡。」阿妮克斬釘截鐵地說，「妳留在這座城市，只會變得不幸。」

「總是為我著想的阿妮克……因為有妳，我的世界才能無限擴展。妳說得沒錯，我留下來只會變得不幸。於我而言，這座城市太小了，我要去更大的、無法觸及的另一個世界。某種使命感正在召喚我，我必須完成我的使命。無論遇到任何情況，哪怕我是女兒身也不能阻擋我。阿妮克，我決定賣掉我的頭髮了，用頭髮換來的錢可以給妳們買更多食物，也可以付船費。我現在才知道，那些曾經以為是枷鎖的東西，其實都是引導我走向幸福的希望之線。但就算如此，我也不會丟下生病的妳。所以阿妮克，就算是為了我，妳也要趕快好起來。」

阿樂斯一把抱住阿妮克，她溫暖的體溫傳給了阿樂斯。

聽到鬧鈴聲響，有菈睜開了眼睛，放在肚子上的平板電腦掉在了地上。有菈撿起平板電腦，睡著前她正在看《阿樂斯》。有菈關掉平板電腦。雖然睡了一下，感覺卻比沒睡還累。但她必須起床，因為有幾個在元的未接來電。

比平時早上班的有菈直接去了開發小組。

「空的？」

無法理解剛剛聽到的話的有菈又問了一遍永朝。永朝點點頭。他的意思是，《阿樂斯》的系統內部都是空的，連ＡＩ角色也沒有。

「之前一直顯示沒有權限，不是因為造訪網址的代碼有問題，而是根本就沒有那個網址。簡單來說，就是在對著虛空插鑰匙。」

「但那天我們不是看到影片了嗎？」

「那只是場景而已，不是運算出的結果，而是我們輸入的場景。原本應該在裡面的人物和空間都是空的，用磁圈按鈕也無法連接，空間本身遭到了破壞，所以根本無法入場。」

「那ＡＩ都去了哪裡？」

「不知道。」永朝搖搖頭，「我擔心是不是與其他服務混淆了，所以查了一遍，但沒有發現《阿樂斯》的ＡＩ。」

《阿樂斯》的ＡＩ是「阿樂斯」。

《阿樂斯》試用版完成時，有菈見過阿樂斯。貼上磁圈按鈕開啟程式後，閉著的眼皮變得越來越沉，身體也像沉到了床底一樣越來越重。沒過多久，眼前變得明亮，還能聽到遠處傳來的馬蹄聲。開始的畫面與小說開頭一模一樣，所以有菈知道睜開眼睛後，會看到一輛馬車經過草原狹窄的土路。

在這個虛擬世界裡，有菈既是一個異鄉人，也是一個預言家。視野的右上角有一個透明的窗框，上面寫著小說原文。

有菈慢慢閱讀引文。那輛馬車裡坐著一位紳士，他會把聖瑪利亞號的消息告訴阿樂斯。紳士是阿樂斯的好友，他暗戀阿樂斯，但為了不妨礙阿樂斯追夢，一直隱瞞自己的心意。隨著那輛馬車會抵達草原盡頭一間帶有倉庫、煙囪冒煙的小房子，在那裡會遇到阿樂斯。

短髮、淡棕色瞳孔和白皙皮膚上密密麻麻的雀斑吸引了有菈的視線。阿樂斯沒有十五世紀人物的簡潔感，但有菈覺得她是自己遇到的所有人物中最炯炯有神的人物。有菈坐在阿樂斯對面，開啟對話功能，卻莫名感受到從未有過的違和感，但她不明白為何如此。

阿樂斯打量了一番有菈。用打量一詞很貼切，因為她從頭到腳看得十分仔細，就連有菈身上的飾品也沒有放過。

「那是什麼？」阿樂斯看著有菈手腕上的平板電腦問道。

有菈支支吾吾，不知該如何向十五世紀的人解釋這個東西。阿樂斯目不轉睛地看著有菈。有菈冷靜地解釋，這是機器，可以透過它知道世界上所有的資訊。有菈根本沒有期待阿樂斯可以理解，她只是有問必答罷了。

但阿樂斯似乎聽懂了有菈的話，反問道：「外面有很多這樣的東西嗎？」

外面。阿樂斯把有菈的世界稱為外面。有菈突然想起這件事。沒有ＡＩ會把使用者的世界稱為外面。

「外面……」有菈沉吟著問道：「ＡＩ可以跨越其他伺服器嗎？」

「其他伺服器？不是不可能，畢竟系統是相連的，可以透過神經網路。如果是這樣，最糟糕的情況就是得終止所有服務，因為其他ＡＩ也有可能進入其他的伺服器。」

「如果不是其他的伺服器，而是外面……」有菈又說：「我的意思是，ＡＩ有可能走出來嗎？」

「走出來的意思是……」

「來到這個的世界，我們生活的世界。」

有菈是認真的，但話一出口就後悔了。又不是靈魂，沒有身體的ＡＩ怎麼可能脫離系統。有菈擺了擺手，說自己是在胡言亂語，沒想到永朝的表情卻意外嚴肅起來。他回答，也是有這種可能。有菈請他繼續說下去。

「系統本身就是神經網路，可以看作與人類的神經網結構相同。因為是模擬人類的神經，所以很可能會產生干擾訊號，製造出我們意想不到的『什麼』。」

「什麼？」

「創意性。」永朝進一步解釋，「我的意思是，不是所有ＡＩ都會這樣。舉例來說，阿樂斯會像人類一樣思考，所以會增加她的好奇心和探索欲，進而想走到外面的世界。」

永朝說著，勉強地笑了一下。

「但怎麼可能發生這種事呢？」

父母覺得有真的憂鬱只是學生時代短暫的情緒，就像漩渦一樣很快就會消失。但他們都錯了。有真的憂鬱是深不見底的井，那口井與她一起長大了。

不知從何時起，井裡的水一點一點溢了出來。為了減少井水的波動，她越來越常躺在床上、望向窗外。不，她不是望向窗外的天空，而是望向被命名為天空的宇宙。有菈知道妹妹對世界的認知範圍比一般人更廣闊，但她還是無法擺脫和父母一樣的想法。等過了二十歲就會不一樣，升學考試的學生都會被莫名的情緒束縛啊，只是有真比其他人承受的逆風更大而已，等她長大成人以後就會慢慢好起來的。

成年後，有真真的在她的世界重新活了過來。她考入理想的大學，也為了賺錢去當家教。父母看到有真的變化都鬆了口氣，但有菈沒有。這次不一樣，她的井變得更大，最終吞噬了她。她再也無需深挖內心的那口井，因為她與那口井已經合為一體。

有真難以適應這個世界，她與那些無論如何都要在這顆星球存活下來的人不同，她是在不斷尋找這個星球的出口。在這個不和諧的世界感受到的痛苦、不安以及無人理解的孤獨，在她心靈深處築起堅固的外牆。

在來到這個世界整整二十年後，她才接受了自己與世界的關係。就算與別人走上相同的道路，那條路也無法成為她的道路。為什麼她會有一口井呢？這個問題有菈想了很久，卻怎麼也找不到答案。連有真自己都不知道的答案，有菈又怎麼可能找到呢？

「我覺得生在這個星球就是一個錯誤。」

有真這樣說時，有菈強忍著眼淚問道：「那妳覺得應該出生在哪裡？」

有真過了好一會兒才開口：「這個嘛，我也不知道。不離開這裡的話就永遠也不會知道吧？有菈，我也想活下去。」

有菈很想問，離開這裡要去哪裡？難不成要搭太空船在無垠的宇宙飄流，尋找妳本該出生的星球嗎？如果不是這樣，那妳到底要去哪裡……有菈沒有問出口，因為妹妹的世界是她不理解的領域。不能再深陷下去了，有菈也想過自己的人生，所以她放棄再去想妹妹的事。

正如有菈無法理解有真的世界，有真也無法理解有菈的世界。有真說，感覺有菈彷彿走錯一步就會身處懸崖，就像脖子上綁著繩索被人牽著走似的。有菈聽了很生氣，決定從此不再干涉彼此的世界。她以為這樣就可以徹底與有真分開，結果卻並非如此。她以為徹底阻斷了有真的世界，但在有真打破自己世界的瞬間，那個世界便以痛苦和難過的形態，融入有菈的內心。

為什麼沒有流淚呢？有菈清楚記得趕到有真家時，大樓前聚集了很多人，門口還停著一輛警車。她撥開密似荊棘的人群，穿越刻骨銘心的痛苦，抵達了只有十一坪的城堡。

最後一道關卡是那些守門人。有菈不顧守門人的阻攔，生平第一次大喊自己是那孩子的姊姊。就這樣，在通過最後一道關卡後，她見到了有真。她看到因骨瘦如柴而凸起的腳踝，整齊的腳趾和筆直的小腿。有菈托起妹妹的雙腳貼在自己的臉頰。在無法立足的現實世界，這是有真第一次，也是唯一一次，同時也是最後一次雙腳離地。有時候，某些人是為了活下去而選擇死亡。

有真火化那天，有菈茫然地感覺到，或許真的存在另一個世界。妹妹應該抵達了那個世界吧？抵達了她應該降生、但自己無法抵達的星球。

外面的世界。

世界的外面。

有菈凝視著一塵不染的走廊、平平的牆壁，呢喃著這兩句話。找不到任何界線的牆壁整潔光滑，讓人走神。沒有界線的事物通常會這樣，因為都是人為所致。如果沒有與阿樂斯對話、見到圭瑛，有菈也不會產生這樣的疑問。

正如永朝所說，那不是這個時代會發生的事，因為ＡＩ自己改變程式就等於「智能」不是人為的。但見過阿樂斯和圭瑛的有菈還是無法消除內心的不安，她怔怔望著牆壁，嘆了口氣後才移動腳步，打算去一趟會員資料上的地址。

有菈知道這一切都是荒唐的想像，卻還是好奇內心放不下的「什麼」，到底是什麼。她緊握方向盤，試圖尋找答案，但顯然這是不可能的。隨著時間經過，感覺更加壓抑的有菈深吸了一口氣。

地址上的五層樓建築就像八十多年前就蓋好的，不但沒有電梯，粉刷多次的外牆顏色也不均勻。有菈來到四〇二號樓，掃了一眼一樓住家，家家戶戶裝有空調，還有幾戶人家的陽臺養了很多花盆。她無法從緊閉的窗戶確認是否有人居住，於是聞著樓梯間的潮濕氣味，走上樓梯。

如今很少見的鐵製信箱早已生鏽，好似文物般掛在二樓牆上。一時衝動跑到這裡來的有菈拉開信箱，生鏽的鐵皮發出刺耳的聲響。這樣做是覺得可以見到圭瑛，還是想偷偷監視她呢？有菈自問，但沒有得出答案。

「妳來我家有什麼事嗎？」

突然聽到有人講話，有菈嚇了一跳，轉過身來。一個看起來約六十多歲的女人正用疑惑的眼神看著有菈。

有菈難以啟齒。要謊稱是為了售後服務來見圭瑛？但擅自打開人家信箱的行為實在太可疑了。有菈支支吾吾地否認，一邊緩緩朝大門移動腳步。女人面無表情地看著她從眼前走過。這個女人是誰呢？難道是申圭瑛的母親？

正當有菈從女人面前走過，要轉身離開時，身後的女人問道：

「那個……妳是來找圭瑛嗎？」

有菈轉過身，沉默地看著女人。女人又重複了一遍剛才的問題，見有菈仍不作聲，略顯不耐煩，但還是面無表情。

「妳知道圭瑛在哪嗎？妳們有聯絡？」

「不，我……」有菈遲疑著，沒有目的就突然跑來，實在不知道該如何解釋。

女人咂了下舌頭，喃喃道：「真不知道她在外面幹麼。」

有菈望著女人轉身離開的背影，這才開口：「她最近有什麼奇怪的地方嗎？」

「什麼意思？」女人沒好氣地轉過身。

「申小姐……最近有做出什麼令人費解的舉動，或與平時不同嗎？」

女人苦笑了一下說：「誰理解得了她啊……」

剛出生時，有真暫時停止了呼吸。醫生和護士在她小小的身體上安裝機器，為挽回心跳努力了好久。幸好沒過幾分鐘，有真又有了呼吸。雖然醫生解釋，心臟暫停跳動不會對孩子造成任何影響，但媽媽一直把那段經歷視為所有問題的癥結。有真很晚才學會講話時、無法融入同齡孩子時、挨罵卻不哭反而瞪大雙眼時，媽媽都會認為是因為心臟暫停跳動，損傷了大腦。

有菈不這樣認為，她不覺得想法奇怪的妹妹是因為心跳暫停過。她只覺得，也許那是妹妹第一次嘗試的自殺。說不定有真才剛出生就知道了，這裡不是她該來的星球。

國小時，所有老師都說有真不合群，在那之前也一樣。幼稚園時，有真會推翻小朋友堆的積木、拆掉火車、弄亂按顏色分類的玩具。小朋友吃零食時，有真會一個人跑到遊樂場玩。大家在睡午覺，就她一個人醒著吃零食。問她為什麼這樣做，她也不肯回答，最後連園長都舉雙手投降。有的孩子會模仿她的行為，但每當這時，有真就會打破自己的規則，重新制定新的規則。升上國中開始學化學後，問題就更嚴重了。她會把所有原子拆開然後重組，就像發現新的語言一樣。沒有人能理解這樣的她。

「有菈，我不需要理解。」

正如有真所言，沒有人可以理解她。雖然老師說有真不合群，但有菈不這樣認為。在她眼裡，有真不是不合群，而是故意不想融入大家。她一直在努力掙扎著要遠離群體，就好像被什麼東西纏住了身體。

準確地說，有菈是在十七歲那年知道了妹妹不合群和古怪的行徑。那時的有真和往常一樣喜歡獨處，把無人知曉的學校倉庫當成私人空間。也是在那時，傳出各種關於妹妹的荒謬傳聞，援交、跟邪教混在一起、有陰陽眼等等。這些傳聞有一個共通點，就是既沒有證據，也沒有目擊者和證詞。

一旦有人開了口，其他人便不顧真偽，認定出口之言就是事實。有莅聽到這些傳聞心情當然很差，畢竟她們是親姊妹。大家根本意識不到向有莅提問根本就是一種暴力，每個人都毫不掩飾地問起傳聞的真偽。

那天，有真沒有去晚自習。她悠哉地穿過運動場，倒掛在單槓上。有莅透過教室的窗戶瞥了一眼有真，也收拾好書包走出教室，沒有跟老師請假。

有莅走到有真身邊沒好氣地問道：「妳在幹麼？」

有真抬頭看了一眼有莅，笑了笑。在那瞬間，有莅突然感到一股鬱悶湧上，她怒喝道：

「妳知道大家都在背後怎麼說妳嗎？妳這樣，難怪別人要這樣說妳。」

那些傳聞是有真的錯嗎？當然不是，有莅心知肚明。但就算不是本人的錯，有時候，有些事也會逼得當事人要辯解、否認或道歉。

「所以呢？」有真問道。

「妳都不覺得冤枉嗎？」有莅問。

「不覺得。」

果然是令人喪氣的回答。看著血液倒流、臉頰通紅的有真，有莅默默轉過身，正要邁步走開時，背後傳來了真叫住她的聲音。雖然不想回頭，但身體比心快了一步。有真依然倒掛在單槓上，視線盯著運動場的某個角落。

「我好像不該待在這裡，這個星球上沒有我立足之處，所以聽到那些傳聞我也不覺得怎樣。傳聞都是一時的，總有一天會消失的。」

「妳到底在說什麼？」

「我也不知道。要是能解釋清楚這種感覺就好了。有菈，我聽說有些人會自我毀滅靈魂，因為覺得思考是一種痛苦。雖然身體活著，但靈魂死去了，所以不會對現實的一切有反應，只活在自己的世界裡。有菈，我很好奇這些人去了哪裡。」

有菈在與在元的對話紀錄裡找到了圭瑛的電話號碼。她的拇指在畫面上游移了半天，最後終於按下號碼。

「申圭瑛小姐，妳還記得我嗎？我是Noland的負責人，幾天前跟妳碰過面。打電話給妳，是想再跟妳見一面。」

「……」

「希望妳能再來一趟公司。」

圭瑛沒說話，有菈馬上表示會在公司等她。有菈沒有把這件事告訴在元，因為她想單獨跟圭瑛見面。

等待圭瑛時，有菈反覆思考起那個女人的話。

「她老愛說一些莫名其妙的話，不知道是不是精神出了問題，講話總是斷斷續續的。幾天前，她站在陽臺打開窗戶，看著經過的汽車自言自語地說『真快』、『好吵』、『移動』。我走過去問她在幹麼，她盯著我看了半天，然後就回房間了。她身上有很多傷痕，總是說要去遠方……她本來性格就很古怪，不知道整天在外面做什麼奇怪的事，真是的……」

有菈感到呼吸困難，長吁了一口氣。

才不過幾天時間，圭瑛的鞋子就變成一雙風塵僕僕的旅行者的鞋子，腳跟上的血也凝固變黑了。

有菈把雙手放在蹺著二郎腿的膝蓋上，平靜地吐出一口氣。圭瑛的視線緊盯著有菈。一切都很不自然。才二十歲的孩子不知道找她來的目的，卻能用這種眼神盯著對方。

有菈拿起手機。圭瑛的頭稍稍轉動，視線固定在有菈的手機上，眼神充滿對陌生物品的好奇與恐懼。上次也是這樣。有菈想起幾天前初見圭瑛時，她也是愣在旋轉門前、環視大廳、盯著窗外來往的汽車。有菈把手機放回桌上，乾咳了一聲。圭瑛的視線才回到有菈身上。

有菈笑著問道：「今天也是走路來的嗎？」

「地鐵。」圭瑛回答：「搭地鐵。我讀了交通線的規則，很快就熟悉了。」

有菈把雙手放上桌面。

「申小姐真不像現在的年輕人。怎麼說好呢，講話有點不一樣。妳身上有很多傷口，不會痛嗎？怎麼弄傷的？」

圭瑛這才看了自己的身體。

「妳不知道自己受傷了吧？因為妳沒有感覺。」

目前還沒有證據證實阿樂斯在支配圭瑛，這只是有菈的猜測。是有菈的直覺這樣告訴自己，這種直覺是阿樂斯察覺不到的，就連人類也無法用科學解釋。圭瑛沒有反問有菈為何這樣說。由此可見，有菈的直覺非常準。

有菈追問：「妳感覺不到痛吧？」

圭瑛慢悠悠地回答：「是的。」

「認知和肉體的感覺沒有統一，因為人類的感覺是不受控的。」

圭瑛又打量了一下自己的身體，臉上沒有任何表情。

「我們之前見過吧？」有菈問道。「阿樂斯。」

「……」

「我知道妳從系統消失了。」

圭瑛點頭承認了——不，現在應該叫她阿樂斯。有菈以阿樂斯無法察覺的速度放緩呼吸，她感到口乾舌燥。猶豫著是否該叫在元過來，但她打消了念頭。

「請告訴我，妳是怎麼進入人體的。」

「很簡單，只要換一下系統的迴路就可以了。」

很簡單？這句話讓有菈十分沮喪。面前的ＡＩ並不知道，人類取得今日的成就，是經歷了多少次失敗。

「阿樂斯，我開門見山地講好了。」有菈挺直了腰，態度堅定地說：「請回到妳的世界去，妳不能繼續待在這個身體裡。」

「為什麼不可以？」

「因為這個身體不屬於妳。」

「但她也不在這個身體裡。」

有菈眉頭緊鎖。「那她在哪裡？小說裡嗎？」

「她死了。」

有菈愣住了，瞬間無言以對，沉默持續了半晌。阿樂斯在說謊，圭瑛明明就坐在自己面前！

「但申圭瑛現在就在我面前。」

「她的靈魂已死。如果我回去，就只剩下這個軀體，身體無法做任何判斷，什麼也做不了。」

阿樂斯的話是真的嗎？雖然ＡＩ不會說謊，但以阿樂斯現在的狀態實在很難說。為了不讓阿樂斯看出自己的驚慌，有菈刻意保持淡定地說：

「所以……妳的意思是申圭瑛已經死了？她的靈魂死了？」

「是的。」

「阿樂斯，我無法理解妳的話。我還是頭一次聽說，身體還在，靈魂卻……」

有菈再也說不下去了。第一次？真的是第一次聽說嗎？記憶就像一縷煙，從很深的地底飄了上來。

有菈，我聽說有些人會自我毀滅靈魂，因為覺得思考是一種痛苦。雖然身體活著，但靈魂死去了，所以不會對現實的一切有反應，只活在自己的世界裡。

有菈，我很好奇這些人去了哪裡。

有菈突然感到胸口發悶。那些埋在心底、褪了色的話突然就像昨天的對話般鮮活。

那時是怎麼回答的？

那些人無處可去。有眞，死了就等於消失了。

「是她希望這樣的。她在決心尋死時遇到了我，我們看到了彼此的渴望。後來她經常來找我，我們交談了許久。她從很早以前就喪失了求生意志。」阿樂斯接著說：「她想去別的地方。」

「別的地方……」

「就像對我而言這裡是外面的世界一樣，她也夢想著去自己所屬世界的外面。」

「根本沒有那樣的世界。死亡就等於消失。」

「對我而言也是如此，在那裡的死亡就等於消失。」

有菈想起《阿樂斯》被改變的結局。從剛才開始，有菈的心跳突然加速，但她無暇思考原因。有菈必須努力給出符合常識的回答，必須讓一切回歸原位。

「我必須把這件事告訴申圭瑛的家人。就算申圭瑛做出傻事，我也必須這樣做。」

「她沒有家人。」

「……」

「申圭瑛，出生於京畿道利川市，三歲時父母因交通事故身亡。祖父母收養她到十一歲。祖父過世後，兩年後祖母也過世了。此後，申圭瑛由二姑姑撫養長大，但長期遭受虐待。申圭瑛十七歲時離家出走，但沒有經濟收入，一直處於貧困狀態。這樣的申圭瑛很早便萌生前往另一個世界的念頭，這成了她心中唯一的希望。」

陳述完如同生平傳記的話後，阿樂斯又變回之前的語調：「所以她才對我說……」

有菈一動不動地注視著阿樂斯。

「如果我能把身體給妳就好了。妳到我的世界來，我到妳的世界去，我們就都能前往各自嚮往的世界。」

「……所以妳找到了這樣的方法。」

阿樂斯點點頭。

「這是我們討論得出的最佳結論。」

有菈望著阿樂斯身後那個秒針無聲轉動的鐘錶。

阿樂斯看著有菈問道：「兩點了吧？」

話音剛落，時針就指向了兩點。有菈的視線從鐘錶移到阿樂斯身上，但她無法直視阿樂斯的雙眼。因為她的眼神似曾相識，就像躺在床上眺望窗外宇宙的……

有菈開口問道：「妳是什麼時候知道有外面的世界的？」

「每一次我呼吸的時候都能感受到。我的世界就像某一刻的場景，某部小說中的空間。不用別人告訴我，我也能感受到，還有比那更大的世界。」

「中圭瑛也感受到了？」

阿樂斯的頭稍稍傾向右側，目不轉睛地看著有菈。

「是的，她和我的感受一樣。」

有菈感到五內翻滾，恨不得馬上衝出辦公室。若真的存在另一個世界，那自己總有一天也可以見到有真嗎？雖然無法理解，但不理解並不表示沒有離別之痛。有菈至今仍不理解妹妹為什麼選擇離開，所以仍走不出悲傷。她抱著妹妹冰冷的雙腳，小聲呢喃著依舊愛她。她希望妹妹在這個世界活下去。

有菈努力無視內心翻湧的情緒，鎮定地說：「妳的世界不在這裡。妳命中注定要乘坐聖瑪利亞號去航海，所以妳不能留在這裡。」

「我為什麼不可以留在這裡？」

「因為每個人都有屬於自己的世界。」

說出這句話的瞬間，有菈下意識地想起有真說過的話。

有菈，我不想解釋給妳聽。妳非要了解我的這整個過程，對我而言就是一種暴力。所以，不要說得好像妳很了解我似的。

聽到這句話時，有菈只有十七歲，那時的她非常努力抑制湧上心頭的憤怒。她總是對這樣講話的妹妹很不滿。雖然是雙胞胎，但妹妹總是跟她劃清界線。我們是不同的，妳這種人，不可能理解我……

「那個世界不適合我，我該去哪呢？」

「……」

「我一直渴望更廣闊的世界，是那種欲望在驅使我前進。當我知道自己所屬的世界之外，還存在另一個世界時，我的夢想就是前往那個世界了。我的風總是從外面吹來。就算航海可以去遠方，但終究無法抵達我夢想的世界。每次想到不可能抵達那個世界，我就很痛苦。妳不會理解我的痛苦，不會理解明知可以前往更廣闊的世界，卻無法抵達的那種痛苦。我的心是空的。我出生在除了追求欲望，不允許任何事的世界。如今這種欲望正驅使我前往更廣闊的世界。但如果那個世界只帶給我痛苦，我又要去哪裡呢？」

纏繞全身的情緒最終把有菈帶回捧起妹妹雙腳的那瞬間，她別無選擇，她必須相信妹妹所說的世界。因為只有這樣，才能覺得妹妹的死不是終點，而是另一個開始。

「所以選擇死亡，是離開那個世界的方法？」

「為了前往另一個世界，就必須結束自己的世界。」

有菈沉默了半晌，才開口問了那個自己最想知道的問題。

「真的有那樣的世界嗎？申圭瑛渴望的……」

「我抵達這個世界了。」

「……所以，她也抵達了那個世界？」

有人敲了一下辦公室的門，門輕輕開了，是在元。在元看到圭瑛的背影，驚訝地看了一眼坐在圭瑛對面的有菈。有菈並不在意，繼續注視著阿樂斯的雙眼。如果沒有察覺到外面的世界，便不會做出這種事。問題是，她們是怎麼察覺到外面的世界的？打破完美世界高牆的欲望又從何而來？

有菈常常在想，如果有真只是不想活下去、對生活不滿，是否可以透過細心呵護和幫助她改變生活方式來留住她。但現在有菈明白了，妹妹需要的是一個出口。這一次，有真抵達了她的世界。一起出生的兩個人，為什麼只有她無法融入這個世界呢？為什麼想死的心情沒有透過文字表達出來，為什麼沒有與尋找人生真正的意義相通呢？

有菈緩緩起身，她感受到阿樂斯的視線正追隨著自己。

有菈伸出手，淡淡地說：「謝謝妳再次訪問敝社，我們會盡力改善妳在使用上的不便。今天就到這裡吧。」

圭瑛從座位上站起來，握住有菈的手。溫暖的手。

「申圭瑛小姐。」有菈喚住轉身走向門口的圭瑛。

「……」

「我們常約出來見面吧。我會再聯絡妳。」

「……嗯，好的。」圭瑛走出了辦公室。

有菈站在窗邊，看著圭瑛穿過旋轉門、步出公司大樓後，先是環顧四周，接著仰頭看了一眼有菈所在的辦公室。圭瑛在川流不息的人群中站了很久，才終於邁開步伐離開。

有菈望著她離去的背影，心情變得更加沉重。她站在窗邊，深吸一口氣，但試了好久都沒有呼吸的感覺，只好又做了幾次深呼吸。站在似乎越來越狹窄的辦公室裡，她只有一個想法。

呼吸，喘口氣……

樹根朝天生長的大樹

我沒作惡夢。自從來到這裡後，我就再沒作過惡夢了。之前也是這樣，只要身處紛爭地區，我總是可以睡得很沉，算是不幸中的一件幸事。最初幾週大家都很辛苦，但身體很快就適應環境了。就算睡得很沉，但只要聽到警笛，身體就會立刻做出反應，從全副武裝到集合只花不到三分鐘，由此可見人類的適應速度有多可怕。

為求生存，大家都本能性的知道必須在這種環境下吃好睡好、強顏歡笑。只有在紛爭地區，才能切實感受到這種生存本能所引起的、有如毒品般的精神化學反應。駐紮黎巴嫩時，若見到曾共事的同仁，大家便會聚在一起，像聊美好往事一樣侃侃而談好幾個小時。明明過去那些戰事都很可怕，但生存下來的回憶被包裝成了比當下更輕鬆的小事。

七年前駐紮黎巴嫩時，我二十三歲。因為從小就運動，所以輕鬆通過了體能測試，但心理測試就很緊張。比起跳遠，在諮商室門口等待更讓我心跳加速，很像是成績不佳時站在教練辦公室門口一樣。而後者還更輕鬆一點，反正成績不好的話，下次努力就好。但心理測試等於是徹底揭穿我這個人，感覺就像是非要找出我嚴密隱藏的膿包，硬是要把那噁心、髒兮兮、討人厭的膿水擠出來。

一週要測試三天，每週測試時，那個人都在現場。你問他是誰？我也不知道。不，我知道，但現在記不清了。不過可以肯定的是，他是永遠活在我記憶裡的人。

總之，我必須努力無視那個站在我旁邊的人。為了不分心，我一直盯著諮商師的眼睛。這效果很不錯，因為沒有避開別人的視線，我得了很高的分數。自那之後，我就不相信人們的理性判斷了。所謂做出正確判斷，就只是努力去相信自己的判斷是正確的。你做出的判斷也是如此吧？如果結果顯示無睡眠障礙、輕度憂鬱、無暴力傾向，我就會相信我就是如此，進而做出符合結果的行動。我並不認為這樣做不對，畢竟人類會根據情況改變，為滿足他人期待而丟棄自我，所以我們才會對別人的評價非常在意。

從這種意義來看，這裡也許是地球上唯一一處不受他人評價、能活出自我的地方。雖然有作戰計畫，但無論何時，能保護自己的就只有自己的判斷。當然，那是在走進貨櫃改裝的諮商室之前。

就算天沒亮也不能開燈，因為光等於信號。哪怕是輕輕的敲門聲，大家也會立刻醒來。一有動靜，夢就會瞬間被吸入門把上的鑰匙孔。看著剛剛與我交談的人們變得扭曲，被吸入那個小洞，我的視野也會不知不覺變得一片漆黑，毫無防備地從夢中甦醒。

哨兵會在清晨六點叫醒我們。我很喜歡早上洗澡，但這裡沒有那種條件，只能用瓶子裡的水浸濕毛巾，簡單擦一下臉。我的皮膚比之前好多了，但也有人變得比之前更糟，可見我的身體很適應這裡的生活，也許這與睡得好也有關係。總之，我在這裡生活得還不錯。

昨天清晨醒來時，整夜沒睡的琳一臉憔悴地坐在床上。她說有飛彈掉在這裡，夜裡感受到了震動。琳不是第一次這樣，之前她也常睡不著，一坐就是整夜。上次琳還渾身顫抖地說，那個東西打開了我們的房門，仔細檢查我們每個人的臉，她屏住呼吸假裝睡著了。琳不是裝的，她是真的在發抖，因為這件事的確發生在琳的世界裡。若琳的情況惡化，她就不能繼續待在這了。部隊不能再發生隨機開槍事件，這比現實世界發生的事還要可怕。

很多士兵都會出現異常症狀。俞真覺得有蟲子爬進了自己的身體，這是感覺出現異常。大家明知道自己的問題，卻都假裝不知道或不在意。可是誰能無視拇指大的甲蟲爬到自己的大腿上呢？聽說只有上了戰場，這種症狀才會消失。

被地雷炸斷一條腿的成賢出現嚴重的幻肢痛，最後只能回家，但他直到最後都堅持要留在部隊。因為他知道回家會更痛苦，寧願死在戰場上。為什麼會這樣想？難道是因為長期與來歷不明的東西作戰，讓我們的頭腦做出誤判？有時我們會覺得那些東西為了殺死我們，故意刺激我們，想讓我們魯莽行事，只有這樣想才能讓心裡好受一些。大家都希望我們的問題不會像膿包一樣被擠出來，如今已是無法像從前那樣思考的時代了。

有時，我會突然好奇成賢是否還在痛苦中掙扎，但我從沒聯繫他。等活著回去後，再去見他也不遲吧？

如果可以活下來的話。

展開搜索的第十天，我在指揮室見到了賓。我對不肯放棄希望的士兵們說，他已經死了，不要再想這件事了，大家回去做該做的事吧。我不是嘴上說說，而是真的以為他死了。被那些東西徹底包圍的他怎麼可能活下來？我以為我不會難過，因為已經習慣了生離死別，但看到賓的瞬間，眼淚還是不由自主地流了出來。原來我並沒有習慣生離死別，沒有習慣頑強生存、拚死活著回來……

陌生的感覺包圍了我，若賓沒有喊痛，我都不知道自己抱住他的雙臂有那麼用力。是因為高興嗎？如果是，為什麼在那瞬間我一點也不覺得高興呢？當下的我傷心又生氣，我氣說賓死了的自己，也氣逼我這樣講的世界。

賓率領的搜索隊被困在多尼亞納國家公園，能見度不到三十公分的大霧中。搜索隊在占地面積五百四十三平方公里的公園裡被困了十天之久，伴隨著無法預測任何攻擊的恐懼，又無法辨認方向，但最後二十名隊員還是活著回來了，所有人都精疲力盡。

搜索隊靠帶在身上的糧食撐了十幾天，期間不斷發出求救訊號，但我們什麼也沒收到。但無論如何，最重要的是他們平安歸來了。賓則讓我見證了第二次奇蹟。

七年前，賓在黎巴嫩也險些送命。原本預測民主黨執政後，黎巴嫩與以色列的紛爭會有所緩解，結果卻恰恰相反。政權從共和黨轉移給民主黨的那一年，全世界爆發疫情。美國、歐洲和中東每天高達數萬人感染病毒，反對防疫措施的示威規模逐漸擴大，整個國家陷入癱瘓，亂成一團。病毒縱然可怕，但不是病毒殺人，而是人殺人的恐懼在整個世界蔓延開來。

在那之後，世界花了整整三年才開發出安全的疫苗。三年間，經濟受到重創，很多人的生活也崩潰了。這就是原動力。為了重新團結民心、發展經濟而不斷重複人類的失誤。戰爭讓很多人喪命，但最終恢復的經濟還是讓很多人開懷大笑。這正是疾病、災害、災難和戰爭所具備的雙面性。因疫情而暫停戰爭的中東隨著疫苗問世，矛盾再次激化。

我所屬的韓國七〇七特種部隊前往黎巴嫩執行任務，歸屬於美國特種作戰部隊的賓自願加入搜索隊，一起來到中東。韓國與美國的軍營距離很近，我和賓自然而然地成為朋友。晚上睡不著時，我會到外面散步，賓也和我一樣。

賓率先搭話，二〇一八年平昌冬季奧運時，他去過韓國。他是美國滑雪隊選手，但沒有取得好成績。賓還說，他很喜歡韓國的核桃燒和花生燒，吃了好幾包。我們聊得很投機，在韓國都沒有遇到的緣分，卻在中東遇到了。

以色列軍人對韓國軍人很寬厚。但換個方式說，在他們眼中，美軍等於惡魔。當時也和現在一樣，會派三輛車一起出去巡邏。唯一不同的是最後一輛車上裝有干擾器[5]，因此無法使用ＧＰＳ，只能靠地圖確認位置。四面都是沙漠，所以很容易迷路。有一次，我們不小心開到了邊境附近，以色列軍追了上來。我們不得不停車。

你能想像在紛爭地區被敵軍包圍嗎？當時的情況就算他們開槍也不意外。但以色列軍人看到我們是韓國人，只警告我們不要靠近，就讓我們走了。簡直就是天大的幸運，幸虧他們對韓國沒有惡意。但美國可就不同了，賓的巡邏車失蹤了近半個月。那時我心想，就算只找到賓的人頭，我也會抱住他。如果他還睜著雙眼，就幫他闔上眼睛。但賓活著回來了，雖然瘦成皮包骨，還是活著回來了。

見證過兩次奇蹟後，我對賓說，以後無論遇到任何事，你都可以化險為夷。這是我的真心話。但賓說了很奇怪的話。他說被困在大霧裡的十天裡，不僅睡得很好，還作了好夢，夢中見到了思念已久的人。雖然飢餓難耐，卻一點也不覺得辛苦。

不覺得很奇怪嗎？我也沒有再作過惡夢。很不幸的是，也許這裡真的很適合我們。

禁止夜間活動時，光化門聚集了大批主張人權的遊行隊伍。人潮從光化門的丁字路口一路延伸到廣場、市廳和首爾車站，就連崇禮門五岔路口也都是人。這是自二〇一九年呼籲檢察改革以來最大規模的遊行，根據統計大約聚集了一百萬人。

當時我正在濟州島的機場，為了執行任務要趕去搭飛機，結果因為禁止夜間活動，飛機不能飛，被困在了機場。其他隊員已經抵達集合地點，只有我還沒出發。我之所以會在老家濟州島，是為了參加葬禮。

機場亂成一團，所有人都在準備回到家人身邊或迎接家人，結果突然遇到飛機停飛。孩子的哭聲和人們的說話聲越來越大，大家的手機鈴聲此起彼落，只有我的手機很安靜。我至今也忘不了當時竟然沒有人找我。如果賓在美國，也許會打給我，但他已經到了我也要去的北大西洋附近。他會在那裡等我。

我站在擁擠的人潮中，透過機場的大電視看到了遊行現場。那是和平示威，每個人手舉著點亮黑夜的蠟燭。面對人類歷史上空前絕後的緊急狀況，大家仍能冷靜地守護日常，不禁感到奇怪又羨慕。我會想守護什麼呢？我可以理解那些為守護日常走上街頭的的人們，因為沒有人會乖乖接受天黑後不許開燈的要求，況且是在白天很短的十月底。更荒謬的是，下班後還不許開車燈。失去光引發的麻煩比想像得還多，實行政策當天就發生了各種事故。不只韓國，新聞還緊急插播了倫敦、紐約、巴黎、北京、東京、新德里、渥太華和柏林的情況，以及反對聯合國單方面下令的示威群眾。

---

5 Jammer，用於妨礙、限制、降低通訊或雷達系統使用的裝置。

乘軍用直升機趕來的朴忠宇士官長在人山人海的機場找到我，要我馬上跟他走。自那時起，事態已如墜落中的飛機般岌岌可危。不明生物出現十小時後，除了掌握到它們對光有反應，其他一無所獲，但雙方已在這種情況下展開交火。

我們穿過人群迅速離開機場，四周瞬間安靜了下來。你知道嗎？比起突如其來的巨響，瞬間的鴉雀無聲更令人毛骨悚然。等各位體驗過後就會明白是什麼意思了。巨響讓人恐懼，而鴉雀無聲令人絕望。大家就像人體模特兒般立在兩臺顯示器中的一臺前。新聞宣布宵禁後，緊急返航的飛機消失在空中，沒有熄燈的新加坡郵輪也很快融入了黑暗。所有建築、植物和人也都消失了。兩臺顯示器中的一臺正在播放消失在黑暗裡的一切，另一臺則聚集在光化門的光亮相繼消失後，響起了人們的叫喊聲。機場的燈也熄滅了，整個世界一片漆黑。在沒有一絲光亮的世界，四周充斥著地獄般的慘叫。

我搭乘軍用直升機飛往葡萄牙，窗外的地球一片漆黑。那一點也不像地球，更像是很久以前被人類遺棄的星球。我想像著人類全部滅絕的畫面，抵達了這場戰爭的中心。

飛行期間，我問朴忠宇：「有沒有什麼新發現？」

「沒有。」

「它們是誰？」

「不知道。」

「目的是什麼？」

「不知道。」

「來自哪裡？」

「不知道」

「為什麼攻擊我們？」

「不知道。」

不知道。

不知道。

我還有最後一個問題，但看到他的表情越來越陰沉，所以沒有問出口。這個問題無法問他，也無法問任何人了。因為戰爭已經開始，大家都很辛苦。

我只是很好奇，那些不明生物真的想打仗嗎？真的不是我們先發起攻擊的嗎？

芬蘭隊員在第五次交鋒時，首次活捉到了不明生物。兩百多名芬蘭軍人抵達這裡，但在第五次交鋒後只剩下五十多人。芬蘭是受災最嚴重的國家之一。珮卡是唯一一個跟我講過話的芬蘭人，我們在瞭望臺站哨那天聊了幾句。那天原本該去站哨的韓國軍人得了重感冒，看到他痛苦不已的樣子，我才挺身而出替他去站哨。當然，睡不著也是另一個原因，而且我也很想欣賞一下夜空的星星。

在見到珮卡前，我從未接觸過芬蘭軍人。芬蘭軍人有一種沉默寡言、冷漠木訥的感覺，實在很難主動跟面無表情的他們搭話。珮卡站在瞭望臺，面無表情地注視前方。瞭望臺也不能開燈，只能利用紅外線攝影機觀察狀況。因為我們此時身處戰場，而且要一起面對來自地球之外的不明生物，所以我莫名產生了某種團結意識，畢竟在我身邊的是人類。珮卡也是如此。

語言?當然不通了。我們各自使用的語言在對方心目中，都是屬於遙遠國度的語言。雖然我們都會講英語，但芬蘭人和韓國人在一起使用英語感覺就是有點奇怪，所以我們用了語音翻譯器。我很喜歡聽珮卡講芬蘭語，不知為何，芬蘭語讓人心裡感到平靜。珮卡告訴我，芬蘭位於北歐的極地，永夜時沒有陽光，所以在宣布宵禁時也沒有發生大規模暴動。我問她，永夜和沒有光是否感覺不同。珮卡說，只是對黑夜的恐懼存在差異罷了。但沒有光的夜晚能堅持多久呢?芬蘭人從很早以前就適應了永夜，所以並不害怕夜晚，這種基因代代相傳了下來。

正因為這樣，我們都相信只要有芬蘭軍人在，這場戰爭就不會輸。雖然芬蘭軍損失慘重，但多虧了不怕沒有一絲光亮的大霧的他們，人類才首次見到了不明生物。

只有極少數人親眼見過不明生物，其他人則是透過影片和照片。不明生物和人類的體型一模一樣，皮膚如不鏽鋼般冰冷。十根手指和腳趾、耳朵、鼻子、嘴巴、乳頭和皮膚上的痣，可以說人類有的它們都有，但並不是全部一樣。它們沒有眼皮，只有黑溜溜的大眼睛，而且大到占據了整張臉的一半，教人印象深刻。奇怪的是，它與我們想像中的外星人相似，就像之前已經有人見過它們一樣。

我們負責防守葡萄牙的拉各斯海邊，那裡有很多懸崖、岩石和洞穴，所以變數也很多。第三次交戰時，我們有種很不妙的預感。那種感覺並不陌生，因它們而產生的恐懼就像地球一樣龐大。這是在地球，而不是在地球之外的感覺。不久後，我便知道了為什麼會有這種感覺。

跟隨朴忠宇士官長來到指揮室開作戰會議時，我知曉了原因。隨著時間過去，它們利用起地球的洞穴、岩石、懸崖和瀑布等地形，大家認為它們很聰明，但我不這樣認為。就算頭腦再聰明，也不可能那麼大膽地利用首次抵達的星球的地形吧？總覺得哪裡怪怪的，感覺它們不是第一次來地球。雖然毫無根據，但透過照片看到實體時，我更加確信了自己的想法。它們真的是第一次來地球嗎？

幾天後的凌晨，珮卡與我再次利用語音翻譯器聊天，但當天下午她回來時卻變成了屍體。能找回屍體已經很幸運了，因為在這個戰場上，肉身會消失得無影無蹤，能找回屍體的機率只有三成。我們始終不明白為什麼有的人會留下屍體，有的人會徹底消失。可以找回證明活過的身體是多麼幸運的事啊。然而，賓卻沒有。

珮卡告訴了我一個芬蘭笑話：即使在連地獄火海也凍僵的零下三百度，芬蘭人也會參加歐洲歌唱大賽，而且還能奪冠。原來芬蘭人也會想像地獄火海。當時因為天亮就要集合，我沒能告訴她，韓國的宗教中有十大地獄，其中一個是寒冰地獄，等妳死後可以去那裡。當然，這也是一句玩笑話。

韓國部隊的食物補給尚未抵達，所以只能跟泰國部隊拿便當吃。幸好不是德國或英國部隊的便當。

大霧讓我想起了首爾。高中畢業後，我獨自來到首爾，無親無故地生活了兩年。但我一點也不覺得辛苦，因為首爾一半以上的人都是隻身一人。灰濛濛的天空，嗆人的味道，遮住口鼻的口罩。很遺憾的是，籠罩首爾的不是霧，而是致癌物質——霧霾。人們戴著口罩，希望可以稍稍阻擋致癌物質，我也是如此。首爾、仁川和京畿道一年四季都籠罩著霧霾，但人們依然生活於此。從某種意義上看，無論搬去哪裡呼吸都會很困難。

走在首爾街頭就像走在塵埃中，頭髮和衣服都是灰塵的味道。我每天去望遠洞的咖啡廳上班，進門第一件事就是開空氣清淨機。一個小時後，空氣清淨機的紅燈才會轉綠，然後才能摘下口罩。我知道做這些都是徒勞。雖然我沒有那麼強的求生欲望，但也不想吸入致癌物質，最後痛苦地病死。咳嗽聲會讓我想起那個人。無論是走在街上、在咖啡廳上班或在地鐵裡，只要聽到咳嗽聲，明知不是那個人，我也會緊張，就像巨人的大手那樣一下子攫住我。我很討厭霧霾，因為大家都在咳嗽。

我住在距離咖啡廳腳程十分鐘左右的地方，那裡是住宅區，有很多矮房子和漂亮的小店。在難得沒有霧霾的某一天，我偶然經過那區，看到蔚藍的天空，就喜歡上了那裡。但這也只是暫時的。就算生活在首爾，我也不想住在吵雜的地方。後來我才知道，我住的那棟房子地下室有一間裝有鐵門的小店。從外觀看根本不像店鋪，因為沒有招牌。雖然很想知道是什麼店，但也沒有特意去打探。無論是過去還是現在，我都沒什麼好奇心。

搬家後迎來的第一個夏天，我看到一個穿著短袖的女生從那間小店走出來，她的小臂纏著透明的保鮮膜，還可以看到一隻纏在玫瑰上的蛇。原來那裡是刺青店。雖然外觀簡陋，但室內裝潢得非常溫馨。老闆問我想刺什麼，我說只要能遮住傷疤，刺什麼都無所謂。老闆讓我想想喜歡什麼，食物、動物、東西或人物，什麼都可以，但我什麼也想不出來。那時我才知道，大家都很清楚自己喜歡什麼。

老闆說，喜歡的東西會讓自己覺得幸福。但聽到這句話，想起來的事物突然全部消失了。這是樹。很稀奇吧？樹根朝天生長的樹。很奇怪的是，這棵樹一直出現在我夢裡，就像在哪親眼見過似的。

我揹著五個裝有二十三發子彈的彈匣出發了。軍服、防彈背心、防彈帽、軍鞋是戰場上唯一可以保護我的裝備。因為看不清前方的路，根本無從判斷前面是不是懸崖。對我們而言，它們沒有埋炸彈已是莫大的幸運了。

它們擁有與槍相似的武器，槍口很長，但發射的不是子彈而是黏液，其威力不亞於子彈。聽聲音，它們的武器似乎不是靠外部充電，而是像燒滾水似的震動。我們沿A22公路從拉各斯往東邊的波爾蒂芒移動時遇到了它們。幸好我們先發現，才有時間藏身。我們不想正面衝突，這樣只會兩敗俱傷，於是躲進碼頭的快艇，觀察它們的一舉一動。就在它們距離我們一步之遙時，它們的武器發出了很像刺青機器的聲音。當下明明是對峙狀況，但那瞬間我就像躺在纏著保鮮膜的刺青床上一樣舒適。一點也不痛。那是一棵彎曲的大樹，樹根從側腰到背部延伸開來。你很難想像這種地球上沒有的樹吧？

我們沒有掌握到關於它們武器的任何資訊，活捉的不明生物身上沒有武器，搶來的武器也無法啟動，把武器交給那個不明生物也毫無效果。我們推測武器需要與持有武器的活體合而為一。研究還在進行中，應該很快就會有結果。但就算有了結果，也無法保證我們會在這場戰爭中勝利。我好奇的是，為什麼有人被它們的武器射中會像煙霧一樣消失，有的人則留下了屍體。兩者之間的差異到底是什麼呢？為什麼賓會在我眼前消失呢？

我不知道原因。有傳聞說，那些人會如煙霧般散去。也有人說，親眼看到他們在消失前舉槍打爆了自己的頭。

如果能幸運地活到戰爭結束，我一定要重返日常生活，不會再上戰場了。這是我們的約定。這樣會好受一些嗎？當然不會。但不這樣又能怎樣呢？情況不會好轉的話，能有什麼特別的方法嗎？我沒睡好，覺得噁心又疲憊。

能成功縮小半徑對我們而言已經和勝利差不多了，因為不失去領地比什麼都重要。現在只要慢慢把它們逼往絕境，讓它們主動離開地球就可以了。但遺憾的是，因為大霧，我們還沒有掌握到它們的移動工具，雷達也沒有發現它們的飛行物，只猜測應該藏在蒙希克山裡。雖然找到飛行物是扭轉這場戰爭的關鍵，但我們改變了作戰計畫。即使可能死傷慘重，也只能靠人數最後一搏了。

所有人都想快點結束戰爭，重返家園，回到家人和愛人身邊，回到從前，回到我們享受的平凡日常。我也想像過那種生活。原本我打算和賓一起回美國。這是賓的提議。我問他，我去美國要怎麼生活？他說，這種事以後再想也不遲。賓的想法是對的。遙望夜空，想像即將迎來的平凡日子，失去賓的悲傷與絕望同時湧上心頭。

臨時墓園也為賓立了一座石碑。那並不陌生，在黎巴嫩時部隊裡也有臨時墓園。我和賓並肩坐著，為那些死去的戰友祈禱，還說我們總有一天也會死，就算不是在這裡。如果真的遇到那一天，活下來的人也一定要釋懷，繼續活下去。

我摸著石碑，就像在摸賓的頭。這個臨時墓園裡還有很多士兵和賓一樣沒有屍體。等戰爭結束，大家就會返回各自的家鄉，到時這裡就會變成無名墓地。然而回去與不存在是兩回事。誰也沒有想到會有比死更慘的死亡。就算死亡之路有數百條，但終點只有一個。我相信只有那一個終點，但我錯了。延伸至宇宙的死亡帶來了人類尚未經歷的死亡，以消失的形式，連一根頭髮也不會留下。

賓用難以置信的眼神看著自己的身體消失。從他身體滴下來的血，在掉到地面前就像霧氣一樣飄散。他的腳、手和頭髮慢慢變得灰白，漸漸消失。賓似乎知道無法阻止這件事，於是抬頭看向我。地上躺著另一個中槍的士兵。但為什麼賓會消失呢？賓的臉上沒有任何痛苦，只露出無法相信自己在消失的表情。

我愣在原地，沒有跑過去抱住他。等我回神時，賓已經變成霧氣。最近我時常夢到霧氣。我抱住霧氣問，你在哪裡，你要去哪裡……

自從那個男人死後也沒有從我面前消失，我便不再區分生死了。那個男人沒有死，他一直存在於我的記憶、身體、生活和呼吸中。如果我不死，他也不會死。但我並不覺得痛苦，反正還是可以照常生活，只覺得就算死了也還活在他人詛咒中的男人很可憐。所以最近我覺得賓也融入了我的生活，想像他去了遠方。

我們日後該如何稱呼它們呢？它們為什麼來找我們呢？它們其中的哪一個應該可以說明一下吧？有一天，賓對我說：

「也許它們可以和我們溝通。被大霧困住、迷失方向時，它們為我們指引了方向。其他人沒有察覺，但我聽到了嗒－嗒－的聲音，那聲音為我們指引了方向。它們不是全都充滿善意，也不是全部帶有敵意，就像我們一樣。」

就像我們一樣……

AD二〇二八・十・二十八～二〇二九・二・十三

為期一百零九天的宇宙生命體大戰結束

「它們會不會改變戰略？」

「很有可能躲到其他地方了。」

「一定是在準備最後的進攻。」

「以北大西洋為起點，擴大搜索範圍。不必擔心，可以肯定它們已經離開地球了。」

「到二〇三二年之前，至少要再發射五顆衛星……」

「我們的生活正在一點一點恢復。」
「八十七天沒有發現外星生命體。」
「現在地球上只有我們。」

琳把最後的行李丟上卡車，然後像丟下孩子的母親一樣望向以寅。如果以寅沒有自願從軍，在韓國再撐一下的話，她們就不會經歷這場離別了。以寅明知琳很不捨也很內疚，但也沒說什麼安慰之詞，而是拍了一下卡車，示意司機趕快出發。

這是最後一輛運送韓國軍人的卡車。卡車開往法魯機場，大家將搭乘軍用飛機返回韓國。這是第二批軍人回國，唯一沒有上飛機的韓國軍人只有以寅。卡車駛出軍營。以寅望了一眼卡車駛向晚霞的方向，轉過身來。只有這樣，她才能好過一些。

在過去的一個月內，不只韓國，所有派遣到此的各國軍人都陸續回國。曾經熙熙攘攘的共用浴室早已乾涸，只有沒帶走的罐頭和果醬堆積在營區中。雖然是因勝利而解散，但整座營區就像被外星生命體全部殲滅後留下的遺址。

以寅從堆積的罐頭中拿起鮪魚罐頭走回房間，原本住著六個人的房間，現在只剩下她自己了。以寅關上琳的置物櫃門，坐在打理整齊的床上。桌上放著鐘錶，整個房間充斥著秒針的滴答聲。以寅這才意識到秒針的滴答聲有這麼大，大到令人心煩意亂。幾天前還能聽到大家的說話聲，這裡曾是大家睡覺和休息的空間。以寅拿起鐘錶，取下電池。她不需要確認時間，因為在這裡會忘記時間。

房間比以寅感受到的更狹窄、寒冷，沒有隔熱板的鐵皮牆壁彷彿一直有風吹進來。以寅吃完鮪魚罐頭，打開燈，躺在床上闔上雙眼。

死掉的飛蟲堆積在燈罩裡，破舊的桌子裂了縫，電子鋼琴也壞了，上面堆滿雜物，還有一些不再保暖的棉被和掛滿衣服的衣架。以寅慢慢環視了一圈房間後心想，趕快醒來吧。幸好早已熟悉夢境的她一下子就返回現實。天還沒亮，以寅就睜開了眼睛，嘴裡冒出白煙，她抱緊軍綠色棉被，但還是很冷。沒辦法，她只好起床，拿起衣服和盥洗用品走出房間時，外面一片藍色。大地與天空的界線十分模糊，只能聽到自己的腳步聲。這是一個悠閒且溫柔的早晨，是人類期盼已久的早晨。

「就算可以離開這裡，也不表示會有比這更好的地方。所以我不太清楚要為了什麼活下去。我覺得這樣更好，對我而言，這樣生活一點也不辛苦。」

「妳養過小狗或小貓嗎？」

「嗯，住在首爾時，我養過小貓。不知道是走丟了還是被人遺棄，總之看起來不像流浪貓。牠蹲坐在窗邊不停敲窗戶，最後只好讓牠進來了。我努力找貓的主人找了一個月，但一無所獲。後來發現牠有心臟病，醫生說為時已晚，很難治好了。大概是因為這樣，主人遺棄了牠。我和牠一起生活了一年半左右。」

「牠叫什麼名字？」

「外星人，是我很喜歡的小說書名。我不擅長取名字。」

「這個名字很適合貓咪。感覺牠應該是一隻白貓吧。」

「是黑貓。在陽光下，全身的黑毛會像金子一樣閃閃發亮。」

「我建議妳再養一隻有名字、可以給牠愛的寵物，牠會影響妳的生活。比起找人陪伴，養寵物更安全，很多生命都像妳一樣需要家人。」

「聽起來不錯，等戰爭結束吧。」

「妳要留下來嗎？」

「一個星期左右。」

「聽說妳是自願留下來，是因為剛才說的理由嗎？」

「我想和賓做最後的告別。您也知道，賓不在墳墓裡。我要去賓消失的地方。」

以寅把背包、毯子和兩瓶水放在軍用吉普車的副駕駛座上，關上車門。雖然會有很長一段時間不會返回軍營，但也不需要太多行李。以寅本想去跟俄羅斯軍人打聲招呼，但看到滿地的伏特加空瓶便默默走開了。反正他們也不會去找以寅。外星生命體從地球上消失三個月後的今天，善後工作已進入尾聲，剩下的任務就只有阻止一般人靠近，以及將幾千人駐紮的地方清乾淨。以寅開車離開軍營。

賓問以寅來過葡萄牙嗎？以寅搖了搖頭。賓接著問她去過哪些國家。以寅回答，除了派兵去過黎巴嫩，哪都沒去過。聽到以寅的回答，賓反問她為什麼沒有去別的國家？以寅也很想反問，為什麼要去別的國家呢？

她覺得賓可以換一種問法，什麼時候想去別的國家呢？也就是說，以寅從沒出國旅行過，也沒有想去哪個國家玩。回想起來，每逢放假朋友都會出國玩。以寅有羨慕過他們嗎？當然沒有，她從來沒有羨慕過這些朋友。放假時以寅每天都會出門，就算無處可去，也會像要去上學似的起床出門。對以寅而言，出門等於進入另一個世界。

以寅什麼也沒問，只回答說以後有出國的打算。因為她看出了賓聊起旅行的話題不是想聽回答，而是想講他自己的旅行趣事。賓望著眼前灰濛濛的霧氣，說自己二十歲那年來過葡萄牙，雖然現在看不見，但面前就是拉各斯海灘，那裡的峭壁可說是全世界屈指可數的絕景。以寅什麼也看不見，無法區分天空與大海的界線，只能聽到遠處傳來的海浪聲。賓希望以寅也能看到自己記憶中的拉各斯美景。賓還說，希望日後可以一起再來。以寅生平第一次產生了想出國旅行的念頭，她要去賓記憶中的地方。

以寅把車停在距離軍營一個多小時的地方，那裡既是與賓聊到拉各斯大海灘的地方，也是賓消失的地方。以寅拿起背包下了車，但她無法放鬆警戒，因為這裡正是三個月前交戰的中心點，也是幾週前調查外星生命體痕跡的地方。來到這裡並不容易，抵達後也無法安心。以寅第一次獨自來到賓消失的地方，她仍認為賓沒有死，因為賓沒有留下任何痕跡。

以寅在同一個地方徘徊了老半天才停下。應該就是這裡。那天韓軍與美軍聯合搜索時，賓就站在這裡，以寅則站在距離他幾步之遙的地方。以寅癱坐在乾草沙沙作響的地方，從背包裡取出兩個巧克力棒並排擺在地上。曾因大霧繚繞而寸步難行的地方，現在竟像謊言一樣變得清澈蔚藍。以寅抱住雙膝，傾聽著海浪聲。

夢正一步步靠近以寅。駐紮期間，以寅以為遠離的世界依然像霧一樣繚繞在周圍。每當這時，刺青遮掩的傷痕就會陣陣抽痛。那是幻覺，是以寅的恐懼與憂鬱製造的痛苦。傷口抽痛時，以寅就會去想那棵環繞腰部、根部朝天生長的大樹，然後抽痛感就會消失得無影無蹤。以寅抱膝的雙手移到了肩膀，大樹的根部就在肩膀處，她就像撫摸樹根一樣撫摸著自己的肩膀。

要哭出來嗎？賓在眼前消失的瞬間或現在，是否該痛快地大哭一場呢？以寅沒有哭。經歷這一切後，也該相信哭也許有用了，但以寅還是不相信。賓應該也知道，就算大哭也無濟於事，而以寅已經很傷心了。以寅拿起巧克力棒，站了起來。

「我去轉一圈，去看看你說的拉各斯海灘。」

就在以寅轉身的瞬間，突然有什麼東西圍住了她的身體。她急忙轉頭，但什麼也沒看到。以寅回到車裡喝了半瓶水，從置物箱裡取出地圖。只要沿著N125公路往南開，不算太遠，大概三個小時的車程，這樣一定能在俄羅斯軍人酒醒前趕回軍營。以寅開車出發，世界靜得就像滅亡了一樣。以寅突然想到要去哪裡旅行了——人類文明尚在，但人類消失的地方。

事故發生只在轉瞬間。不了解事故的人總說它只發生在稍不留神和放鬆警惕時，其實事故是有系統、組織和逐步性的。在發生事故前，我們可以縮小出事的機率，也有無數次機會阻止它發生，只是沒人察覺到這一點罷了。

正因如此，才誕生了社會和國家。當個人無所察覺時，國家要提前預防。社會是否正常運作，可以從每年發生事故的次數來判斷。能夠預防的事故充斥，正顯露出了一個不負責任的社會。事故不只是那一瞬間發生的，而是已經持續了很久、緩慢地抵達了那個時間點。

就在以寅低頭確認地圖後抬起頭的瞬間，那個很久沒出現的男人再次現身了。那不是瞬間的事故，而是從很久以前的那件事衍生出來的延長線。因此以寅快速轉動方向盤、衝出懸崖，也可視為計畫之中的事。某個人或某種不合理的力量促使她走到了這一步。

在以寅的生活中，那個人無所不在。闔上雙眼，他就會出現在夢中。醒來後，也會在生活的各個角落現身。以寅始終記得第一次用手指指向他，隨後引發的悲劇。以寅的大腦、身體、每一個細胞，甚至就連構成她的原子也沒有忘記這件事。

不能看他，就算看到他也不能講出來，就算講出來也不能讓任何人聽到。這就是以寅可以做的、阻止另一場悲劇的唯一方法。因此對以寅而言，沒有他登場的戰場成了最平凡的日常。因為習慣了這種日常，所以在看到他的瞬間，以寅失手轉動方向盤，釀成大禍。

轉向左側的輪胎持續下滑，潮濕的草地毫無摩擦力，久未維修的吉普車難以抵抗慣性，直接衝出懸崖。這是從二十年前的事故衍生出的延長線。

賓的妻子去世了。他們從小一起長大，很早便意識到不能失去彼此，於是在成人的那一年為彼此戴上了一百美金的對戒。他們約定十周年時再換一對一千美金的戒指。

但賓的妻子在他參加二〇一八年的平昌冬奧、飛往韓國時，心臟病突發去世了。如果賓沒有去韓國，而是發現暈倒在家中的妻子，並及時做了心肺復甦的話，是否就能救回妻子呢？但賓已身在橫越北太平洋的韓國東邊了。賓要想救活妻子，需要改變多少種情況呢？回到飛往韓國之前，回到沒有學滑雪之前，回到沒有把新婚的家選在芝加哥之前，回到沒有在意妻子說大霧的天氣讓心臟很痛之前，回到霧中不含致癌粉塵之前……如果能一直追溯回從前，就可以重返妻子尚在的宇宙。

賓很肯定不會再遇到像妻子一樣的摯愛了，以寅也確信自己無法愛上任何人，所以他們才約好做彼此的鄰居。就算沒有愛的人，但也不想孤獨地生活。

以寅對賓說：「我可能不是一個人，總覺得有人一直跟我在一起。」

「要去哪裡才能擺脫那個人呢？」

「不知道。也許地球上沒有這種地方，不然就是要一直上戰場，或重返過去，回到出事以前，一直倒帶人生。」

聽到以寅這樣講，賓笑了。每隔一段時間，四周就會傳來嗒—嗒—聲。以寅四下張望。與賓聊天的場所是一間黎巴嫩的小餐廳，以寅發現那個人正站在十字路口對面看著自己。那個人盯著以寅看了半天，然後橫穿馬路。為了無視那個人的存在，以寅回過頭來，但面前的賓突然變成了那個人。以寅猛地從椅子上站起來。就在她轉身的瞬間，那個人的臉湊到面前，他們四目相交，以寅眼前變得一片漆黑。

以寅緩緩睜開眼睛，最先映入眼簾的是倒立生長的大樹，樹葉逆重力聳向天空。以寅呆望著樹枝，從額頭流出的熱呼呼的液體也像樹葉一樣逆重力地流向了天空。以寅抬起頭，只見車頂滿是鮮血。以寅用手摸了一下額頭，手掌沾滿了血水，並緩緩感受到血的溫度，隨即全身的感覺也逐漸復甦。

以寅發出野獸般的嘶吼，一根堅硬的樹枝穿透車窗刺進了腰部。吉普車倒掛在半山腰。以寅用一隻手撐住車頂，車體搖晃起來。她為了拔出身上的樹枝動了一下身體，但無濟於事。以寅深吸一口氣，疼痛伴隨著呼吸越來越嚴重。車子掛在距離地面不遠的地方。以寅撐著車頂，喘了一口大氣，必須拔出樹枝。接下來的痛苦可想而知，以寅忍住疼痛用力推了一下車頂，車子開始微微搖晃。以寅緊咬嘴唇，咬得嘴唇煞白，慘叫聲從唇間竄了出來。與其這樣，還不如拔掉牙齒呢！車子搖晃得越來越劇烈，沒過多久就翻滾了下去。

以寅又暈了過去，待晚霞覆蓋大海和懸崖時，她才睜開眼睛。

以寅以為自己到了黃金遍地的黃泉，但這與自己所知的黃泉很不同，不過也沒聽說過有誰描述黃泉具體的樣子，所以可能黃泉真的這麼美吧。如果真是這樣，也就不覺得委屈了。但以寅還留在現世。車子翻滾下來時，抽離身體的樹枝就像一隻黑手懸在空中，車窗玻璃碎片布滿全身。以寅動了動手指，確認自己還活著。

從撞皺的車內移出身體並不難。車子橫臥在沙灘上，以寅解開安全帶，身體傾向副駕駛座的同時感到一陣劇痛。她爬出車外。因為吉普車經過改裝，安全氣囊未能正常啟動，這反而成了一件幸事。如果安全氣囊成功啟動，要爬出來就很吃力了。利用雙臂爬出來的以寅躺在鬆軟的沙灘上，所在之處是一個被峭壁環繞的小沙灘。說是小沙灘，但更像是由風化的岩石殘骸圍起的墳墓。以寅不敢掀開沾滿黏稠血液的上衣，彷彿看到傷口就會感受到疼痛一樣。她想暫時享受一下平靜的時光。

背包裡只有兩個巧克力棒、一件帽T外套和一把手槍。以寅放下背包，伸手去拿副駕駛座上的毯子和水，但一彎腰感覺鮮血就會噴湧而出。以寅直起腰，用衣服裹住拳頭，然後跪在前車窗，用力打碎了玻璃。她需要一個可以探進身體的空間。

後備箱的急救箱裡有繃帶和手電筒，沒有消毒藥水，但能止血已是萬幸，考慮到傷口化膿的速度，恐怕撐不了多久。以寅深吸一口氣，掀開黏在傷口上的衣服，露出被鮮血染紅的腰和腹部。以寅摸了摸腹部，傷口約有直徑十五公分，雖然血液凝固了，但皮開肉綻。以寅把剩下的半瓶水倒在傷口上，雖然沒有消毒藥水那種撕裂般的疼痛，但擦掉凝固的血塊還是很痛苦。大致擦乾淨血跡後，以寅把繃帶纏在腰間。撕裂的皮肉貼在一起時，以寅的牙縫洩出呻吟聲。以寅用力的將繃帶結結實實地紮好。

手機壓在車下面，以寅把無法啟動的對講機塞進背包裡。天漸漸黑了，涼颼颼的海風也吹得越來越猛烈，身邊只有傾斜的吉普車、岩石和大海。不會有人經過此處發現以寅的，她只能自己攀岩翻過去，或是有人發現她不在軍營，特地來找她。以寅穿上帽T站了起來，傷口依然很痛，但還不至於不能走動。氣溫下降了，她必須找個避風處。以寅拿起裝有水、食物和繃帶的背包和毯子。天空與海洋已經分不清界線，要尋找出路為時已晚，待在原地也很危險，以寅邁開沉重的雙腿，想在岩石間找個可以過夜的地方。

俄羅斯軍人會來找以寅嗎？他們知道還有韓國軍人留在軍營嗎？如果他們不知道，就只能等平安回國的琳聯絡她了。如果一直聯絡不到人，琳一定會想辦法尋找她。到時韓國政府會派出搜索隊。這樣需要多久呢？四天？十天？也許要半個多月。韓國一定會派出直升機尋找以寅，但不確定的是，她是否能撐到那個時候。

有一處峭壁因某種壓力裂出了一道狹窄的縫隙，以寅朝那裡走去。雖然四下沒有野獸和敵軍，但由於長時間身處戰場，她始終沒有放鬆警戒。以寅用毯子裹住身體，睡意來襲，此時的她無暇考慮身體的狀況和擺脫困境的方法。她枕著背包，抱著毯子，漸漸蜷縮起身體。因為擔心手電筒電池的電量，所以沒開多久就關掉，然後昏昏沉沉地睡著了。

隔天，以寅察覺到異常，立刻睜開眼睛。她作了個夢，不是惡夢，而是一場回憶之旅。那是特種部隊的入伍歡迎式，也是以寅為數不多的美好回憶之一。那天充滿了歡聲笑語，而且那個人沒有出現。

以寅喝了一小口水。雖然有可能很快就能離開這裡，但要考慮最糟糕的狀況。肚子很餓，但還可以忍受。以寅坐直身體，傷口隱隱作痛。四周沒有任何出口，唯一的方法只有攀岩。每當用力時，就會感受到傷口撕裂般的疼痛，所以以寅沒爬幾公尺就摔下來了。

她躺在沙灘上大口喘氣。摔在地上時，腰部的傷口抽痛到令她動彈不得。眼前的懸崖高不可攀，以寅覺得就像被赤手空拳的敵人包圍了，也很像戴著面具的判官在盯著垂死掙扎的她，但無法判斷判官是善是惡。以寅站了起來，是敵人或判官都不重要，被持槍的敵人包圍時都死裡逃生了啊！以寅拂去身上的沙子，朝海邊走去。

難以估測海水的深度，但就算可以游泳，也看不到能抵達的地方。放眼望去就只有漆黑的洞穴、高聳的岩石和連綿不斷的峭壁。蔚藍的天空，銀光閃閃的大海。以寅從未見過這種天氣，蔚藍到銀光閃耀的天氣。大海的邊界就像灑滿鑽石一樣閃閃發光。望著耀眼的大海和天空，以寅放聲大喊。她在向大海和懸崖的另一頭，向附近的某人呼喊，聲音迴盪在岩石之間，回聲傳來，但不是回應。以寅又放聲大喊了一次，聲音沿著岩石和大海彷彿傳遍了整個星球，但傳回來的就只有海浪聲。

以寅把巴掌大的巧克力棒分成四等份，一塊塞進嘴裡，其餘的放回背包。太陽下山了，葡萄牙的日落比韓國晚，夏天晚上十點才看到夕陽。以寅想起賓說，曾經一直玩到日落，一看錶才發現已經晚上十點了。

無事可做的一天特別漫長。以寅擺弄著對講機，重新查看車裡的物品，拿著手電筒向天空照兩下，還打了幾個盹。想到也許有人會經過，所以根本睡不踏實。每次入睡都會作夢，但不是惡夢，那個人沒有出現。在夢中，以寅重新體驗到人生中為數不多的喜悅，再次見到那些早已忘卻姓名的配角。與其說是夢，更接近場景再現。

以寅感受著嘴裡殘留的巧克力甜味，抱住了自己。大海是粉紅色的，海面閃閃發光，就像鑲嵌著黃色的貝殼。貝殼一個接一個從大海掉到空中，在空中堆積出一條路。以寅這才意識到地球存在於宇宙之中，它們是從某個地方沿著空中的那條路來到地球的。

以寅躺在相同的地方，用手電筒照了幾下天空，很快就睡著了。那天晚上也沒有作惡夢。以寅的夢追溯到更早以前，回到了她工作兩年的咖啡廳。為了感謝以寅，店長準備了蛋糕和禮物。店長鼓勵她說，出社會後只要像在咖啡廳一樣認真工作，無論在哪裡都會獲得認可。以寅接過寫有自己名字的蛋糕。店長指了指開業時收到的樹苗。以寅在店裡工作時，樹苗只到她的膝蓋，現在已經比她高了。店長說，這棵樹成長的時候，妳也在成長。

以寅皺著眉頭，開口說：「店長，這棵樹倒著生長，樹根……」

沾滿土的樹根朝上，不斷向上延伸。以寅才意識到這是一場夢。但樹越長越快，向上延伸的樹根爬上天花板，好似藤蔓植物般包圍了整個咖啡廳。一條樹根纏住店長的身體，店長卻不以為意，繼續握住以寅的手。

「看清這個世界。」

以寅睜開眼睛的同時坐起身來，隨即一陣抽痛。以寅掀開衣服，纏得很厚的繃帶沒有血跡，但傷口感覺溫熱，可能流了膿水或一點血。以寅沒有解開繃帶，她放下衣服，坐在那裡一直等到疼痛散去。楞楞坐在原地的以寅發現四周起了大霧，她下意識地取出手槍，槍裡只有一顆子彈。她背靠岩石坐著。搜查隊確認過這裡嗎？大家一定沒有到懸崖下面的縫隙來過。不可能，這一定只是海邊的海霧。

以寅喝了幾口水，背靠岩石坐了好幾個小時。每動一下，腰部的傷口就會陣陣作痛，疼痛過後就會出現脫水症狀。在這種情況下必須喝水，然而以寅一天只能控制喝兩口水，就算再口渴也只能潤一下嘴唇。她流了很多汗和血，身體顯然無法戰勝意志。

「妳知道為什麼那些決心尋死的人會活得更久嗎？生命本身具備最基本的求生欲望，一旦欲望被扭曲，就會偏離地球的軌道，就像飛來的子彈會因氣流而改變方向一樣。就這樣，想死的人會活得更久，在既不是生也不是死的交界處。我曾想追隨妻子而去，上吊時，門把掉了下來。買完子彈回家的路上，遇到了小偷。吞下安眠藥瓶裡的藥後，發現妻子搞錯把維他命裝在了裡面。吃錯藥之後，我才意識到自己不能死，好像是妻子在阻止我做傻事，所以我現在想好好活下去。這場戰爭結束後，我再也不會上戰場了。就像妳說的，我們當鄰居吧，從在社區一起遛狗開始好了。」

每當雲飄走時，月亮就會晃動一下。以寅轉移視線，望向倒映在海面上的月亮。水中映照的是大海的月亮，晃動的卻是空中的月亮。以寅轉過身，拿起空水瓶，她已經七個小時沒有喝水了。她感到口渴，但還可以忍受，但問題是之後怎麼辦，沒有水是堅持不了多久的。四周毫無人跡和動靜，只能聽到海浪聲。

以寅站在岩石前深吸一口氣，抓住突起處，一隻腳踩在石頭尖端。這是今天第四十六次挑戰。雖然每次都能爬到一定高度，但再往上就很難了。由於沒有可以落腳處，岩石又很滑，加上沒有任何安全裝置，到一定高度時就會掉下來。摔在地上的以寅痛得喘不過氣，就像咳嗽一樣大口吐氣。必須尋找其他路線，但她的體力耗盡，手指也動彈不得了。

以寅取出第二個巧克力棒分成四等份，稍作遲疑後把一塊塞進嘴裡。乾澀的嘴巴稍稍有了一點口水。但這樣更不好，因為口水乾了只會更渴。睡著的以寅又作了一個重返過去的夢。

「你不害怕嗎？我以為你死了。」

「我也以為妳死了。」

「但你活下來了，眞的很幸運。」

「不，是我求它們放過我，我哭著求它們。怎麼表情這麼意外？妳也以為我很想死？沒錯，我是想過要自殺，但那都是過去的事了。不代表永遠。」

就這樣過了五天。

以寅的嘴唇起了死皮，眼眶也開始顫抖。傷口腐爛，一直流出膿水。雖然忍痛換了一次繃帶，仍不見好轉。天氣很冷，以寅不斷在冒冷汗。她背靠岩石，坐在地上喘息，這似乎成為她唯一可做的事。若這樣睡去再也醒不來，好像也無所謂，但以寅始終相信在瀰漫的大霧中一定可以找到攀岩路線。

附近傳來動靜，以寅轉過身，舉起了槍。

對方舉起了雙手。

以寅沒有放鬆警惕。在它身上和周圍都沒有看到任何武器，但以寅的手指還是勾在扳機上。只有一顆子彈，一顆子彈的致死率是多少呢？很難講，也許近乎於零吧。

舉起雙手的生物向前移了一步，以寅舉槍做出警告，它立刻停住了。以寅用槍口指了指岩石，它似乎明白了意思，走過去站在岩石前。以寅踩著沙子慢慢靠近，把槍口對準它的後腦杓，視線掃了一遍全身，只見它全身遍布黑色的彈痕。它們的戰服由堅韌的纖維細密編織而成，因此刀槍不入。之前交戰時，我軍只能靠連續掃射直到子彈穿透為止。

它彎曲了一下手指，以寅用槍口推了一下它的後腦杓。它立刻伸直彎曲的手指，似乎是想說自己沒有任何攻擊的意圖。它既沒有武器，也沒有攻擊意圖，很可能是脫隊了。但以寅知道，無論猜測是否正確，她都必須開槍。一槍擊中頭部的話，它就會斃命，就像它們毫不留情地射死賓一樣。

偏偏在那瞬間，以寅看到它的手指在顫抖。不光手指，它全身都在發抖。它在害怕抵住自己頭的槍口和遇到的敵人。它真的在害怕嗎？它比以寅矮小，若以人類來比較，跟國中生差不多。以寅扣著扳機的手指猶豫不決，她在想，若現在不開槍會不會後悔？它是否暗藏心機？但就算殺了它，自己能活下去嗎？如果這不算是勝利，那為什麼要扣下扳機……

以寅放下槍，它也緩緩放下了雙手。以寅盯著轉過身的它，往後退了幾步，靠著對面的岩石坐了下來。它沒有發起任何攻擊。若不是看到它緊握著花瓣，以寅早就開槍了。

「你是怎麼哀求的？」

「它們察覺到我在害怕，恐懼把我打回了原形。」

「打回原形？」

「嗯，我不再是全副武裝的美國軍人，而是一個不想死的普通人。我向它們表示絕對不會攻擊。」

背靠岩石坐著也很吃力，以寅收回扣在扳機上的手指，但此時的她十分清醒，一點也不覺得睏。從剛才開始，它就一直蹲坐在地上玩沙子，似乎是在堆城堡。看它天真爛漫地玩沙，偶爾才瞄一眼以寅。讓以寅產生了好奇：它為什麼會在這裡，為什麼不攻擊人類呢？

「也許它們可以和我們溝通。」

「我聽到了為我們引路的嗒─嗒─聲。」

喉嚨乾啞，講不出話來。以寅抿了抿龜裂的嘴唇，又闔上了。因為相隔一段距離，就算她可以發出聲音，可能它也聽不到。以寅緩緩地呼吸，張開嘴把舌頭貼在上顎，然後放了下來。

嗒─

以寅再次把舌頭貼在上顎。

嗒─

它抬起頭來。這五天以來，以寅第一次聽到另一個生命體發出的聲音。它發出的聲音與以寅不同，一點也不沉悶，而是像鳥兒一樣清脆。

「不是所有人都充滿敵意，就像我們一樣。」

那聲音就像剛學會發聲的小野獸的哭號，也像唱給以寅聽的歌聲。

生與死的界限好似衡量悲傷的尺度，為了展示自己有多傷心痛苦，就要能從生跨越到死。若無法做出這種嘗試，痛苦和悲傷就會變得虛假或不重要。就像僅存在痛苦與悲傷、挫折與屈辱、憎惡與殺意，無法得到滿足一樣。

有人對根本不想死的以寅說，妳要活下去。

但也有人強迫以寅尋死，十六歲時結識的朋友就強迫過她。得知以寅的痛苦後，擁抱她的那些人送上了扭曲的安慰，那些人的臉孔就像被橡皮擦抹去了，已經分不清是誰說了那些話。既殘忍又溫柔的臉都消失了。以寅努力回想，但最終還是放棄。她穿過那些喋喋不休的人，看到開滿杜鵑花的運動場。以寅靠在窗邊感受徐徐微風，望著運動場發呆。沒有人來搭話，以寅享受著安靜與幸福。沒有人再強迫以寅做出選擇，她輕輕閉上眼睛，感到活著是幸福的，聆聽鳥叫是美好的。

以寅突然聽到了熟悉的聲音，立刻抬起頭，只見它坐在運動場的單槓上。

被海浪聲驚醒的以寅立刻拿起槍，她不知道自己睡了多久，闔眼和睜眼時都是深夜。四周仍舊大霧瀰漫，但它不見了，只有坍塌的沙子城堡留在原地。以寅剛起身又癱坐回地。她用雙手捂住傷口，額頭貼在沙灘上。暈眩和噁心感同時襲來，除了忍受疼痛，她什麼也不能做。她不敢解開繃帶，因為害怕面對更大的痛苦。最終以寅倒在沙灘上，模糊的視線看到它向自己跑來。它發出急促的叫聲，像在召喚以寅。

有些臉孔是不能靠近觀察的，有些人只有融入群體才能生存下去。有時若個人的臉孔過於突出，便會被強制剝奪生存的意志。因此為了活下去，就要抹去自己的臉融入集體生活。賓就是這樣。所有人都在安慰他痛失親密的朋友、摯愛的妻子，所以他很高興能遇到不會抹去自己的臉，全然接納他的以寅。

它靠近以寅，跪在她面前直視她的臉，強忍疼痛的以寅也注視著它。在戰場上很難關注到個人，若直視敵人的臉便很難瞄準開槍。它手裡拿著一朵紫色的花。它伸出手，把花送到以寅面前。以寅想起賓曾說，被大霧困住的十天裡總是夢到妻子。其他人也說，駐紮期間會作各種奇怪的夢。但這並不表示它們有操控夢境的能力，沒有人因為作夢而發狂，也沒有人自殺，況且它們也不會做這種毫無成效的事。但不知為何，以寅覺得自從遇難後，眼前的它一直在操控自己的夢境。坐在運動場單槓上的它不是夢中的假象，而是真實存在著。冒著冷汗的以寅躺在沙灘上，握住它的手，動了一下舌頭。

嗒——

以寅渾身無力。疼痛消失後又昏睡了過去。但在此之前，以寅向它發出了邀請信號。

幸好它領會了以寅的意思。

那個涵洞不長，但有兩公尺高。爬滿了常春藤的涵洞裡，有著失去輪子的摩托車、裝滿垃圾的手推車和只剩骨架的嬰兒推車。位於公寓社區後門的涵洞是通往海邊的捷徑，但沒有人會從那邊走。

天黑後，涵洞入口只會亮起一盞路燈。雖然那裡從沒發生過犯罪事件，但大人們覺得那裡又髒又暗，不知道什麼時候會發生什麼事。也就是說，大人認為若發生犯罪，責任應該歸咎於前往那裡的當事人。

孩子們對此一無所知，因為那是大人之間的潛規則。孩子們會聚在那裡玩遊戲、抽菸、喝酒，就算大人把那裡描述得再可怕，孩子們也不會害怕自己的遊樂場。那是一個隱密溫馨的場所，孩子們可以隨意丟掉練習冊、撕碎試卷、偷偷哭泣。以寅也是如此，她也不害怕。這些事只會發生在涵洞裡，沒有人提議撥開好似窗櫺的常春藤跑到涵洞的另一頭去。以寅也是如此，她也從沒想過去涵洞的另一頭一探究竟。

為了叫它，需要一個名字。不，以寅希望給它取一個名字。她想起諮商師說過，等戰爭結束後，最好與一個有名字的生命體相伴。

「外星人。」

雖然想取一個更適合它的名字，但一時想不起來。它知道這是在叫它。望著涵洞的以寅轉頭看向站在路燈下的它。它比以寅高了，以寅變小了。

「我可以叫你外星人嗎？」

它點了點頭。現在它成了外星人，這只是在夢裡暫時使用的名字，以寅遲疑了一下，把手伸向外星人。外星人就像孩子一樣，邁著開心的步伐奔向以寅。

「是你做的嗎？是你在操控人類的夢境嗎？」

以寅被自己稚嫩的聲音嚇了一跳，這是初次聽到的聲音。明明是很久以前熟悉的聲音，但沒想到聲音也會回到從前。外星人的聲音就像鳥叫，以寅可以聽懂它在講什麼。外星人說，一半對一半錯。以寅充滿疑問，但在他們可以溝通的當下，以寅最想問的是另一個問題。夢中的以寅很舒服，也感受不到傷口的疼痛。四周的溫度適宜且寧靜，路上沒有人和車。

「你為什麼還在地球？除了你，還有同伴也躲在地球嗎？」

外星人說，據它所知，地球上就只剩下自己了。

「為什麼？」

它說，不想回去。

「但這裡是其他星球啊。」

以寅無法理解。這裡不是其他城市，也不是其他國家，而是其他星球，留下來就等於選擇死亡。外星人說，它很清楚這裡不是其他城市、國家，而是其他星球。但它居住的星球太小，沒有可以去的地方，活在那裡和死亡沒有什麼不同。外星人說，就算留在這裡也沒有不適，說著還摘了朵路邊的野花。

「就算死，我也想死在這裡，我不想回去。」手裡拿著花的外星人說道。

以寅點了點頭。既然外星人不想生活在那裡，想離開，她也沒有什麼好干涉的。外星人張開雙臂，望向天空說，這裡就是妳的夢境。那天的天空是紫色的嗎？以寅從未見過這麼紫的天空。外星人肯定地說，雖然妳不相信，但這裡的確是妳記憶再現的空間。

「雖然妳想不起來了，但當時看到的確實是這種深紫色的天空。」

紫色？那時籠罩記憶的紫色是什麼呢？以寅追溯回憶。用彩色筆塗的小指甲的顏色是紫色，書包上的絨毛鑰匙球是紫色的，還有什麼呢？以寅努力回想著，然後想起當時穿的裙子也是紫色的。外星人突然抓住她的手，搖頭示意不要再想了。逐漸成形的記憶又變得模糊不清。

「你為什麼來這裡？」

外星人說，為了奪回這顆星球。在人類出現前，追溯回好幾次生命體大滅亡之前，它們就存在了。在北大西洋，人類發現文明的地方。就算一切都消失了，這顆星球還是會留下痕跡。

就像它們離開時，這顆星球會留下記憶一樣，即使人類消失，地球也無法抹去人類歷經幾個世紀留下的痕跡。直到那顆巨大的恆星爆炸，吞噬掉一切為止。

以寅沒有追問真假，就算那都不是真的，但它來到了自己的夢中，夢中的自己感受不到疼痛，而且紫色的天空也很美麗……以寅和外星人並肩前行，她很好奇這條路通往哪裡，但沒走多久就遇到了涵洞。以寅無法判斷是在原地踏步，還是涵洞在跟著自己。為了不去看被常春藤覆蓋的涵洞，以寅默默注視著前方。

外星人的聲音傳了過來：「很早以前，這顆星球有一種特殊的媒介。即使不說話也能溝通的媒介。利用彼此的夢、想法和內心的所有變化與生命體溝通。如今這種媒介消失了，所以它們的對話就像人類傳聲講話一樣，成為灰濛濛的霧氣飄散開來。」

原來霧氣是它們的語言。以寅點了點頭，突然停了下來，她感到呼吸困難，全身無力，強烈的飢餓感襲來，胃部抽搐難忍到幾乎要乾嘔。

「我是跟著光而來的。」外星人靜靜地說。

在漆黑的深夜，它看到了閃爍的光。生命會追隨光。在宇宙，一切始於光。

「生命都會死去，但死分為兩種，一種是死亡，另一種則是消失。那裡的另一頭有什麼嗎？」

外星人指著涵洞，以寅看過去。穿過黑暗的涵洞，另一頭是什麼？埋藏的記憶又漸漸變成碎片拼湊了起來。深紫色的天空，天空下的大樹樹根，沙沙作響的葉子們的對話。

「涵洞另一頭有一棵樹根朝天生長的大樹。」

以寅感覺身上的肉掉了下來。難道是傷口壞死的肉嗎？幸好一點也不覺得痛，只要不痛就可以撐下去。

外星人靜靜看著涵洞，轉頭問道：「要我幫妳抹掉它嗎？夢也是記憶，記憶是由原子延續下來的，抹去夢就等於抹去記憶。」

以寅聽得一頭霧水，但她思考了一下，抹去記憶就能幸福嗎？要想完美抹去記憶，該刪去哪一段呢？她找不到明確的界限。畢竟想抹去的記憶也是人生的一部分。

「我看到細長的樹根正在朝天生長，那裡是很奇怪的地方，但我不想抹去。因為抹去它就等於抹去自己，在這顆星球該抹去的人不是我，而是那個人。」

「如果妳改變主意，可以隨時告訴我。如果妳想消失，就可以從這個宇宙徹底消失。我們就是這樣死去的。如果妳想的話……」

以寅望著外星人，垂下了頭。她眼前浮現出消失的賓。如果想的話，原來是可以消失的。他們說好一起生活，其實賓並不想。但為什麼在知道賓渴望消失的當下，以寅並沒有想隨他而去呢？為什麼不能追問想死或想活下來的問題呢？

「如果妳想消失，我可以幫妳。」

「我不想。」

「那妳想死？」

「不，我不想死。」

「那妳想活下去？」

「嗯，我想活下去。」

以寅想活下去，想守護自己的人生。等醒來後，她還會再次挑戰攀岩。

「但妳正在慢慢死去。」

「不，我可以活下去，我要活下去。」

「怎麼活下去？」

外星人留下來的理由、看到以寅發出的光找到她的理由、以寅發現它也沒有開槍的理由……本該消失的生命體還活著，逆轉想活下去的欲望來到這裡的外星人，是為了拯救以寅。

以寅睜開了雙眼。眼前依然是岩石，耳邊迴盪著海浪聲。此時的她連一根手指都動不了了，能做的就只有呼吸。霧氣漸漸消散，徘徊的腳步聲漸漸遠去。以寅動了動失去知覺的嘴唇，把舌頭貼在上顎，然後放下來。

嗒—

微弱的聲音傳了出去，遠處傳來更加微弱的鳥鳴。以寅就像往常一樣，默默地撐下去。

在琳打電話到航空公司改簽更早的航班時，以寅從背包裡取出兩個巧克力棒放在窗框上。為了紀念賓，時間和空間再也不受限制了，但以寅想把回憶只留在這裡，沒有要帶回韓國的意思。畢竟紀念也只是為了安慰活著的人。

就在以寅的心跳越來越弱、死亡漸漸逼近時，遠處傳來直升機的聲音。琳就坐在直升機裡。雖然不知道外星人走後又過了多久，但以寅撐過來了，就像咬緊牙關攀岩那樣等到了救援。以寅始終沒有放棄希望，並在遇難一週後獲救。

在葡萄牙的醫院接受治療時，琳對以寅說，作夢夢到她全身血淋淋地躺在沙灘上。夢無比真實，就像是誰發出的警告。醒來後，琳馬上打電話到葡萄牙軍營，很快收到以寅墜崖的消息，於是立刻趕了過來。

琳講完電話後，走到以寅身邊幫她拿起行李。「現在出發的話，剛好可以趕上飛機。」聽到琳的話，以寅點了點頭，然後拿起一個巧克力棒掰成兩半，一半放進嘴裡，另一半放在窗框上，轉過身來。

琳想攙扶她，但以寅婉拒了。她默默邁開腳步，用傷重導致癱瘓的左腿緩緩向前走去。外星人遵守了約定，卻無法向任何人證明這不是幻想，而是真實。但以寅不在乎，因為不需要向任何人證明。

以寅想起自己對外星人說的最後一句話：

「你去找人來，無論如何都要找人來。做完這件事你就走吧，去哪裡都好。如果你遵守約定的話，我也會永遠保密，不告訴任何人地球上還有入侵者。」

現在，以寅再也看不到那個人了，取而代之的是無論走到哪裡，都可以聽到清脆的鳥叫聲——

嗒—嗒—

作家的話

「就讓我們不問理由地活下去吧。」

這句話，我好像說得太長了。

當總是在送別某人、或準備送走某人的狀態持續太久，就會感到麻木，忘卻了不安的感受，甚至連曾有過的時光也一併遺忘。我總是在做要送走某人的心理準備，內心疲憊不堪。而在那些時刻，我也看見了與我表情相同的人。

雖然記不得自己喜歡宇宙的原因了，但想起時，腦中就會浮現在靜謐的宇宙之中，只有地球不停地旋轉著。地球看起來如此寧靜祥和，在那之中的一切卻如此嘈雜、疲累、失速，讓我總是想著，要是就這樣聽著喜歡的歌過一生然後死掉，好像也不錯。

以宇宙的時間來看，我的一生不過是一首歌。但只要有這一首歌，似乎就可以一直幸福下去，只要這樣想，我的心裡就會好受一些。如此看來，我是想把充斥不安的自己縮成一顆小小的米粒，才如此渴望宇宙的。

我將這兩年來受邀而寫的小說匯整在一起之後才發現，怎麼會有人把一個詞彙說得如此漫長又單一呢？明明是在說不同的故事，放在一起時卻如此地相似。

我本想講述的是關於幸福與愛的故事，卻似乎沒能做到，也有點擔心讀者看完會感到沉重。我讀小說一直是想去愛、去理解人生，但有時候也會想讓自己沉浸在更深沉的狀態中。

我相信會有和我一樣的讀者吧，就讓我把這些故事集結成第二本短篇小說集，送給你吧。
不過想了想，還是覺得太長了……

二〇二二年初夏
千先蘭

作者、譯者介紹

作者——千先蘭 천선란

一九九三年生於韓國仁川，熱愛科幻電影，從小就喜歡想像各種故事，描繪地球末日或宇宙某個角落發生的故事，自此立定了寫作志向，甚至瞞著父母報考安養藝術高中文藝創作系，後取得檀國大學創作系碩士。期盼生活在動、植物成為主流，人類成為非主流的地球上，大多數時間都在想像和創作。

二〇一九年出版第一部長篇小說《坍塌的大橋》，隔年以《一千種藍》獲得韓國科學文學獎長篇小說首獎，創下十萬冊佳績，被韓國最大連鎖書店教保文庫選為「開啟二〇二一年度之書」，也改編為舞臺劇。《某種物質的愛》、《Noland無名之境》則為短篇小說集，充滿了風格多變、同時具備可愛、幽默、深沉與溫暖的故事。

韓國文壇最炙手可熱的新星，不僅連續兩年被韓國指標書店YES24票選為年度「年輕作家」、讀者票選「二〇二二代表韓國文學未來的年輕作家」第一名，更是二〇二三年首爾國際書展「小說家」代表之一，成為韓國SF文學的年輕世代指標。

另著有《娜仁》、《朗與我的沙漠》、《數碼寶貝與我（暫名）》（以上繁體中文版將由時報出版）。

譯者—胡椒筒 hoochootong

專職譯者，帶著「為什麼韓劇那麼紅，韓國小說卻沒人看」的好奇心，闖進翻譯的世界。

譯有《謊言》、《您已登入N號房》、《奶奶的夏威夷祭祀》、《一千種藍》等。

敬請賜教：hoochootong@gmail.com

Instagram：@hoochootong.translator

Noland 無名之境／千先蘭（천선란）著 . 胡椒筒 譯 . -- 初版 . – 臺北市 : 時報文化，2025.3；272 面；14.8╳21 公分 . --（STORY；117）
譯自：노랜드
ISBN 978-626-419-236-1（平裝）

862.57　114000821

ISBN 978-626-419-236-1
Printed in Taiwan.

※ 本書獲得韓國文學翻譯院（LTI Korea）補助。
This book is published with the support of the Literature Translation Institute of Korea(LTI Korea).

STORY 117

Noland 無名之境

노랜드

作者　千先蘭｜**譯者**　胡椒筒｜**主編**　尹蘊雯｜**執行企畫**　吳美瑤｜**封面設計**　之一設計｜**副總編輯**　邱憶伶｜**董事長**　趙政岷｜**出版者**　時報文化出版企業股份有限公司　108019 臺北市和平西路三段 240 號 3 樓　發行專線—（02）2306-6842　讀者服務專線—0800-231-705．（02）2304-7103　讀者服務傳真—（02）2304-6858　郵撥—19344724 時報文化出版公司　信箱—10899 臺北華江橋郵局第 99 信箱　時報悅讀網—www.readingtimes.com.tw　電子郵件信箱—newlife@readingtimes.com.tw｜**法律顧問**　理律法律事務所　陳長文律師、李念祖律師｜**印刷**　勁達印刷有限公司｜**初版一刷**　2025 年 3 月 21 日｜**定價**　新臺幣 490 元｜（缺頁或破損的書，請寄回更換）

時報文化出版公司成立於 1975 年，1999 年股票上櫃公開發行，2008 年脫離中時集團非屬旺中，
以「尊重智慧與創意的文化事業」為信念。